글 납자루
그림 노가미 타케시

NOVEL
V

CONTENTS

Prologue · 8

Ch.8 In the hometown · 12

Ch.9 we shall overcome · 70

Ch.10 a Night at the Invader · · · · · · · · · · · · · · · · · 119

Ch.11 Tour Of Duty · 149

Ch.12 I Was Only 19 · 193

Ch.13 The Breaking Point · · · · · · · · · · · · · · · · · · · 245

Epilogue · 287

일러스트 노가미 타케시   **디자인** 백진화   **편집** 정성학, 김일철   **교정** 김남훈
주간 박관형   **마케팅** 김정훈   **협력** 정성희, 임형수

무서워서 죽을 지경이어도
마땅히 해야 할 일을
수행하는 능력을
우리는 용기라고 말한다.

오마 N. 브래들리

PROLOGUE

전투 종료라고 판단한 낸시 중위는 그제야 한숨을 내쉬었다. 마을에 남아 저항하던 제국군은 항복한 자를 제외하면 전원 사살되었다. 마을 중앙의 무너진 분수대에 걸터앉은 낸시 중위는 수통을 꺼내서 마른 목을 축였다. 그간의 긴장으로 껄끄러워진 목에 물이 닿자 이제야 살았다는 느낌이 들었다.

"괜찮으십니까?"

유리아 중사가 낸시 중위 옆에 걸터앉으며 말을 건넸다.

"적군 전차가 애를 먹였습니다만, 그럭저럭 싱겁게 끝났군요."

낸시 중위도 고개를 끄덕이며 동의했다.

"그렇게 쉽진 않았지만 말이죠. 유리아 중사야말로 다음부터는 그렇게 막무가내로 하지 마세요. 정말이지 어떻게 되는지 알았습니다."

"하하……. 죄송합니다. 뭐 그래도 이렇게 무사하니 된 거지요 뭐."

유리아 중사의 말을 들은 낸시 중위는 한숨을 내쉬며 솔직한 심정을 토로했다.

"유리아 중사가 없으면 앞으로 어떻게 할지 막막하니까 말이죠."

유리아 중사는 잠시 낸시 중위를 바라보았다. 낸시 중위는 처음 소대장이 되었을 때부터 유리아 중사에게 꽤 많이 의지해 왔다. 나이도 많고 경험도 많은 유리아 중사는 낸시 중위의 부족한 부분을 메워 주는 훌륭한 동료였다. 솔선수범하고 모범적인 유리아 중사가 부족한 중대장인 자신 때문에 무리한 전투를 벌인다고 생각하니 자책감이 밀려왔다. 낸시 중위를 바라보던 유리아 중사는 빙그레 웃으면서 낸시 중위의 어깨에 손을 얹었다.

"알겠습니다. 소중한 중대장님께 걱정을 끼쳐 드려서야 하사관 결격이죠. 그렇지만 그때 했던 말은 진심입니다. 전쟁을 끝내려면 중대장님이 저보다 더 중요합니다."

"우리 모두 중요해요, 유리아 중사. 현재 작전 중인 중대원도, 이번 전투에서 전사한 병사들도 말이죠. 모두가 말입니다."

낸시 중위는 쇼촐레르 섬에서 병사들이 몇 명이나 전사했을지를 생각했으나, 방금 전 전투의 전사자나 부상자의 수를 아직 파악하지 못하고 있었다. 낸시 중위는 일단 부정적인 생각은 관두기로 하고 수통을 입으로 가져갔다. 고민만 한다고 해결될 문제가 아니었다. 정확하게는 전쟁이 더욱 빨리 끝나야 해결될 문제였다. 고민에 빠진 낸시 중위를 유리아 중사가 아무 말 없이 바라보았다.

"중대장님. 아군이 메르시나를 점령했다고 합니다."

무전병인 엘리센 상병이 보고하자 낸시 중위는 한숨을 쉬고는 다리를 쭈욱 펴고 온몸의 긴장을 풀었다.

"쇼촐레르 섬이 완전히 점령되었네요."

"네. 일단은 이곳의 전쟁은 끝났군요."

낸시 중위의 말에 유리아 중사가 대답했다.

"이 섬에서도 다사다난했네요."

"그러게나 말입니다."

낸시 중위가 양팔을 뻗어 기지개를 펴자 유리아 중사가 담배를 빼어 물었다. 담배연기가 광장으로 퍼져 나갔다.

"전쟁이 끝났으니 피난 간 마을 주민들이 돌아오게 되면 다시 이 마을도 활기가 돌겠죠?"

"복구하는 데 시간이 걸리겠지만요. 그리고 아직 바다 건너 야탈레르 본토에는 제국군이 있습니다. 이 섬에서보다 더 힘든 싸움이 되겠지요."

유리아 중사는 조금은 시니컬하게 대답했다. 낸시 중위는 그 말이 옳다고 생각했다.

"전쟁은 도대체 언제 끝나게 될까요."

유리아 중사가 다시 담배연기를 내뿜으며 물었다.

"글쎄요."

"야탈레르를 점령하고 제국을 점령하면 끝이 날까요? 그 전에 제국이 프로세를 먼저 점령할지도 모르겠네요. 뭐 저야 그렇게 거시적인 작전까지는 알지 못하지만서도요. 과연 얼마나 더 많은 전사자가 나와야 이 전쟁이 끝날까요?"

유리아 중사의 물음에 낸시 중위는 어떻게 답을 해야 할지 알 수 없었다. 사실 낸시 중위도 그 점이 가장 궁금했다. 이 작은 섬을 점령하는 데에도 그 오랜 시간이 걸렸던 것을 생각하면 제국군은 쉽게 무너질 적이 아니었다. 적은 아직도 강하게 버티고 서 있다는 사실을 낸시 중위는 잘 알고 있었다. 결국 앞으로 더 많은 전사자와 부상자가 나오고 나서야 전쟁이 끝날 것이다.

"죄송합니다. 재미없는 말을 했네요."

"아뇨. 유리아 중사가 사과를 할 필요는 없습니다. 저도 같은 생각이니까요."

"전쟁이 발발하지 않으면 어땠을까요. 저는 아직 프로세에 있을 테고, 중대장님은 여전히 소대장이었겠죠. 로치라던가 그 녀석들도 여전히 멀쩡히 살아 있었을 거고요."

"그렇겠네요. 원래 중대장님이 중대를 맡고 계셨겠죠. 저는 여전히 1소대장을 하고 있겠네요. 아마 지금 중대원 중에는 얼굴도 모르는 녀석들이 태반이었겠죠."

낸시 중위는 유리아 중사에게 대꾸하고 바쁘게 오가는 중대원들을 바라보았다. 전쟁이 발발하지 않았다면 그저 평범한 아가씨들이었겠지만, 지금은 자신과 같은 군복을 입고 전선에서 싸우고 있다. 그 모습에서 느껴지는 씁쓸한 감정을 낸시 중위는 애써 마음에서 지웠다.

"그럼 저는 다시 소대로 돌아가 보겠습니다."

담배꽁초를 집어던지며 자리에서 일어난 유리아 중사는 낸시 중위에게 가볍게 목례를 한 뒤에 병사들이 있는 곳으로 걸어갔다. 낸시 중위는 유리아 중사의 뒷모습을 바라보고는 수통을 집어넣었다.

1.

대륙력 4030년 5월, 사막에서 돌아온 로빈중대는 이전에 주둔했던 훈련소에 다시 장비를 풀었다. 그동안 방치되었던 시설을 청소하고 망가진 곳을 정비하며 시간을 보내던 로빈중대에 사단장의 명령서가 내려왔다.

"사단장님도 파격적이네요. 중대 전 병력에게 휴가라니 말이죠."

유리아 중사가 명령서를 보면서 말했다. 명령서는 로빈중대 장교, 하사관, 병사들 모두에게 3박 4일간의 휴가를 준다는 내용이었다.

"뭐 전선에서 돌아왔으니 허락한다는 요지네요. 확실히 그동안 제대로 된 휴가는 없었으니까요. 병사들도 집에 한번 다녀올 만하지요."

낸시 중위가 답하자 유리아 중사는 고개를 끄덕였다.

다음날 낸시 중위는 정복차림으로 집결한 중대원에게 직접 자신이 서명한 휴가증을 배부했다.

"잃어버리면 문제가 생길 수 있으니까 다들 조심하고, 술 마시고 노는 건 좋은데 사고는 치지 말도록. 이상."

낸시 중위의 말에 병사들은 환호성을 지르고 정문으로 달려 나갔다. 역시 정복을 입은 낸시 중위도 마지막으로 정모를 한번 고쳐 쓰고 연단에서 내려와 천천히 걸어갔다. 낸시 중위 또한 병사들과 마찬가지로 오랜만에 집으로 돌아가게 되었다.

"그러고 보니 중대장님은 집이 이 근처지요?"

유리아 중사가 옆으로 다가와서 말했다.

"기차를 타고 조금 가야 합니다. 뭐 가깝기는 하겠네요. 유리아 중사는요?"

"뭐 저도 멀지는 않습니다. 어머니가 수도 근방에서 사시거든요. 오랜만에 효도라도 해야죠. 그럼 휴가 잘 보내십시오."

유리아 중사가 경례를 붙이자 낸시 중위도 답례했다.

2.

유리아 중사는 노면전차를 타고 어머니가 살고 있는 집으로 향했다. 평소에 입을 일이 없던 정복에 약모를 착용하니 무언가 불편한 느낌에 괜스레 손으로 셔츠의 목 부분을 잡아 당겼다.

노면전차에 탑승한 사람들은 유리아 중사를 흘끗흘끗 바라보았다. 아마도 정복을 갖춰 입은 자신이 독특해 보이는 모양이라고 유리아 중사는 생각했다. 전쟁이 시작되고 새로 재정된 여군 정복이 아닌 남성용 정복과 동일한 디자인의 구형 정복을 입었기에 더 눈에 뜨이는 모양이었다.

"아가씨는 군인인가?"

옆자리에 앉은 노인이 유리아 중사에게 말을 걸어왔다. 주름진 얼굴과 조금 제멋대로 자란 짧은 수염이 노인이 지나온 세월을 엿보이게 해 주었다. 노인은 아까까지 지팡이를 짚고 있던 손으로 쓰고 있는 헌팅캡을 살짝 들어 올렸다. 유리아 중사가 고개를 끄덕이자 노인은 미소를 짓고는 유리아 중사의 왼쪽 가슴을 가리켰다. 노인의 손이 가리킨 것은 유리아 중사의 왼쪽 가슴에 달려 있는 약장들이었다.

"보니까 훌륭한 병사인 모양인데, 전선에서 돌아왔나?"

"예. 얼마 전입니다."

유리아 중사가 대답했다. 유리아 중사의 왼쪽 가슴에는 약장이 두 줄로 늘어서 있었다. 아직 무공훈장은 수여받지 못했지만, 약장 윗쪽에 파란색과 은색이 섞인 길쭉한 보병전투기장, 왼쪽 주머니덮개 부분에는 육군특등사수휘장을 착용하고 있었고, 거기에 약장이 두 줄 달려 있었기에 멋모르는 사람이 보면 꽤나 화려해 보이는 것은 사실이었다. 그렇지만 유리아 중사가 달고 있는 것은 프로세와 사막 참전기장, 하사관 교육기장, 10년 근속기념장, 우수보병기장 등으로 군 생활을 오래 해서 받은 것이나 마찬가지였다.

"그렇군. 아가씨가 대단해. 난 지난 전쟁 때 참전했었다네. 소대장이었어."

그렇게 말한 노인은 자신의 양복 앞섶을 열어 보였다. 그 속에는 1차 대륙전쟁 참전메달과 동성훈장이 매달려 있었다.

"그때 프로세쪽 참호에서 몇 년간 고생을 했었지. 그래. 아가씨는 이제 완전히 돌아온 건가?"

노인이 그렇게 묻자 유리아 중사는 뭐라고 답해야 할지 알 수가 없었다.

"하긴. 아직 전쟁이 끝나지 않았으니 아가씨도 전선으로 돌아가겠구먼."

"아마도 그렇게 될 겁니다."

"그래그래……. 전쟁은 아직도 한참이니까. 근 1년이나 되었는데 말이지. 대도시 근방에는 연신 제국군 녀석들이 비행기를 끌고 온다네. 그리고는 폭탄을 한참 떨어뜨리고는 돌아가. 지난 전쟁 때 비행기들은 소총으로도 맞출 수 있었는데 이제는 어찌나 빠른지 나 같은 노인네들은 그 녀석 보는 것도 힘들다니까."

노인의 넋두리에 유리아 중사는 그저 고개를 끄덕일 뿐이었다.

"우리 아들놈도 지금 군인이라네. 해군으로 갔어. 장교인데 전함을 탄다고 하더구먼."

"바다도 무척이나 중요한 전선이지요."

유리아 중사가 그렇게 말하자 노인은 빙그레 웃어 보이고 자리에서 일어났다.

"뭐 어디인들 안 중요하겠는가. 뭐 아가씨 같은 군인을 보니까 든 든하군. 그래도 개인적으로는 아가씨같이 예쁜 여자들은 전쟁터에서 무사했으면 좋겠어. 그럼 무운을 비네."

노인이 그렇게 말하고 왼손으로 지팡이를 짚고 유리아 중사에게 경례를 했고 유리아 중사도 얼른 자리에서 일어나 답례를 해 주었다. 그리고 노인은 다음 정거장에서 내렸다. 유리아 중사가 내릴 정거장은 그 다음 정거장이었다.

유리아 중사의 집은 2층짜리 작은 주택이었다. 지어진 지 100여 년은 다 되어 가는 낡은 벽돌 건물로, 증조할아버지 이전부터 살던 집이었다. 현재 그 집에는 유리아 중사의 어머니가 혼자서 살고 있었다.

유리아 중사는 집 앞에 서서 잠시 심호흡을 하고 약모를 벗은 뒤 문 옆의 창문에 자신의 모습을 비춰 보았다. 묶어서 말아 올린 머리는 흐트러짐이 없었고 옷도 구겨짐 없이 말끔했다. 마지막으로 넥타이를 바로잡은 유리아 중사는 초인종을 누르고 잠시 기다렸지만 아무런 기척이 없었다. 다시 한 번 초인종을 눌렀지만 역시 기척이 없자 유리아 중사는 고개를 갸웃거렸다.

"어머. 손님이신가요?"

옆쪽 아파트에서 나오던 여성이 유리아 중사에게 말을 건넸다. 40대 정도로 보이는 여성이었는데, 살짝 긴 원피스의 어깨에 갈색 숄을 걸치고 있었다.

"저런. 로버트슨 부인은 지금 일하러 나가셨어요. 아마 집에는 아무도 없을 텐데요."

"로버트슨 부인이요?"

유리아 중사가 묻자 여성은 고개를 갸웃거리고는 다시 말했다.

"네. 로버트슨 부인이요. 트로시 L. 로버트슨. 모르는 분인가요?"

여성이 말한 이름인 트로시는 어머니의 이름이 맞다고 생각한 유리아 중사는 고개를 저으며 대답했다.

"아니요. 아는 분 맞습니다. 혹시 직장은 멀리 있습니까?"

여성은 조심스럽게 유리아 중사를 훑어보고는 입을 열었다.

"가까워요. 그런데 로버트슨 부인과는 무슨 사이시죠?"

"딸입니다."

유리아 중사가 그렇게 말하자 여성은 깜짝 놀라는 표정을 지어보였다.

"어머. 부인에게 딸이 있다는 소리는 들었지만 군인이었군요."

유리아 중사가 고개를 끄덕이자 여성은 웃으면서 길을 알려주었다. 그녀가 알려준 곳은 유리아 중사의 집에서 두 블록 정도 떨어진 주소였다.

공장은 무척이나 작은 곳이었다. 정확하게 말하자면 공장이라기보다는 가정집의 느낌이었다. 아마도 가정집을 개조한 공장일 것이다. 유리아 중사가 다가가자 경비로 보이는 남자가 앞을 막았다. 40대 후반으로 보이는 사내였다.

"무슨 일로 오셨습니까."

"여기서 일하시는 레틴 부인을 만나러 왔습니다."

"레틴 부인? 그런 사람은 없습니다만……."

사내가 그렇게 말하자 유리아 중사는 잠시 생각을 하다가 다시 입을 열었다.

"로버트슨 부인은 계십니까?"

    그렇게 말하자 사내는 아무 말 없이 문을 열고 따라오라는 손짓을 했다. 사내가 문을 열고 들어가니 원래는 거실이었을 공간에 여러 대의 재봉틀이 놓여 있었는데 그중에 한곳에서 유리아 중사의 어머니가 열심히 단추를 달고 있었다. 사내가 다가가서 어머니에게 말을 걸자 어머니는 재봉틀을 멈추고 사내의 말에 귀를 기울였다. 그리고 사내가 손으로 가리킨 유리아 중사를 보자 살짝 눈썹을 찌푸렸다. 자리에서 일어난 어머니는 유리아 중사에게 다가왔다.

    "뭐야. 휴가야? 아니면 전역한 거냐?"

    "휴가."

    유리아 중사가 웃어 보이자 손에 끼우고 있던 팔 토시를 거칠게 뺀 어머니는 앞치마를 풀면서 사내에게 소리쳤다.

    "이봐, 사장! 오늘은 이만 가 볼게."

    "네? 하지만……."

    "오늘은 겨우 11시인데 140벌 정도 달았잖아. 여기에 나보다 빠른 사람 없으니까 오늘은 좀 빼 줘. 어차피 납품 기일도 남았잖아."

    어머니가 옆쪽 벽에 토시와 앞치마를 걸며 말하자 사내는 한숨을 쉬고는 말했다.

    "아니, 그렇긴 한데 말이죠."

    "이봐! 군대 간 딸이 휴가를 나왔잖아. 오늘 정도는 휴가 좀 쓰자고. 나도 내일까지 쉬겠다는 건 아니니까."

    "정말이지 누님은 별수 없네요. 알겠습니다."

    사장의 승낙에 어머니는 외투를 입고 문 밖으로 나왔다. 유리아 중사가 아무 말 없이 뒤따라 나오자 어머니는 성큼성큼 걷기 시작했다.

옆을 걸어가던 유리아 중사가 주머니에서 담배를 꺼내들자 어머니는 얼굴을 살짝 찡그렸다.

"아직도 담배 피고 다니는 거냐."

"몇 없는 즐거움 중 하나인데 뭘 그래."

"머리에 냄새 배어 이것아."

어머니의 말에 유리아 중사는 살짝 얼굴을 찡그리고는 입에 물었던 담배를 다시 담뱃갑에 집어넣었다.

"그래 이제 할 일은 있는 거냐?"

"없어. 집에 가서 좀 쉴까 봐."

"친구도 없냐?"

"다 시집갔어."

유리아 중사의 말에 어머니는 한숨을 내쉬고는 입을 열었다.

"나 참. 28살인데 뭐하는 건지 원……."

어머니의 푸념에 유리아 중사는 그저 살짝 미소를 지었다.

"어머. 로버트슨 부인. 이 시간에 무슨 일이세요?"

유리아 중사와 어머니가 걸어가는 동안 옆에 있는 야채가게에서 앞치마를 두른 중년 여성이 밖으로 나와 유리아 중사의 어머니를 불러 세웠다.

"군대 갔던 딸이 휴가를 나왔다우. 장사는 잘 돼요?"

어머니가 야채가게의 주인과 이야기를 시작한 틈에 유리아 중사는 살짝 옆으로 빠진 뒤 담배를 물고 라이터를 꺼내어 부싯돌을 튀겼다. 하지만 불꽃만 튀길 뿐 불이 붙지 않았다. 몇 번 다시 시도해봐도 소용없자 짜증스럽게 라이터를 집어넣고 담배를 다시 넣었다. 아무래도 기름이 떨어진 모양이라고 생각했다.

"저기……."

그렇게 담뱃갑을 주머니에 넣는 찰나에 누군가가 와서 유리아 중사에게 말을 걸었다. 유리아 중사는 살짝 고개를 돌려 상대를 바라보았다. 상대는 검은색으로 보일 정도로 짙은 군청색 투 버튼 해군제복을 입었고 머리에는 해군용 백색 정모를 착용했다. 팔뚝에 감긴 수장은 대위 계급장이었다. 상대의 계급을 확인한 유리아 중사가 일단 자세를 바로하고 경례를 올리자 상대도 똑같이 경례를 했다.

"아. 역시 맞군요. 오랜만에 뵙습니다. 그동안 별 일 없으셨나요?"

상대가 그렇게 말하자 유리아 중사는 살짝 고개를 갸웃거렸다. 유리아 중사의 기억에 상대의 얼굴은 없었다. 유리아 중사가 자신을 기억 못하는 것처럼 굴자 상대는 어색하게 웃으면서 말했다.

"로빈중대의 유리아 중사님 아니십니까?"

"맞습니다만……."

"예전에 프로세에서 이동할 때 탑승하셨던 수송함 HMS레종에서 근무했던 리처드 하급대위입니다. 당시 갑판사관이었죠."

상대가 그렇게 말하자 그제야 유리아 중사는 상대방의 얼굴을 기억해 냈다.

"아! 반갑습니다. 1년 정도 지났네요. 진급하셨습니까?"

"네. 이제는 대위(Lieutenant)입니다. 육군에서는 대위(Captain)라고 부르죠? 처음에 긴가민가했습니다. 이렇게 정복을 입으신 모습은 처음 보는군요. 그때는 머리도 풀고 계셨고 울 셔츠도 풀어 놓으셨으니까요."

리처드 대위가 웃으면서 말하자 유리아 중사는 살짝 얼굴을 붉혔다.

"무사하셨으니 다행입니다. 그래도 이런 식으로 뵙게 되니 또 반갑네요. 휴가 나오셨나요?"

"네. 집이 여기 근처거든요. 대위님도 무사하시니 기쁩니다."

"하하……. 그렇게 말씀해 주시니 감사합니다. 여전히 전선에 계시나요?"

"네. 얼마 전까지는 사막에 있었지요. 지금은 중대 전체가 본국에 와 있습니다. 대위님은 요새 어떻게 지내시나요?"

유리아 중사의 질문에 리처드 대위는 웃으면서 답했다.

"얼마 전 배를 옮겼습니다. 사실 HMS레종에도 익숙해졌지만 전쟁이 격해지면서 장교들이 많이 필요하게 되었거든요. 덕분에 얼마 전 새로 취역한 전함(Battleship)인 게리엇 5세급 5번함 'HMS셜리'에 탑승하게 되었습니다."

"진급도 하셨고 말이지요. 그때는 중위셨지요?"

"네. 군 생활 7년 만에 대위가 되었습니다. 해군은 진급이 조금 느리니까요. 아. 그건 그렇고 어디 가시는 길인가요?"

유리아 중사는 고개를 저었다.

"아뇨. 어머니가 잠시 다른 분이랑 이야기 하고 계셔서요. 집은 이 근처고요."

"그렇군요. 제가 괜히 시간을 뺏은 게 아닌가 했습니다."

"오늘 막 휴가 나온 참이라 아직 시간은 많습니다."

유리아 중사의 말에 리처드 대위는 빙그레 웃었다.

"사실 저도 집이 여기 근처랍니다. 아. 노면전차로 두 정거장 앞이긴 하지만요. 이 동네에 누님이 사시거든요. 그래서 오랜만에 한번 뵈러 왔습니다."

"어머. 그러면 가 보셔야겠네요."

유리아 중사가 웃으면서 말하자 리처드 대위는 머리를 긁적였다. 그리고 머뭇머뭇하다가 입을 열었다.

"저기. 실례가 되지 않는다면 저녁에 식사라도 같이 하시겠습니까? 여기서 이렇게 아는 분을 뵌 것도 반갑고, 전선의 이야기도 좀 듣고 싶네요."

"저라도 괜찮으신가요?"

"별말씀을요. 그러면 여기 앞에 있는 공원에서 6시에 뵐까요?"

리처드 대위가 손목시계를 확인하며 묻자 유리아 중사는 고개를 끄덕였다.

"알겠습니다. 그럼 6시에 뵙지요."

리처드 대위가 약속을 잡으며 경례를 했고, 유리아 중사는 웃으며 답례했다. 리처드 대위는 계속 뒤를 돌아보며 걷다 돌에 걸려서 넘어질 뻔 하고는 머리를 긁적이며 멀어져 갔다. 유리아 중사는 리처드 대위의 뒷모습을 보며 살짝 웃음을 지었다.

리처드 대위가 멀어진 뒤 유리아 중사가 살짝 고개를 돌리니 바로 앞에 어머니가 서 있었다. 유리아 중사는 깜짝 놀랐다.

"엄마, 깜짝이야."

"남자친구냐?"

어머니는 미소를 띠면서 물었지만, 유리아 중사는 고개를 저었다.

"아니야. 예전에 탔던 수송선의 해군 장교야. 남자친구는 무슨."

"그래? 오늘 저녁에 식사 약속도 했으면서."

"그거야 그냥 아는 사람이니까 만나자는 거지."

어머니는 흥 하고 코웃음을 치고 앞서서 걸어가기 시작했다. 유리아 중사는 한숨을 쉬고는 어머니를 따라갔다.

"남자가 저녁식사를 권유하면 관심이 있는 거야. 사람 훤칠하니 괜찮네. 성격도 괜찮아 보이고."

"정말이지. 엄마는. 그런 사이 아니라니까."

"너 나이도 좀 생각해 봐라. 28살이야 28살. 그러니까 잘 좀 해 봐 이것아."

집에 도착한 어머니가 문을 열고 들어가자 유리아 중사는 한숨을 쉬었다.

레바느에 파견되기 전에도 휴가를 받았지만, 그때는 집에 오지 않았다. 오랜만에 돌아온 집이 예전과 거의 똑같은 모습이라는 데 약간의 안도감을 느꼈다. 유리아 중사는 벽에 걸려있는 사진들을 유심히 바라보았다. 구형 군복에 상사 계급장을 달고 멋들어진 콧수염을 기른 아버지의 사진이 눈에 들어왔다.

"느그 아버지도 저때는 괜찮았지. 저때가 네가 4살 때인가 그랬어. 대륙전쟁도 나갔었고 말이지. 그 인간이 그러다가 그렇게 훌쩍 가 버릴 거라고 누가 알았겠어. 그러니까 내가 걱정하는 거야. 총알에 눈 달린 것도 아니고 여자라고 피해 가는 것도 아니잖아."

외투를 벽에 걸며 타박하는 어머니에게 유리아 중사는 그저 웃어 보였다.

3.

집에 돌아와 편한 드레스로 갈아입은 낸시 중위는 자신의 방에서 안도의 한숨을 내쉬었다. 넓고 고풍스러운 방에는 커텐이 달린 푹신한 침대도 놓여 있었다. 침대에 드러눕자 얼마전까지 머물렀던 전선이 마치 꿈만 같다는 생각이 들었다. 그렇게 누워 있자니 갑자기 문이 덜컥 열리고 누군가가 뛰어 들어왔다.

"언니!"

여동생 네이미였다. 프릴이 잔뜩 달린 연보라색 어린이 드레스를 입고 머리를 뒤에서 리본으로 묶은 네이미는 얼굴을 복숭아 빛으로 물들이고 언니인 낸시 중위에게로 뛰어들었다.

"어이쿠. 많이 컸구나. 이제는 무거운걸?"

"벌써 7살이다 뭐."

막내인 네이미는 낸시 중위가 학교를 다닐 때 태어난 막내였다. 이제 막 걸어 다닐 즈음에는 낸시 중위가 사관학교에 있어서 그런지 휴가를 나올 때면 이렇게 꼭 붙어 다니고는 했다. 낸시 중위가 네이미를 안아 올리자 뒤를 이어서 남동생인 브라이언이 방 안으로 들어왔다.

"네이미. 누님은 쉬어야 한다니까."

브라이언이 타일렀지만 네이미는 낸시 중위의 품에 파고들며 고개를 돌렸다.

"싫어. 언니 오랜만에 만났단 말이야."

네이미가 칭얼대자 브라이언은 표정을 굳히고 고개를 저었다.

"너무 그러지 마. 오랜만에 만났잖아. 어차피 휴가도 꽤 남았고."

낸시 중위가 네이미의 머리를 쓰다듬으며 두둔하자 브라이언은 고개를 저었다.

"누님은 네이미한테 너무 너그러워. 이제 7살이니 떼쓰면 안 된다는 점도 배울 때가 되었다고 생각하는데."

"넌 여전하구나. 어릴 때도 그러더니만 말이지. 이제 17살이면서 너무 어른인 척하는 거 아냐?"

"18살이야. 귀염성 없는 남동생이지만 나이 정도는 기억해 줬으면 좋겠는데."

브라이언이 얼굴을 찡그리자 낸시 중위는 그저 웃을 수밖에 없었다.

"언니. 사막 이야기 해 줘."

낸시 중위와 브라이언의 공방전은 아랑곳하지 않고 네이미는 낸시 중위의 목에 팔을 걸고는 졸랐다.

"모래밖에 없는 동네인걸. 대단한 건 없어."

"그래도~. 그래도오."

"하아. 정말로 모래밖에 없어. 낮에는 살이 익어 버릴 만큼 덥고, 밤에는 춥고 그래. 그래도 밤이면 온 하늘이 별로 반짝이는 모습은 장관이었지."

네이미의 칭얼거림에 낸시 중위는 어쩔 수 없이 사막 이야기를 하기 시작했다. 그래도 전쟁에 대한 이야기를 할 수는 없었기에 낸시 중위는 사막의 풍경에 대한 이야기를 시작했다. 이국적인 경치 이야기에 네이미는 눈을 반짝거리며 낸시 중위를 바라보았고, 브라이언은 침대 옆 의자에 걸터앉아 무심한 듯 경청했다.

"아가씨, 도련님. 식사 시간입니다."

메이드가 낸시 중위의 문을 두드리며 식사 준비가 되었음을 알리자 사막의 모래폭풍을 설명하던 낸시 중위는 네이미를 안고 자리에서 일어났다.

"이제 예전처럼 안고 다니기는 힘들겠네."

"나도 걸을 수 있어."

네이미가 그렇게 말하고는 낸시 중위의 품에서 벗어나 먼저 걷기 시작하자 낸시 중위는 미소를 짓고 동생의 뒤를 따랐다.

온 가족이 식탁에 둘러앉자 낸시 중위는 비로소 자신이 집에 돌아왔음을 실감했다.

"자, 들자."

아버지가 나이프와 포크를 들어 올리자 식사가 시작되었다. 메뉴는 약간의 빵과 스프, 소시지 정도로 간소한 편이었다. 네이미는 식사 중에도 언니인 낸시 중위에게 이것저것 물으려 했지만 어머니의 질책에 입을 다물고 밥을 먹기 시작했다.

그렇게 식사가 어느 정도 진행됐을 때 아버지가 조용히 입을 열었다.

"그래. 전선에서 식사는 잘 하고 있고?"

아버지의 질문이 자신에게 향했음을 깨달은 낸시 중위는 급하게 씹던 빵을 넘기고 대답했다.

"네. 보급도 그럭저럭 잘 나오는 편이고요, 취사반을 맡고 있는 병사가 실력이 꽤 뛰어나기 때문에 잘 먹고 있습니다."

"프란시스 경이 예전에 사막을 다녀왔다던데, 거기는 영 사람이 살 곳이 못된다고 그러시더구나. 지내는 데 문제는 없고?"

이번에는 어머니가 걱정스러운 말투로 낸시 중위에게 묻자 낸시 중위는 앞에 앉은 어머니를 보면서 대답했다.

"아뇨, 뭐 거기도 사람 사는 동네인걸요. 다만 물이 부족해서 잘 씻기 힘들지만요. 처음에는 힘들었는데, 나중에는 수건에 물을 축여서 몸을 닦는 법을 알게 되어서 그럭저럭 개운하게 지내게 되었죠."

"세상에! 숙녀가 할 만한 일은 아니구나."

어머니가 깜짝 놀라면서 손사래를 쳤다. 평생을 귀족으로 살아 오신 어머니는 이해하기 힘들 거라고 생각하며 낸시 중위는 조용히 한숨을 내쉬었다.

"어쨌든 이렇게 왔으니 잘 됐구나. 이제 너도 결혼해야지. 좋은 집안에서 연락이 오고는 한단다."

"어머니. 아직은 전쟁 중이고, 저는 군인입니다."

"군대야 그만두면 되잖니?"

"의무 복무 기간이라고 부르는 게 있어서 아직 몇 년 더 군인으로 있어야 해요."

낸시 중위는 저 순진하신 어머니를 어떻게 설득해야 할지 고민했다.

"뭐. 자기가 좋을 때 하는 게 좋겠지. 억지로 결혼시킬 필요도 없고, 전쟁 중이니까."

"전쟁이 언제 끝날 줄 알고요? 늦어지면 늦어질수록 결혼하기 힘들어지는데.”

“어차피 할 결혼이라면 늦어도 할 수 있지 않을까?”

오히려 아버지가 어머니에게 반대 의견을 피력하기 시작하자, 전혀 예상하지 못한 전개에 낸시 중위는 조금 놀라고 말았다.

“어쨌든 이 이야기는 나중에 합시다.”

어머니가 반론하려 했지만 아버지가 못을 박는 바람에 더 이상 아무 말도 하지 못했다.

식사를 마친 뒤 아버지의 호출에 서재로 들어온 낸시 중위는 아버지 앞에 놓인 소파에 자리를 잡고 앉았다. 아버지는 아무 말 없이 담배를 피워 물었다.

“어머니에게 섭섭해 하지는 말아라. 널 생각해서 하는 이야기니까.”

아버지의 위로에 낸시 중위는 웃으면서 고개를 끄덕였다.

“사실 나도 비슷한 생각이기는 하단다. 군대야 뭐 어떻게든 손을 쓰면 의무 복무 기간이야 처리할 수 있고, 정 안 되면 후방으로 빠지는 방법도 있으니까. 그렇지만 네 결정을 존중하고 싶기도 하다.”

아버지는 잠시 말을 끊고 자리에서 일어나 자신의 책상으로 걸어갔다.

“그래도 내 대에서 끊어졌던 군인의 가풍을 네가 이어 주었으니 고맙구나.”

그렇게 말하며 아버지는 서랍을 열고 네모난 상자를 꺼내어 소파로 돌아왔다. 다시 낸시 중위 앞에 앉은 아버지가 상자를 건네주었다.

꽤 오래된 나무 상자였는데, 좋은 목재를 사용했는지 그리 낡았다는 느낌은 들지 않았다. 낸시 중위는 아무 말 없이 상자를 열었다. 안에 들어 있는 것은 45구경 자동권총이었다.

"어……. 이건 뭔가요?"

"네 할아버지가 내게 물려주신 권총이다. 나야 군인이 아니라 판사였고 그 뒤에는 의원이 되었으니 쓸모가 없었지만, 전쟁터에 나가는 너에겐 필요하겠지."

아버지의 말에 낸시 중위는 상자에서 권총을 꺼내들었다. 꽤 묵직하긴 해도 손에 감기는 감촉이 좋았다.

"아버지께서 그 권총 제조사에 부탁해 특별히 만든 모델이란다. 슬라이드와 몸체는 정밀 가공했고, 손잡이도 좋은 나무를 사용해서 만들었다는구나. 나도 자세히는 모르지만."

아버지의 설명에 낸시 중위는 권총을 이리저리 살폈다. 슬라이드 한쪽에는 회사 각인이, 반대쪽에는 콜필드 가문의 문장과 가문명이 필기체로 각인되어 있었다.

"콜필드 스페셜이라고 불러야 하나요?"

"뭐, 마음대로 하거라. 아버지도 별다른 말씀은 없으시던 물건이니까. 사실 브라이언이 태어났을 때 그 아이가 군인이 되면 물려주라고 주신 거지만, 그 녀석은 군대를 별로 안 좋아하니까 군인인 너에게 주는 게 좋겠지."

낸시 중위가 다시 상자에 총을 집어넣자 아버지는 낸시 중위를 똑바로 바라보며 말했다.

"지난 전쟁 당시 나는 대학생이었고 아버지 덕분에 참전하지 않았지. 사실 너도 굳이 참전하지 않아도 아무도 뭐라 하지 않았을 거다. 그렇지만 너는 몸을 사리지 않았고, 훌륭하게 잘 싸우고 있으니 아버지로서는 무척이나 자랑스럽단다. 그래도 조심했으면 좋겠구나. 이러니저러니 해도 아버지란 존재에게 딸은 아들놈보다 더 사랑스러운 법이니까."

말을 마친 아버지는 쑥스러운 듯 자리에서 일어나 자신의 책상으로 걸어갔다.

"그러면 이제 나가 보렴. 동생들하고도 좀 놀아 주고. 난 이제 일을 해야겠구나."

아버지의 말씀에 낸시 중위는 빙그레 웃고 문 밖으로 나갔다.

4.

나가기 전에 샤워라도 하라는 어머니의 말에 유리아 중사는 샤워실로 들어갔다. 군대에 가기 전에는 석탄보일러로 물을 데웠는데, 어느새 가스보일러로 교체되어 조금 놀라고 말았다. 이 집도 시대에 맞춰 착실하게 바뀌는 중이기 때문이었다.

오랜만에 집에서 하는 샤워다 보니 평소보다 더 오래 시간을 할애한 유리아 중사는 수건으로 머리를 말리며 자신의 방으로 돌아갔다. 침대 위에는 가운이 놓여 있었다. 어머니가 놓으셨나보다고 생각한 유리아 중사가 가운을 걸쳤다. 수건으로 계속해서 머리를 말리는 와중에 어머니가 문 안으로 들어왔다.

"다 씻었니?"

"어? 손에 든 건 뭐야?"

유리아 중사가 어머니에게 물었다. 어머니의 손에는 공구상자로 보이는 물건이 들려 있었고 반대편에는 긴 콘센트선을 들고 있었다.

"응? 그거 뭐야?"

"너 머리 좀 손질해 주려고."

어머니는 유리아 중사를 의자에 앉게 하고 공구상자를 열어서 헤어드라이어를 꺼내더니 콘센트에 연결했다.

"머리를 자르기는 좀 시간이 걸리니까 그냥 조금 손만 볼게."

어머니가 그렇게 말하고는 헤어드라이어를 켜서 유리아 중사의 머리를 말리기 시작했다.

"그런 건 다 어디서 났어?"

"너 군대 간 뒤에 미용실에서도 일했어. 그때 배우면서 좀 구해 놨지."

그렇게 머리를 적당히 말리고 나자 어머니는 벽에 걸린 기다란 거울을 떼어서 책상에 기댄 뒤 유리아 중사의 머리를 손보기 시작했다.

"살짝 컬을 줘서 풍성하게 만들 거야. 요새는 그런 스타일이 유행하거든."

"영화배우처럼? 나한테 안 어울려. 아니. 그보다 아직 세 시간은 더 남았는데 벌써부터 이렇게 준비해야 해?"

"얘가. 머리하고 화장하려면 시간이 얼마나 걸리는데."

유리아 중사가 그렇게 말했지만 어머니는 공구상자에서 집게 같은 것을 꺼내서 유리아 중사의 머리카락을 아래서부터 살짝 말아 올린 뒤 헤어드라이기로 열을 가하며 쓸어내렸다. 그런 식으로 몇 번 반복하니 어깨로 그대로 내려오던 유리아 중사의 머리칼이 풍성하게 부풀었다. 그렇게 컬을 준 뒤 빗으로 빗어가며 모양새를 내었다. 한참을 손보고 난 뒤, 어머니는 흡족했는지 고개를 끄덕이고 입을 열었다.

"머리를 짧게 해서 올리는 보이시 스타일도 좋긴 한데, 넌 머리가 기니까 이런 것도 괜찮겠다."

"내가 아닌 것 같아."

유리아 중사는 살짝 얼굴을 찡그렸지만 어머니는 아무렇지 않게 손에 약간의 포마드를 묻혀서 유리아 중사의 헤어스타일을 고정시켰다. 앞머리도 살짝 컬을 주어서 위로 올린 뒤 큐빅이 박힌 머리핀으로 살짝 고정시켜 주었다.

"완전 다른 사람 같지? 훨씬 예쁘네."

"뭔가 불편해. 이상한 느낌이야."

유리아 중사는 투덜거렸지만 어머니는 공구들을 상자에 집어넣고 잠깐 이대로 기다리라고 말하고는 밖으로 나갔다. 유리아 중사는 거울로 자신의 머리를 계속 살펴보았다. 평상시에는 하나로 묶어서 포니테일 스타일을 고수하던 유리아 중사였다. 생전 처음으로 이런 식으로 머리를 매만지니 어색한 기분이 들어서 이리저리 거울에 비친 몸을 돌려 보았다. 잠시 후 다시 방으로 들어온 어머니의 손에는 옷이 가득 들려 있었다.

"그 옷들은 또 뭐야?"

유리아 중사가 놀라 묻자 어머니는 아무렇지도 않은 듯 침대 위에 옷을 올려 두었다.

"예전에 옷 공장에서 일하면서 하나둘씩 받아 놓은 거야. 이런 일이 있으면 너 입히려고."

"도대체 일을 몇 가지나 한 거야……."

유리아 중사가 어이가 없어서 바라보고 있으려니 어머니는 먼저 옷더미를 뒤져서 무언가를 꺼내 들었다.

"먼저 속옷부터 갈아입자."

"아니, 속옷은 좀……."

"됐으니까 얼른 벗어."

어머니가 막무가내로 말하자 유리아 중사는 한숨을 쉬고는 가운을 벗고 속옷을 받아들었다. 브래지어가 몸통까지 내려오는 롱 라인 타입 속옷이었다. 레이스 장식이 잔뜩 달려 있어 이런 걸 어떻게 입나 하고 고민하고 있으려니 어머니가 유리아 중사의 브래지어를 끄르고는 속옷을 몸에 걸치게 했다.

"이렇게 몸통 부분을 조이는 거야."

어머니가 등 부분의 후크를 걸어서 고정시킨 뒤 몸에 맞춰서 살짝 조정했다.

"그리고 가슴은 이렇게 잘 모아서 컵에 넣어 줘야 해."

"내……. 내가 할게……. 간지러워!"

어머니의 손길에 유리아 중사는 얼른 몸을 빼냈다. 겨우 속옷을 갈아입고 나자 어머니는 이리저리 옷을 뒤져서 유리아 중사에게 대어 보더니 또 다른 것을 대어 보는 식으로 한참을 골라 유리아 중사에게 건네주었다.

"아래쪽에서 퍼지는 A라인 스커트에 프릴이 달린 셔츠를 입은 뒤

리본으로 멋을 내고 그 위에 투버튼 재킷을 입는 거야.”

유리아 중사로서는 어떻게 입는지도 잘 모르는 옷이었다. 생각해 보니 지난 10여 년 동안 군복이나 트레이닝복 종류를 빼고는 거의 일상복을 입어 본 적이 없었다. 어머니의 도움을 받아서 옷을 입은 뒤 재킷을 입으려니 잠깐 기다리라며 다시 의자에 앉혔다.

“이제 화장도 해야지.”

“화장?”

“그럼. 그냥 맨얼굴로 가려고 했어?”

어머니가 이번에는 공구상자에서 화장품 가방을 꺼내들었다. 유리아 중사는 이름도 알지 못할 화장품들을 이것저것 바르면서 한참 지나서야 겨우 거울 앞에서 벗어날 수 있었다.

“자. 어때? 완전 다른 사람이 되었지?”

어머니의 말에 유리아 중사는 거울을 바라보았다. 평상시 자신과는 완전히 다른 사람이 앉아 있었다. 유리아 중사는 놀란 얼굴로 거울을 바라보았다.

“화장이란 게 정말 대단하구나.”

유리아 중사의 혼잣말에 어머니는 팔짱을 끼고 의기양양한 표정을 지어 보였다.

“자. 시간 다 되었으니까 얼른 나가 봐.”

어머니가 유리아 중사에게 겉옷을 건네주자 유리아 중사는 멍하니 고개를 끄덕였다.

5.

　낸시 중위는 네이미가 잠들고 나서야 겨우 한숨을 돌릴 수 있었다.

　카펫 위에 엎드려 낸시 중위가 이야기한 사막을 크레용으로 그리다가 잠들어버린 네이미였다. 낸시 중위는 여동생을 자신의 침대에 눕혀서 이불을 덮어 주었다. 엄지손가락을 빨면서 잠든 네이미를 보고 빙그레 미소를 지은 낸시 중위는 사이드테이블에 올려 놓았던 상자를 열고 권총을 꺼내들었다. 할아버지께서 지난 대전 당시 사용하셨을 권총을 물려받았다고 생각하니 꽤나 감회가 새로웠다. 물론 자신은 새파란 신참 장교이고, 할아버지께서는 이미 지난 대륙전쟁 당시 여러 전선에서 잔뼈가 굵은 장군이었지만 말이다.

　"할아버지께서는 중위 시절에 어떠셨나요?"

　괜스레 낸시 중위는 권총을 바라보면서 혼잣말을 뱉었다. 검푸른 빛이 도는 강철제 권총은 아무 말이 없었다. 임관한 뒤 부대에서 지급받은 권총보다 더 오래됐지만 여전히 새것처럼 빛을 뿜었다. 물려받은 권총을 바라보다 침대에 누운 낸시 중위는 손을 뻗어서 천장을 겨누었다.

　"천장에 구멍이라도 낼 생각이야?"

　갑작스런 목소리에 깜짝 놀란 낸시 중위는 침대에서 벌떡 일어나 반사적으로 권총을 겨누었다.

　"누님도 역시 군인이구나. 재빠른데?"

　낸시 중위가 총을 겨누자 살짝 놀란 브라이언이 양손을 들고는 장난스럽게 웃어 보였다. 동생에게 총을 겨누었다는 사실을 깨달은 낸시 중위는 깜짝 놀라서 허둥지둥 권총을 내려놓았다.

"아. 미안해 브라이언. 조금 놀라서 말이야. 정말이지 조용하게도 걷는구나."

"노크 했어. 누님이 못 들은 거지."

브라이언이 의자를 끌어다가 앉자 낸시 중위는 얼른 권총을 나무 상자에 집어넣었다.

"그래, 어쩐 일이야?"

"그냥 근 2년 가까이 제대로 못 본 누님이랑 이야기라도 하려고 말이지. 우린 남매잖아? 거기다 다른 집안 누이들과는 다르게 전선에 가 있지. 걱정되는 게 당연하지."

브라이언이 그렇게 말하자 낸시 중위는 빙그레 웃었다.

"그렇게 걱정되면 편지라도 써 주면 좋겠는데. 주로 어머니 아니면 네이미 편지밖에 못 받아 봤어. 가끔 가다 레이몬드에게 집안 분위기를 보고하는 투의 편지가 오기도 하고."

"내 성격 알잖아. 그렇게 귀여운 동생은 아니거든."

브라이언이 어깨를 으쓱해 보이자 낸시 중위는 웃으면서 동생의 머리카락을 흐트러뜨렸다. 낸시 중위의 손을 벗어난 브라이언은 손빗으로 자신의 머리카락을 다시 다듬으며 입을 열었다.

"누님한테는 고마워하고 있어."

"뭘?"

"누님이 군인인 덕분에 난 징집 면제거든. 알잖아? 한 집에 한 명씩. 우린 귀족이니까 징집되더라도 장교로 갔겠지만."

브라이언의 말에 낸시 중위는 어떤 반응을 보여야 하는지 알 수가 없었다.

"뭐 그렇다고. 나 이제 곧 퍼블릭스쿨 졸업하고 대학에 들어가. 이번 학기가 마지막이야. 왠지 누님은 전선에서 고생하는데 나만 잘 풀리는 것 같아서 미안하거든. 그러니까 누님도 몸조심해."

그렇게 말한 브라이언은 머리를 긁적였다.

"이런 말을 하려니 낯간지럽네."

"아니. 고마워. 그렇게 말해 줘서."

낸시 중위는 동생에게 방긋 웃어 주었다.

"얘, 낸시. 나와 보렴."

잠시 남동생의 학교 이야기를 듣던 낸시 중위는 어머니가 부르는 소리에 침대에서 일어나 문 밖으로 나갔다. 문 앞에 서 있던 어머니는 반갑게 웃으며 입을 열었다.

"트랩 남작님 기억하니?"

"아버지 친구분이죠? 기억하고 있어요."

"그분 아들인 윌리엄이 찾아왔단다. 장교로 임관해서 곧 전쟁터에 가게 된다고 인사를 왔구나. 어릴 적 같이 놀았던 일 기억하지?"

어머니의 말에 낸시 중위는 기억을 더듬어 보았지만 누군지 전혀 기억이 나지 않았다.

"보면 알 것 같네요."

"지금 응접실에 있으니 내려와서 인사라도 좀 하렴. 브라이언 너도."

어머니가 말을 마치고 내려가자 낸시 중위는 한숨을 쉬고는 브라이언을 바라보았다. 브라이언은 어깨를 으쓱하고는 자신의 방으로 돌아가 버렸고, 낸시 중위는 아래로 내려갔다. 응접실 문을 열고 들어가니 아버지와 한 남자가 마주앉아서 이야기를 나누고 있었다. 조금 붉은색 기운이 도는 머리카락을 한 키 큰 사내였는데, 정복을 갖춰 입고 있었다.

"윌리엄. 여기 낸시란다."

어머니가 그렇게 말하자 윌리엄은 고개를 돌려서 낸시를 바라보았다.

"이야. 이제 아가씨가 다 되었네. 한 10년만에 보는 건가?"

윌리엄은 얼굴에 미소를 띠면서 오른손을 내밀었다. 이 남자와 예전에 그렇게 친했었나를 생각해 봤지만 낸시 중위는 도통 기억이 떠오르지 않았다. 그나마 어릴 적 만났던 기억이 어렴풋이 조금은 떠오르자 낸시 중위는 어색한 표정으로 악수를 나눴다.

"어…… 음……. 소위네?"

"응. 대학에 다니다가 지원했어. 훈련을 마치고 이제 막 임관했지. 다음주면 레바느로 떠나."

윌리엄은 자신의 계급을 알아본 것이 즐거운지 미소를 띠고 즐겁게 이야기를 시작했다. 평범한 여자들은 군인을 봐도 장교인지 하사관인지 병사인지 크게 관심이 없다 라는 사실은 알지 못하는 듯한 얼굴이었다. 낸시 중위는 이 순진한 남자가 전선으로 갈 것을 생각하니 왠지 모르게 서글픈 생각이 들어 버렸다.

"아. 그럼 잠시 아버지하고 이야기 하고 있어."

낸시 중위는 그 말만 남기고 자신의 방으로 올라갔고, 윌리엄은 멍하니 낸시의 뒷모습을 바라보았다.

"제가 무슨 실수를 한 걸까요?"

윌리엄이 낸시 중위의 부모님에게 묻자 어머니는 고개를 저었다.

"아마 부끄러운 모양이지. 10년 만에 만나는 거잖니. 아가씨는 늘 섬세하단다. 차 한 잔 하겠니?"

어머니의 말에 윌리엄은 떨떠름한 표정으로 의자로 돌아가 앉았다.

6.

"오늘밤은 안 들어와도 된다."

어머니의 말에 유리아 중사는 손사래를 치고는 집 밖으로 나왔다. 손목에 찬 투박한 손목시계를 확인하니 5시 50분. 약속한 공원까지 가려면 10분 정도 걸리니 딱 적당한 시간이라고 유리아 중사는 생각했다. 신발도 어머니가 억지로 신겨 준 살짝 굽이 있는 구두라서 발이 아팠다.

유리아 중사는 어째서 자신이 리처드 대위와 식사를 하기 위해 이 정도까지 차려입어야 하는지 궁금했다. 어머니는 리처드 대위가 그녀에게 관심이 있는 거라고 말했지만, 어머니의 말처럼 대위가 자신에게 마음이 있는 건지는 의심스러웠다. 유리아 중사의 생각으로는 리처드 대위가 자신에게 가진 감정은 같은 군인으로서의 동료의식이 아닐까 싶었다.

"뭐가 되었던 내가 생각한다고 답이 나올 리가 없지."

그렇게 혼잣말처럼 중얼거리는 사이에 공원 앞에 다다랐다. 공원 앞에서 시계를 보며 서 있는 리처드 대위가 유리아 중사의 눈에 들어왔다. 아침에 봤을 때처럼 군청색 해군 제복을 갖춰 입었다. 유리아 중사는 천천히 다가가서 리처드 대위의 옆에 선 뒤에 입을 열었다.

"많이 기다리셨습니까?"

"네? 네……?!"

시계를 보고 있던 리처드 대위가 깜짝 놀라서 유리아 중사를 바라보았다. 그리고 멍하니 아무 말도 못하고 서 있었다. 유리아 중사는 멍해진 리처드 대위를 바라보고는 입을 열었다.

"왜…… 그러시죠?"

유리아 중사가 묻자 그제야 정신을 차린 리처드 대위가 깜짝 놀라서 정모 아래 뒷머리를 긁적이며 입을 열었다.

"아. 아뇨……. 그…… 너무 아름다우셔서 그렇습니다."

얼굴을 붉힌 리처드 대위의 말에 유리아 중사도 살짝 얼굴을 붉혔다.

"간편하게 차려입고 나올 걸 그랬나 보죠? 어머니께서 워낙 신경을 많이 쓰셔서요……. 좀 부담스러우신가요?"

"아뇨! 아닙니다! 정말 잘 어울리시는걸요. 머리스타일도 그렇고요. 정말 세련되셨습니다."

유리아 중사의 질문에 허둥대며 리처드 대위가 열심히 설명했다. 유리아 중사는 웃음을 터트렸다.

"괜찮다고 하시니 다행이네요."

"하…… 하하하……."

리처드 대위도 머리를 긁적이면서 따라 웃었다.

저녁식사를 어떻게 하겠냐는 말에 유리아 중사는 펍에 들러 술 한 잔 하면서 간단히 먹자고 제안했다.

"괜찮은 레스토랑 같은 데가 좋지 않을까요?"

리처드 대위가 묻자 유리아 중사는 잠시 생각하고는 입을 열었다.

"군 생활을 오래 하다 보니 그런 곳은 좀 불편해서요. 그리고 술 한 잔 하는 편이 이야기를 나누기에는 더 좋지요. 괜찮은 펍은 나오는 요리들도 제법 훌륭하답니다."

"그러면 그렇게 할까요. 여기 근처에도 있겠지요?"

"아마도요."

그래서 두 사람은 펍을 찾기 시작했다. 큰길 주변에 있지 않겠냐는 유리아 중사의 제안에 리처드 대위는 큰길 방향으로 걸어갔다.

"사막 쪽에서 지내시기는 괜찮으셨습니까?"

리처드 대위의 물음에 유리아 중사는 잠시 생각하다 입을 열었다.

"흐음. 낮에는 덥고 밤에는 춥고 그랬어요. 뱀도 나오고, 전갈 같은 것도 있고요. 밤에 잘 때면 전투화는 무조건 높은 곳에 놔둬야 했지요. 안 그러면 아침에 일어나서 전투화 속으로 들어간 전갈이나 뱀 같은 걸 끄집어 내야 했죠."

"꽤나 격한 환경이군요."

"나중에는 담뱃재나 백반 같은 걸 뿌리면 뱀이나 전갈이 싫어한다는 걸 알고는 천막 주변에 잔뜩 뿌려 두고 그랬답니다. 그것 말고도 한밤중에 모래폭풍이라도 불면 또 난감하지요. 40cm가 넘는 쇠말뚝으로 천막을 고정해 놔도 뽑히기 일쑤였어요. 그래서 자다 말고 허겁지겁 일어나서 다시 말뚝을 박고 그랬죠. 그러고 나면 이미 천막 안에 담요고 뭐고 다 모래로 뒤덮여서는 전부 털어내고는 했어요."

리처드 대위는 유리아 중사의 이야기를 귀담아 들었다. 그는 배를 타는 해군이었기에 사막의 이야기는 무척이나 신기하게 들렸다.

"적들하고 전투하는 건 안 힘드신가요?"

리처드 대위의 물음에 유리아 중사는 살짝 뜸을 들였다. 그리고는 리처드 대위에게 되물었다.

"그러면 대위님은 어떠신가요. 바다에도 적군은 있죠?"

유리아 중사의 물음에 리처드 대위는 잠시 고민을 하다가 입을 열었다.

"사실 저는 어떤지 잘 모르겠습니다. 아직까지는 적 전함과 함대전을 벌인 적이 없으니까요. 적기의 기습이라던가 잠수함의 공격은 몇 차례 있었습니다만, 모두 큰 피해를 입지는 않았습니다. 그래서 저는 그리 실감이 나지 않습니다."

리처드 대위의 대답에 유리아 중사는 웃으면서 대답했다.

"저도 마찬가지에요. 아직까지 적과의 전투가 어떤 것인지 잘 모르겠습니다. 매번 전투가 있고, 겨우겨우 살아남지만 그때 느꼈던 감정 같은 것들을 어떻게 설명해야 할지 모르겠으니까요."

유리아 중사의 대답에 리처드 대위는 적당한 응대를 찾을 수 없었다. 잠시 침묵이 흐르자 유리아 중사는 손으로 앞을 가리키면서 애써 밝게 이야기했다.

"저기 펍이 있네요. 저기로 갈까요?"

그렇게 말한 유리아 중사는 대답도 듣지 않고 리처드 대위의 손을 붙잡고 펍으로 달려갔다. 펍은 이미 사람들로 북적거리고 있었고, 그중에는 군복을 입은 군인들도 많은 숫자를 차지했다. 유리아 중사는 리처드 대위와 함께 한쪽 구석의 테이블을 차지했다. 낡은 나무 테이블은 세월의 흔적이 고스란히 남아 있었다.

"주문하세요."

젊은 여급이 오자 유리아 중사와 리처드 대위는 메뉴판을 본 뒤에 간단한 식사와 맥주를 한 잔씩 주문했다. 여급이 주문을 받고 자리를 뜨자 리처드 대위가 입을 열었다.

"시끌시끌하군요."

"이런 분위기 싫어하시나요?"

리처드 대위는 손을 휘저었다.

"아뇨. 사관학교 시절에 동기들과 자주 들렀던 술집같은 느낌입니다. 사실 저도 귀족이라서 의무로 생각하고 입대했다가 장기로 전환했습니다만, 친했던 동기들은 다 평민이었어요. 뭐 저희 집도 귀족 직함만 있을 뿐이지 큰 재산이 있는 건 아니거든요. 아버지는 지난 전쟁에 참전하셨다가 돌아오신 뒤에 자동차 세일즈를 하셨고요. 그래서 동기들하고 밤에 몰래 빠져나와서 이런 곳보다 더 허름한 술집에서 럼을 마시고는 했지요."

"생각 외로 불량 학생이셨네요."

유리아 중사가 웃으면서 말하자 리처드 대위는 그저 머리를 긁적였다.

"젊은 시절의 일탈 같은 거지요. 그래도 성적은 잘 챙겼습니다."

"그러니까 지금 대위도 달고 계시는 것이겠죠?"

그렇게 대화를 하는 도중에 여급이 와서는 맥주잔을 내려놓고 갔다.

"일단 한 모금 하시지요."

유리아 중사가 맥주잔을 들어올리자 리처드 대위도 맥주잔을 들어올렸다. 그대로 쨍 소리가 나게 잔을 부딪친 유리아 중사와 리처드 대위는 잔을 입으로 가져가 목으로 넘겼다.

"크아~!"

유리아 중사가 잔을 내려놓으며 탄성을 지르자 리처드 대위도 똑같이 잔을 내려놓았다.

"역시 맥주는 시원한 편이 좋지요?"

"네. 그렇죠."

유리아 중사의 응대에 리처드 대위가 곧바로 되물었다.

"유리아 중사는 술을 좋아하시나요?"

유리아 중사는 안주로 나온 과자를 하나 먹고는 대답했다.

"네. 취하도록 먹는 스타일은 아니지만, 이런 식으로 조금씩 마시는 건 좋아해요. 훈련이나 작업이 끝난 뒤에 샤워를 하고 마시는 시원한 맥주는 무척이나 맛있지요."

"저도 맥주는 좋아합니다. 배를 타고 오래 나가면 마시기 힘들지만요. 배가 항구에 정박하면 꼭 작은 술집을 찾아서 맥주를 마십니다. 그러다가 지난번에는 병사들이랑 실컷 마시고 정신을 차려 보니 술집 테이블 위에 누워서 자고 있더군요."

"저도 지난번에 새로 온 소대장들이랑 한잔 하고 나서 다음날 아침에 일어났을 때 어땠는지 아세요?"

"글쎄요? 어떻게 되셨나요?"

유리아 중사가 씨익 웃으면서 묻자 리처드 대위는 어깨를 으쓱해 보이면서 되물었다. 유리아 중사는 몸을 살짝 앞으로 숙여 귓속말을 건넸다.

"아침에 일어나니까 알몸으로 같이 침대에 누워 있더라고요."

"어이쿠 세상에나!"

"분위기를 타서 너무 마셨던 거죠."

서로의 술자리 이야기로 분위기가 올라가기 시작하자 여급이 요리를 가지고 왔다. 간단한 닭고기 튀김과 소시지 구이, 그리고 샌드위치였다.

"안주로 삼기 좋은 음식들이네요."

유리아 중사가 포크와 나이프를 들자 리처드 대위는 유리아 중사의 접시에 음식들을 담아 주었다.

7.

낸시 중위는 자신의 방에서 정복을 착용하고 옷매무새를 다듬었다. 집이라 편하게 신고 있었던 실내화도 벗고 군화를 착용했다. 완벽하게 군인의 모습으로 돌아온 낸시 중위는 마지막으로 왼쪽 가슴에 달려 있는 한 줄의 약장과 보병전투기장을 다시 한 번 가다듬은 뒤,

허리를 곧게 펴고 계단을 내려가 응접실로 향했다. 낸시 중위가 응접실로 들어가 작게 기침을 하자 응접실에 있던 모든 사람들이 낸시 중위를 돌아보았다. 아버지는 별 반응이 드러나지 않은 무표정한 얼굴이었지만, 어머니는 눈을 찡그리며 못마땅한 기분을 드러냈으며 윌리엄은 눈을 동그랗게 뜨고는 깜짝 놀라서 벌떡 자리에서 일어났다.

"어? 어라? 응?"

낸시 중위의 정복에 붙어 있는 약장과 계급장을 본 윌리엄은(윌리엄의 정복에는 아직 약장이 없었다) 경례를 해야 하나 말아야 하나 고민하면서 오른손을 올렸다 내렸다 했다. 낸시 중위는 자세를 바로하고 입을 열었다.

"편히 쉬도록, 소위."

낸시 중위가 그렇게 말하자 그제야 윌리엄은 얼른 오른손을 늘어서 경례를 붙였다.

"죄송합니다!"

윌리엄의 경례에 낸시 중위는 표정을 풀고 윌리엄의 앞자리에 앉았다.

"앉아."

윌리엄이 놀란 표정으로 자리에 앉았고, 낸시 중위는 메이드가 따라 준 찻잔을 들어올렸다.

"얘는. 갑자기 군복은 왜 입고 오니? 일부러 윌리엄에게 네가 군인인 건 말하지 않았는데."

어머니가 그렇게 낸시 중위를 타박했지만 낸시 중위는 애써 안 들리는 척 묵묵히 차를 마셨다.

"그……. 저……. 미……. 아니 죄송……. 히아……. 이거 원."

윌리엄이 여전히 당황해서 말을 제대로 잇지 못하자 아버지는 윌리엄과 낸시를 차례로 바라보고는 자리에서 일어났다.

"미안하지만 나는 일단 업무를 봐야 하기 때문에 먼저 일어나겠네. 그럼 윌리엄. 아버지에게 안부 전해 주게나."

"아! 네! 알겠습니다."

아버지는 어머니를 데리고 응접실 밖으로 나갔다. 어머니는 못마땅한 표정으로 낸시 중위를 돌아봤지만, 아버지 때문에 아무 말 없이 응접실 밖으로 나가 버렸다.

"어……. 저기……."

"말 편하게 해. 아까까지는 편하게 했으면서."

"하아. 고마워. 순간적으로 어떻게 대해야 할지를 알 수가 없었거든. 이야……. 어릴 적 친했던 여자아이가 나보다 계급이 높다니. 완전 놀랐어. 혹시 전선도 다녀온 거야?"

낸시 중위의 말에 긴장을 푼 윌리엄이 낸시 중위의 약장을 가리키며 물었다.

"응. 임관하고 프로세에 배치받았을 때 전쟁이 벌어지는 바람에. 그 뒤에는 레바느에 갔고. 며칠 전에 휴가를 받아 돌아왔어."

"이거 민망하네. 그런 대단한 중위님에게 곧 전선에 간다고 자랑한 꼴이니 말이야. 설마 로빈중대야? 신문에서 본 것 같은데."

윌리엄의 말에 낸시 중위는 고개를 끄덕였다.

"소대장?"

"중대장."

그 이야기를 들은 윌리엄은 허탈하게 웃으며 찻잔을 들어올렸다.

"대단하구나. 기억 나? 우리가 한 7살 때인가? 정원에서 놀다가 네가 넘어져서는 막 울기 시작했었지. 그때는 참 어린 꼬마아이였는데, 이제는 이렇게 커서는 나보다도 계급도 높고."

윌리엄의 말에 낸시 중위는 그저 어색하게 웃어 보이고는 찻잔을 내려놓았다.

"미안. 어릴 때 일은 기억이 안 나. 사실 정말 미안하지만 너도 기억이 가물가물해서 말이야."

낸시 중위의 말에 윌리엄은 찻잔을 내려놓고 빙그레 웃었다.

"하긴. 말 그대로 10년도 더 지난 이야기니까. 아마 나 혼자서 친하다고 생각했는지도 모르겠어. 그래도 조금 아쉽네. 하하⋯⋯."

"그보다 몇 사단이야? 배치되는 곳이?"

낸시 중위는 얼른 주제를 바꿨다.

"아아. 1사단이야. 아직 연대나 대대는 결정되지 않았지만."

"같이 작전을 한 적이 있는 사단이야. 1사단이면 괜찮을 거야. 이제 어느 정도 실전 경험도 쌓였을 거고."

"그렇게 말해 주니 고맙네. 휴. 그러면 나는 이제 일어나 볼게."

윌리엄이 남은 차를 모두 마시고 자리에서 일어나자 낸시 중위도 뒤따라 일어났다.

"아, 저녁이라도 먹고 가지 그래?"

"아니. 이제는 집에 가 봐야지."

윌리엄이 낸시 중위의 말에 대답하고 차렷 자세로 낸시 중위에게 경례했다. 낸시 중위가 반사적으로 답례하자 윌리엄은 빙그레 웃고는 입을 열었다.

"고마워. 다음에 또 만나."

윌리엄이 작별 인사를 남기고 응접실 밖으로 나가자 낸시 중위는 윌리엄의 뒷모습을 바라보았다.

8.

식사를 하고 이야기를 나누며 술을 마시다 리처드 대위가 잠시 화장실을 다녀오겠다며 일어났다. 리처드 대위가 자리를 비우자 유리아 중사는 어머니가 들려 준 핸드백을 열고 담배를 꺼내들었다. 핸드백을 뒤져 라이터를 찾은 유리아 중사는 라이터를 켜다가 기름을 채우지 않았음을 깨달았다. 담배를 다시 집어넣은 유리아 중사는 오늘 하루는 담배를 그냥 끊어야겠다고 생각했다. 그렇게 조금은 어색한 기분으로 혼자 앉아 있자니 구석에 앉아 있던 병사 중 한 명이 유리아 중사에게로 다가왔다.

"안녕. 아가씨?"

아무렇지도 않게 유리아 중사의 앞자리를 차지하고 앉은 병사는 씨익 웃으며 입을 열었다.

"아가씨, 저기 뒤에 내 친구들이 2명 더 있는데 같이 놀지 않겠어?"

유리아 중사가 쏘아붙이려고 하는 순간 리처드 대위가 다가와서는 얼굴을 찡그리고 그 병사를 내려다보며 한마디 했다.

"미안하지만 병사. 자네 앞에 앉아 계신 아가씨는 내 일행인 것 같은데?"

리처드 대위의 말에 병사는 자리에서 일어나서 리처드 대위를 바라보고는 씨익 웃어 보였다. 리처드 대위를 훑어본 병사는 비꼬듯이 말했다.

"해군 장교 나으리야 아무도 없는 바다에서 멍하니 떠 있으면 장땡이지만, 저희들은 조만간 전선으로 떠나야 하는데 좋은 추억거리 하나 정도는 만들어야 하지 않겠습니까?"

병사가 어깨를 으쓱이며 말하자 뒤에 있던 병사들도 다가왔다. 한 명은 아무래도 걱정되는 듯 안절부절 못하고 있었지만, 그 옆에 있는 병사는 여차하면 일이라도 벌릴 양 어깨를 풀고 있었다. 리처드 대위가 화가 나서 밑시러 하자 유리아 중사는 리처드 대위를 손으로 제지하고는 의자에서 일어나 병사 앞으로 다가갔다.

"적당히 하고 가시는 게 어때요?"

"이봐, 아가씨. 그렇게 튕기지 마. 저런 해군 샌님은 버리고 우리랑 놀자고."

병사가 유리아 중사의 허리에 손을 감자 유리아 중사는 슬쩍 병사의 팔을 밀어냈다. 유리아 중사가 병사들에게 대꾸하려는 순간 문이 열리면서 누군가가 안으로 들어왔다. 여군 병사들이었다.

"여기서 한 잔 하고 가⋯⋯. 응?"

들어오던 인물들이 유리아 중사를 보고는 깜짝 놀랐다.

"야. 저기 소대장님 아니시냐?"

"그런 것 같은데."

"저렇게 꾸며 놓으니 못 알아볼 뻔했습니다."

수군거리며 유리아 중사에게 다가가던 병사들은 중사 앞에 선 병사들을 발견하자 발걸음을 멈추고는 빤히 바라보았다.

"뭐야? 이것들은."

미린 상병이 병사들을 노려보듯이 바라보자 상대방은 무시하듯이 씩 웃으면서 말했다.

"어이쿠. 뭐야, 이 아가씨들은. 후방에서 경비나 서는 아가씨들이 잖아."

"뭐야?!"

미린 상병이 상대방의 말에 화가 나서 덤비려 들자 옆에 있던 레네시 상병이 막아섰다. 레네시 상병은 안경을 추켜올리고 상대방을 바라보다가 입을 열었다.

"29사단 소속, 가슴팍에 달린 거라고는 사격 뱃지에 소총표식밖에 없으면서 말들은 많군. 29사단이면 아직 전선은 문턱도 안 밟아 본 사단 아니었나? 뒤에 있는 녀석들은 아마도 같은 분대나 소대겠지. 일병 한 놈은 딱 봐도 오늘 저녁에 계급장을 새로 붙인 것 같은 애송 이고."

레네시 상병이 그렇게 말하자 병사들은 화가 난 듯 눈을 치켜떴고, 일병은 초조한 얼굴로 말리려 노력했다.

"뭐야! 전선으로 갈 일도 없는 여군이면서 무슨 소리야!"

아까까지 유리아 중사에게 집적거리던 상병이 소리치자, 레네시 상병은 코웃음치면서 앞으로 나섰다.

"어이쿠. 나랑 내 동료들 옷을 보면 모르겠나? 여성용 정복이 아닌 일반 정복인 거 안 보여? 나랑 내 동료 가슴에 매달린 1등 사수 뱃지와 소총표식, 기관총표식도 안 보이고? 그 위를 보면 근접전투기장이 있고 더 위에는 왕국 방어장과 레바느 참전기장도 있는데, 아무래도 단단히 삔 듯한 네 눈깔에는 아무것도 안 보이는 모양이다?"

레네시 상병의 빈정거림에 상병이 깜짝 놀라서 레네시 상병을 훑어보자 레네시 상병은 웃으면서 자신의 뒤에 있던 미린 상병을 앞으로 끌어 왔다.

"내 친구는 프로세 참전기장에 상박에는 1년 근속 밴드, 외국 복무 밴드가 1줄씩 더 있지. 아, 참고로 나도 1년 근속 밴드는 있어. 너는 그것도 없는 모양인데, 아직 복무한 지 1년도 안 된 신삥이지? 왜. 더 보여줄까? 하다못해 우리 막내도 근접전투기장에 레바느 참전장 정도는 있는데'?"

레네시 상병이 비아냥거리자 상병은 얼굴이 창백해지기 시작했다.

"서……. 설마……. 로빈중대?"

"군 신문에서 이름 정도는 들어본 것 같군. 왜 그러시나, 체리보이? 전선 문턱도 못 밟았으면서 군인 행세를 하니 뭐라도 된 기분이었나 봐?"

레네시 상병의 말에 미린 상병은 입을 가리고 웃기 시작했다.

"이제 그만들 하지."

잠자코 보고 있던 리처드 대위가 앞으로 나서며 중재를 시작했다. 장교의 입장에서 이런 식으로 일이 커지는 모습을 볼 수는 없다고 생각했다. 그보다도 펍 내부의 다른 병사들도 이 테이블을 주시하고 있는 것이 내심 걱정되었다.

"알겠습니다. 장교님. 그런데 딱 한 마디만 더 해도 될까요?"

레네시 상병이 리처드 대위에게 묻자 리처드 대위는 억지로 미소를 지으며 고개를 끄덕였다. 레네시 상병은 웃으면서 뒤에서 말싸움을 보고 있던 유리아 중사를 끌고 와 말했다.

"네 녀석이 집적거리던 분은 우리 소대장님이신데, 근속 10년차 베테랑 중사거든? 네 녀석이 꼬마들하고 학교 운동장에서 공이나 차고 있을 때부터 군대에 계시던 분이라고."

레네시 상병의 말에 상병은 얼굴이 더 창백해져서는 유리아 중사를 바라보았고, 유리아 중사는 어색하게 웃음을 지어 보였다.

"뭐 하고 있어? 군대에서는 이런 경우에 하라고 경례라는 좋은 제도를 만들어 놓은 거야."

미린 상병이 상병의 옆에 서서 어깨를 두드리자 상병은 얼른 유리아 중사에게 경례를 올렸고, 뒤에 있던 동료들도 경례를 붙였다. 유리아 중사는 답례를 하려다가 자신이 현재 군복을 입고 있지 않다는 것을 깨닫고는 웃으며 살짝 손을 흔들어 주었고, 병사들은 바짝 굳어서 손을 내렸다.

"무……. 무례하게 굴어서 죄송합니다."

상병이 사과하자 유리아 중사는 손을 흔들어 주고는 재미있게들 놀라고 대답했다.

"우리 소대장님께서 마음이 너그러우시니 다행인 줄 알아. 야! 이리 와 봐. 우리끼리 술이나 마시자!"

미린 상병이 아직도 굳어 있는 상병의 목에 팔을 두르고 구석의 테이블로 끌고 가자 옆에 있던 록시 이병도 미린 상병을 따라갔다.

"세상 참 좁네요. 여기서 소대장님을 다 뵐 줄은 몰랐습니다."

"나도 여기서 너희와 마주칠 줄은 꿈에도 몰랐다. 집에 안 가고 여기서 뭐 하는 거야?"

레네시 상병은 웃으면서 답했다.

"록시네 집이 이 근처거든요. 뭐, 제 집은 아니지만 비슷하지 않습니까? 그래서 오늘 하루는 여기서 놀기로 했습니다. 제 고향은 피니에고 미린은 에네바르거든요. 가는 데만도 기차 타고 8시간은 걸리니까 그냥 수도 구경이나 할 겸 해서요. 지난번에는 주둔지 근처 외박밖에 안 됐으니까요."

유리아 중사는 고개를 끄덕이며 수긍했다. 집이 멀다면 3박4일로 다녀오기엔 힘들 터였다.

"그러면 저는 저쪽으로 가 보겠습니다. 미린 녀석은 제가 옆에서 말리지 않으면 답이 안 나오니까요. 그럼 즐거운 데이트 하십시오."

레네시 상병이 씨익 미소를 지으며 경례했다. 유리아 중사는 부정하려 했지만, 얼른 돌아서서 가 버리는 바람에 붙잡지 못했다.

"좋은 부하들이군요."

옆에 서 있던 리처드 대위가 칭찬하자 유리아 중사는 고개를 끄덕였다.

그렇게 맥주를 몇 잔 더 마시면서 이야기하다 보니 시간이 꽤나 늦어졌다. 두 사람의 시계는 어느덧 10시를 가리켰고, 유리아 중사가 꽤나 취하자 리처드 대위가 먼저 일어나자고 말을 꺼냈다. 그렇게 펍을 나온 두 사람은 천천히 걷기 시작했다.

"오늘 즐거웠습니다."

"별 말씀을요."

리처드 대위의 말에 유리아 중사가 대답했다.

"아. 밤도 늦었으니 집까지 모셔다 드리겠습니다."

리처드 대위가 제안하자 유리아 중사는 리처드 대위를 빤히 바라보았다. 술기운에 얼굴은 빨갛게 달아 있었다.

"사실 어머니가 오늘은 안 들어와도 된다고 하셨어요."

유리아 중사의 말에 리처드 대위는 깜짝 놀라서 손을 휘저었다.

"아니요! 그래도 시간이 늦었으니 집에 가셔야지요."

리처드 대위가 그렇게 말하자 유리아 중사는 크게 웃기 시작했다. 리처드 대위는 유리아 중사가 갑자기 웃기 시작하자 도대체 어떻게 된 영문인지 몰라서 멀뚱히 바라보았다.

"역시 리처드 대위님은 좋은 분이네요."

"하하……. 감사합니다."

"아뇨 아뇨. 빈말이 아니고 정말이에요. 남자를 사귀어 본 적은 없지만 리처드 대위님은 좋은 분이라는 것 정도는 알 것 같네요."

그렇게 말한 유리아 중사는 리처드 대위의 손을 붙잡고 앞서서 걸어가기 시작했다. 갑작스러워서 리처드 대위는 깜짝 놀랐지만 유리아 중사는 아무렇지도 않은 듯 손을 꽉 붙잡고 앞으로 걸어갔다.

"전선으로 가던 그날 밤. 나에게 꽃을 주던 아가씨. 눈물 젖은 그 눈으로 말했지. 꼭 돌아오라는. 꼭 무사해 달라는 그 말을. 꽃을 가슴에 품은 채. 행렬은 멀리 멀리 떠나갔지."

유리아 중사가 즐거운 듯 노래를 흥얼거렸다.

"즐거우신가 보죠?"

리처드 대위가 묻자 유리아 중사는 고개를 돌려서 리처드 대위를 바라보고는 미소를 지었다.

"아아아. 이 땅에도 보리는 익어 가는데. 내 고향 보리밭은 이제는 황금빛일까. 보리밭을 흔드는 그 바람아. 내 소식 고향에 전해 다오."

"좋은 노래네요."

"동부연합 민요에요."

"연합어가 아니고 공용어인데요?"

리처드 대위가 묻자 유리아 중사가 앞으로 걸어가면서 말했다.

"예전에 배에서 일했을 때 같이 일한 여자가 동부연합 사람이었어요. 그 여자가 살던 곳은 예전에 제국의 지배를 받았던 곳이라 다들 공용어를 사용했죠. 그래서 그래요."

"그렇군요."

"자, 그럼 저는 다 왔습니다."

유리아 중사가 집 앞에 멈춰 서서 말했다.

"너무 늦지 않아서 다행입니다."

"어머니는 너무 일찍 들어왔다고 생각하실 거예요. 어머니는 리처드 대위님이 무척 마음에 드신 모양이니까요."

"별말씀을요. 그럼 그만 가 보겠습니다."

유리아 중사는 살짝 눈을 감았다. 길가의 가로등 불빛이 두 사람을 비추는 가운데 리처드 대위는 유리아 중사의 얼굴을 유심히 바라보았다. 그리고 자신의 얼굴을 천천히 유리아 중사에게로 가져가다가 얼른 몸을 떼고는 고개를 저었다. 조심스럽게 유리아 중사의 손에서 자신의 손을 빼낸 리처드 대위는 유리아 중사가 눈을 뜨자 경례를 했다.

"오늘 즐거웠습니다. 다음에도 뵐 수 있었으면 좋겠군요. 그럼 저는 가 보겠습니다."

작별 인사를 건넨 리처드 대위는 바로 뒤돌아서 걸어가기 시작했다. 유리아 중사는 살짝 입술을 삐죽이고는 문에 등을 기댔다.

"겁쟁이."

유리아 중사가 혼잣말처럼 중얼거렸다. 그리고는 걸어가는 리처드 대위의 등에 대고 소리쳤다.

"저기요!"

"예! 예?!"

리처드 대위가 깜짝 놀라 뒤로 돌아섰다. 유리아 중사는 손을 흔들면서 말했다.

"잘 들어가세요."

"네! 얼른 들어가십시오."

"편지 써도 되나요?"

유리아 중사가 소리치자 리처드 대위는 살짝 놀란 듯 유리아 중사를 바라보았고, 심호흡을 한 다음에 입을 열었다.

"물론입니다! 저도 편지 보내겠습니다."

"그럼 안녕히 주무세요!"

"네! 유리아 중사도 안녕히 주무십시오."

리처드 대위도 크게 손을 흔들고는 그대로 뒤돌아서 큰길로 달려 나갔다. 유리아 중사는 리처드 대위의 모습을 바라보고는 미소를 지으며 문을 노크했다.

9.

　냔시 중위가 응접실에서 남은 차를 홀짝이려니 어머니가 다시 들어왔다.

　"어머. 윌리엄은 벌써 갔니?"

　"네."

　어머니가 낸시 중위 혼자만 있는 걸 보고 물었다. 낸시 중위는 고개를 끄덕이며 대답했다.

　"참, 윌리엄도. 저녁이라도 먹고 가지."

　어머니가 낸시 중위의 앞에 앉으며 한숨을 내쉬었다.

　"너도 참. 왜 군복은 입고 나오고……."

　"군인의 치기 어린 자존심이예요."

　"그래. 뭐 그건 그렇다 치고, 네가 보기엔 어떠니? 괜찮은 남자 아니니?"

　어머니가 단도직입적으로 그렇게 묻자 낸시 중위는 어떻게 대꾸해야 할지 알 수가 없었다.

　"집안도 괜찮고, 잘생겼고, 전공은 법학과였다는구나. 아마도 아버지 뒤를 이어서 판사가 될 모양이야."

　"그리고 지금은 군인이고, 진신에서 인제 죽을지 모르는 소위죠."

　낸시 중위가 심드렁하게 대꾸하자 어머니는 눈썹을 찡그렸다.

"그렇게 말할 건 없잖니. 보면 볼수록 너는 정말로 내 딸이 맞나 싶구나. 브라이언도 영 말수가 없고. 어쩌다 이렇게 된 걸까……."

어머니가 한숨을 내쉬자 낸시 중위는 왠지 모를 죄책감을 느꼈다.

"저도 결혼을 평생 안 하겠다는 얘기는 아니에요. 다만 지금은 전쟁 중이니까요."

"꼭 전선으로 나가야 하는 거니?"

"네. 저는 군인이니까요. 저 말고도 수많은 젊은이들이 전선에서 싸우고 있어요. 저도 그 군인 중 하나고요. 저로서는 어머니께서 절 이해해 주셨으면 좋겠다고 생각하는데 말이죠."

낸시 중위의 말대꾸에 어머니는 낸시 중위를 바라보며 입을 열었다.

"엄마가 내 남동생 이야기 한 적 없지?"

"남동생이요? 저한텐 큰외삼촌만 있는 거 아니었어요?"

"사실 있었어. 남동생. 나보다 한 살 어렸었단다. 그리고 죽었어. 전쟁터에서."

갑작스런 고백에 낸시 중위는 충격을 받았다.

"사관학교에 있었거든. 귀족의 의무 때문에. 딱히 군인이 되고 싶다고 하던 아이는 아니었지만, 그래도 의무는 다하겠다고 사관학교에 간 사이에 전쟁이 터진 거야. 그리고 1년 뒤에 그 아이의 사망 통지서와 약간의 소지품들만 돌아왔지. 네 외할머니는 통지서를 보자마자 기절해 버리셨단다."

거기까지 말한 어머니는 손수건으로 눈가를 훔치기 시작했다. 낸시 중위는 어머니를 어떻게 위로해야 할지 알 수가 없었다.

"포탄에 맞아서 시신도 제대로 찾지 못했다고 그랬어. 그 바람에 가문 묘지에는 빈 관만 들어갔단다. 이 엄마는 네가 전선에 가 있으면 계속 악몽을 꿔. 네 전사 통지서를 받는 악몽을 말이야."

낸시 중위는 자리에서 일어나 어머니 옆으로 다가가 앉았다. 어머니가 조용히 눈물을 흘리기 시작하자 낸시 중위는 어머니의 어깨를 조심스럽게 쓰다듬었다.

"한 가지만 약속해 주겠니?"

"네. 말씀하세요."

"절대로 집에 전사 통지서가 날아오지 않도록 하겠다고 말이야. 그 정도는 딸로서 엄마에게 해줄 수 있지?"

낸시 중위는 조용히 고개를 끄덕였다. 결코 장담할 수 없는 약속이었지만, 낸시 중위는 어머니의 손을 붙잡고 약속했다.

어머니는 그 뒤로도 5분 정도 더 눈물을 흘리고 나서야 진정했다.

10.

휴가가 끝난 유리아 중사는 올 때와 같은 노면전차에 올라탔다. 유리창에 비친 자신의 모습을 보고 옷매무새를 다듬었다. 이제는 다시 군인으로 돌아갈 시간이었고, 돌아갈 거라면 완벽하게 돌아가야 한다고 생각했다. 그 순간 누군가가 유리아 중사의 어깨를 두드렸다. 유리아 중사는 뒤돌아서 자신의 어깨를 두드린 사람을 보았다.

"역시. 그때 그 아가씨군."

지난번 전차에서 만났던 그 노인이었다. 유리아 중사는 살짝 웃으며 인사했다.

"아가씨하고도 인연이 있는 모양이구만. 10년만 젊었으면 아마도 차나 한잔 하자고 했을 거야."

노인이 크게 웃자 유리아 중사도 미소를 지어 보였다.

"이제 부대로 복귀하는 건가?"

"예. 휴가가 끝나서요."

"남자친구하고는 좋은 시간 보냈고?"

노인의 말에 유리아 중사는 고개를 저었다.

"저런. 이런 멋진 아가씨를 그냥 두다니. 아가씨가 사는 동네 남자들은 죄다 눈이 삔 모양이구먼. 아니면 다들 군대로 끌려간 건가?"

"아니요. 뭘요."

"이번에 내 아들 녀석도 휴가를 나왔었는데 어디서 이쁜 아가씨라도 만났는지 얼굴이 확 폈더라고. 자기 말로는 극구 아니라는데 어디 이 아버지 눈을 속일 수야 있나. 나도 한창때엔 여자들을 잔뜩 꼬시고 다녔으니까 얼굴만 보면 다 알지."

그렇게 말한 노인은 자리가 생기자 유리아 중사에게 자리를 양보했다. 유리아 중사는 정중하게 거절했다. 양보받은 빈자리에 걸터앉은 노인은 다시 입을 열었다.

"그녀석도 서른 살을 넘어 가고, 전쟁 때문에 죽을 수도 있으니까 얼른 결혼 좀 했으면 하는데 어쩌려는지 모르겠어. 나 죽기 전에 손주는 볼 수나 있을지도 의문이라네. 아가씨에게 재미없는 이야기를 했군."

"아닙니다."

잠시 뒤에 전차는 유리아 중사의 목적지에 다다랐다. 유리아 중사는 노인에게 이만 내려야 한다고 알렸다.

"좋아. 모쪼록 오래오래 살아서 자식들 낳고 잘 살게나."

노인의 말에 유리아 중사는 경례로 대답하고 노면전차에서 내려 주둔중인 훈련소 부지로 걸어갔다.

11.

"그럼 가 보겠습니다."

이른 아침을 먹고 정복으로 갈아입은 낸시 중위가 그렇게 선언하듯 말했다.

"벌써 가는 거니? 더 있다 가면 좋겠는데."

"오늘 안에 부대로 복귀해야 하니까요. 다른 병사들의 휴가 복귀도 확인하려면 미리 가 봐야 해요."

어머니의 물음에 답한 낸시 중위는 자리에서 일어나 정모를 착용했다. 준비를 마친 낸시 중위가 문 앞에 서자 아버지와 어머니가 낸시 중위를 바라보았다.

"더 말릴 수는 없다만, 몸조심하렴."

어머니가 그렇게 말하고 낸시 중위를 꼬옥 안았다. 낸시 중위는 조심스럽게 어머니의 등을 쓰다듬으며 아버지를 바라보았다. 아버지는 조금 굳은 표정으로 낸시 중위를 마주봤다.

"이건 뭐 전선으로 떠나시던 아버지를 배웅할 때랑은 기분이 참 많이 다르구나. 모쪼록 몸 건강하게 돌아오길 빌고 있으마."

아버지가 작별 인사를 건네며 오른손을 내밀자 낸시 중위는 웃으면서 아버지의 손을 붙잡았다.

"네. 조심해서 무사히 돌아오겠습니다."

낸시 중위는 마지막으로 웃으며 부모님을 바라보고 문손잡이를 돌렸다.

"가지마아아아!"

갑작스런 비명에 낸시 중위는 뒤를 돌아보았다. 잠옷을 입은 네이미가 토끼 인형을 손에 쥐고 계단을 달려 내려오고 있었다. 계단을 다 내려올 무렵 넘어진 네이미는 얼른 다시 일어나서 낸시 중위에게 달려왔다. 낸시 중위는 무릎을 꿇어 네이미를 안아 줬다.

"가지마아 언니! 가지마아!"

네이미가 펑펑 울면서 낸시 중위를 껴안았다. 낸시 중위는 네이미의 머리를 쓰다듬으며 열심히 얼렀지만 네이미는 울음을 그칠 줄 몰랐다. 옆에서 바라보던 브라이언이 한숨을 쉬고는 낸시 중위에게서 네이미를 떼어내 어머니에게 넘겼다.

"어머니, 일단 방에 데려가세요."

어머니는 네이미를 얼르면서 얼른 방으로 들어갔다. 네이미의 울음소리가 더 크게 울려 퍼졌다.

"어쩔 수 없어. 저렇게 울다가 지치면 진정하겠지."

브라이언은 낸시 중위를 바라보았다.

"어쨌든 조심해. 누님의 전사 통지서를 받는 경험 따위는 하고 싶지 않으니까. 벌써 학교에 그런 친구들이 좀 있거든. 물론 그 친구들은 형의 전사 통지서지만. 이래저래 걱정되는 누님이라 마음이 편치 않네."

퉁명스레 말을 던졌지만, 브라이언의 눈시울은 살짝 충혈되어 있었다.

"그러면 난 네이미한테 가 볼게. 네이미가 저렇게 울기 시작하면 나 말고는 아무도 못 말리니까."

브라이언은 그렇게 말하고는 획 돌아서 버렸다. 낸시 중위는 브라이언의 등에서 문 앞에 서 있는 아버지와 집사에게 차례로 시선을 옮기고는 인사를 남기고 대문으로 걸어갔다.

12.

"다녀오셨습니까?"

먼저 복귀해 신문을 보던 낸시 중위가 중대본부실로 걸어들어오는 유리아 중사에게 인사했다.

"일찍 오셨군요."

"아. 집이 가까우니까요. 휴가 잘 보내셨습니까?"

낸시 중위가 신문을 접으면서 묻자 유리아 중사는 옆에 있는 의자에 앉으며 대답했다.

"네. 첫날은 술 좀 마시고, 그 다음날부터는 그냥 집에서 푹 쉬었습니다. 잠도 실컷 자고 말이죠."

"유리아 중사가 푹 쉬었다니까 상상이 안 되네요. 집에서도 군복 차림으로 계실 것 같은데 말이죠. 아침 기상 시간은 칼같이 지키고요."

낸시 중위가 차를 따르면서 말하자 유리아 중사는 웃으면서 대답했다.

"아뇨. 저도 집에서는 좀 풀어진답니다. 속옷차림으로 돌아다녀서 어머니에게 한소리 듣기도 했는걸요."

"상상이 안 되네요."

낸시 중위가 유리아 중사에게 찻잔을 건넸다.

"중대장님은 편하게 잘 지내셨습니까?"

차를 한 모금 마신 유리아 중사의 질문에 낸시 중위가 대답했다.

"네. 뭐 나쁘지는 않았어요. 동생들하고 이야기를 나누고, 부모님에게 한소리 듣고 뭐 그런 거죠. 군대 따위는 그만두고 얼른 결혼이나 하라고 하시더군요. 이제 23살인데 말이죠."

"어머니들은 다 비슷한가 보군요."

"아마도 그런 모양입니다."

낸시 중위가 한숨을 쉬면서 말하자 유리아 중사는 빙그레 웃어 보였다.

"아. 담배 좀 피겠습니다."

유리아 중사가 담배를 꺼내며 양해를 구하자 낸시 중위는 조용히 창문을 열었다. 유리아 중사가 첫 모금을 빨아들이는 순간 문이 열리고 레니 소위가 들어왔다.

"다녀왔습니다."

"그래. 잘 다녀왔어?"

"잘 다녀오셨습니까."

레니 소위의 인사에 낸시 중위와 유리아 중사도 답례했다. 뒤이어 로나 소위도 들어오면서 인사를 했다.

"이야. 그래도 집에서 푹 쉬니까 몸이 편하네요."

레니 소위가 기지개를 펴면서 말했다.

"저도 오랜만에 집에서 쉬니까 좋더라고요."

로나 소위도 찻잔에 차를 채우며 말했다.

"다들 편하게 잘 지낸 모양이군. 휴가 때는 푹 쉬어야지."

"다녀왔습니다!"

낸시 중위가 말하는 순간 창밖에서 누군가가 크게 인사를 했다. 나들 창밖을 바라보니 소엔 중위가 서 있었다.

"거기 서서 뭐하시는 겁니까."

낸시 중위가 묻자 조엔 중위는 창문을 넘어서 방 안으로 들어왔다.

"그렇지만 정문으로 들어오려면 한창 돌아야 하잖아요."

"그래도 장교라는 입장이신데 제대로 좀 해 주시기 바랍니다."

낸시 중위가 그렇게 말하자 조엔 중위는 머리를 긁적이면서 웃어 보였다. 그리고는 방안을 둘러보다가 유리아 중사를 발견하고는 손으로 가리키면서 소리쳤다.

"아! 유리아 중사님! 해군 장교랑 그렇고 그런 사이라면서요?"

"콜록! 콜록!"

조엔 중위의 말에 유리아 중사는 피우던 담배연기를 뿜으며 기침을 했다. 한참 콜록대던 유리아 중사는 기침이 가라앉자 물었다.

"그건 누구한테 들으신 겁니까?"

"네에? 벌써 소문 좍 돌았는데요? 미린이랑 레네시가 록시랑 같이 봤다고 말이죠."

조엔 중위의 대답에 유리아 중사는 얼굴이 붉게 물들었다. 조엔 중위와 레니 소위는 깜짝 놀란 표정으로 유리아 중사를 바라보았다.

"평상시하고는 완전히 다르게 머리도 손보고 화장도 하고 엄청 여성스러운 옷을 입고는 데이트했다면서 지금 완전 난리가 났어요. 그 해군장교도 꽤나 잘생겼다던데 어떻게 만나신 건가요?"

조엔 중위의 말에 다른 장교들이 모두 놀라서는 유리아 중사를 바라보았다.

"세상에나. 그 군인의 표본 같으신 분이 드레스를 입으셨다고요? 화장도 하고?"

"어머, 어머, 어머~!"

레니 소위가 상상할 수 없다는 표정으로 유리아 중사를 바라보았고 로나 소위는 눈을 반짝였다. 유리아 중사는 동료들의 시선들이 불편해 헛기침을 하고 자리에서 일어났다.

"아, 그럼 저는 인원 확인을 하러……."

하지만 일어나는 순간 낸시 중위가 유리아 중사의 어깨를 붙잡아 아래로 눌렀다. 유리아 중사는 식은땀을 흘리며 낸시 중위를 바라보았지만, 낸시 중위는 웃는 얼굴로 마주보았다. 웃는 얼굴인데도 차가워 보인다고 유리아 중사는 생각했다.

"하하……. 좀 더 정확하게 말씀해 주시지요. 해군'장교'라고요?"

유리아 중사는 한숨을 내쉬고 도대체 이 사람들을 데리고 어디서

부터 어디까지 설명을 해야 할지 고민하기 시작했다.

CH.9 WE SHALL OVERCOME

1.

사막에서 돌아온 로빈중대는 보충병을 받아들이게 되었다. 새로 들어온 인원은 지난번과 마찬가지로 신병과 타 부대 전출 인원이 섞여 있었다. 다만 타 부대 전출 인원은 몇몇에 불과했고 이제 막 계급장을 붙인 신병이 대부분이었다. 낸시 중위는 병력을 나누어 각 소대에 편성시켰다.

"거의 이등병이군요."

유리아 중사가 건네준 서류들을 넘기면서 신병들의 얼굴을 하나하나 훑어보던 낸시 중위는 그중 한 명의 얼굴을 보자 깜짝 놀라 사진 옆의 이름을 확인했다. 그리고는 얼굴을 찡그리고 말았다.

"무슨 일 있으십니까?"

유리아 중사가 낸시 중위의 표정을 보고는 물었다. 하지만 낸시 중위는 고개를 저을 뿐 아무런 말도 하지 않았다.

뒤이어 낸시 중위는 신병들과 면담을 시작했다. 몇 명의 병사와 짧은 이야기를 마친 낸시 중위는 다음 병사가 들어와서 경례를 하자 고개를 끄덕였다.

"이병 네르미 로먼, 중대장님의 명으로 왔습니다."

"일단 앉지."

낸시 중위가 자리를 권하자 네르미 이병은 낸시 중위의 책상 앞에 놓인 의자에 앉았다. 네르미 이병은 약간 키가 작고 통통한 아가씨로, 귀엽다는 단어가 어울리는 외모였다. 살짝 컬이 들어간 짙은 오렌지색 단발머리가 그런 인상을 더 두드러지게 만들고 있었다.

"혹시나 했는데 역시나 네르미였네."

네르미 이병은 그저 빙그레 웃어 보였다.

"도대체 네가 여기 온 이유를 모르겠어. 너희도 귀족이고 오빠도 있잖아? 군에 들어올 이유가 없어 보이는데."

"국민으로서 당연한 일입니다."

네르미 이병의 대답에 낸시 중위는 살짝 얼굴을 찡그렸다.

"말 편하게 놓아. 어릴 적부터 친구잖아."

"저는 중대의 말단 병사이고 중위님은 중대의 지휘관입니다. 계급의 고하가 있는 곳이 군대이고 저는 계급에 충실할 뿐입니다."

네르미 이병의 말에 낸시 중위는 가볍게 웃으면서 자신이 입고 있는 상의를 벗었다. 속에 입고 있는 셔츠에는 부대마크만 붙어 있을 뿐, 계급장은 달려있지 않았다.

"자 이렇게 하면 똑같지? 그러니까 말 편하게 해. 지금은 말이야."

낸시 중위가 그렇게 말하자 네르미 이병은 씨익 웃어 보였다.

"그래. 오빠가 군대에 간 것 아니었어?"

낸시 중위가 묻자 네르미 이병은 입을 열었다.

"물론 군인이었지. 장교였어. 얼마전까지 사막 전선에 있었거든. 그러다가 다쳐서 집으로 왔어. 포탄 파편에 다리가 잘리는 바람에."

네르미 이병이 마치 다른 사람의 이야기인 양 아무렇지 않은 듯 말하는 바람에 오히려 낸시 중위가 난감해졌다.

"오빠는 그렇게 돌아온 이후로 사람이 바뀌어 버렸어. 아무 말도 없이 멍 하니 창밖만 바라보면서 하루를 보내는 거야. 밤이 되면 악몽에 시달리며 고통에 찬 소리를 질러 댔지."

네르미 이병의 말에 낸시 중위는 기억을 가다듬었다.

낸시 중위와 네르미 이병은 어릴 적 퍼블릭 스쿨 시절부터 친구였고, 낸시 중위는 자주 네르미 이병의 저택으로 놀러가곤 했었다. 그럴 때면 네르미 이병의 오빠는 정원의 나무그늘에서 책을 보다 말고 여동생과 그의 친구를 반갑게 맞아 주고는 했다. 그는 막 대학의 법학부에 진학한 학생이었고, 평균키에 머리를 깔끔하게 넘긴 학자풍의 청년이었다. 독서를 좋아하고 아마추어 시인이었으며, 언제나 생기가 넘쳤고 어린 여동생의 말에도 잘 웃어 주던 사람이었기에 동생들만 있는 낸시 중위에게는 친오빠와도 같은 사람이었다. 그랬던 사람이 전쟁을 겪고는 바뀌어 버렸다는 이야기를 자신의 친구이자 그의 여동생으로부터 듣는 일은 썩 달갑지 않았다.

"그럼 오빠는 여전히 그러고 계셔?"

낸시 중위가 묻자 네르미 이병은 대답했다.

"죽었어."

"뭐?"

갑작스런 네르미 이병의 단답에 낸시 중위는 깜짝 놀라서 외마디 비명처럼 되물었지만 네르미 이병은 여전히 차분하게 말을 이었다.

"그렇게 방 밖으로 나오지 않던 오빠는 며칠째 내리던 비가 그치고 오랜만에 화창한 햇빛이 들던 날, 정원의 장미나무 아래에서 머리에 총을 쐈어. 그것으로 끝이었지."

마치 어젯밤 먹었던 식사의 메뉴를 읊는 것처럼 담담하게 오빠의 죽음을 입에 올린 네르미 이병에게 낸시 중위는 적잖이 충격을 받았다. 자기 앞에 있는 친구가 어릴 적 알던 그 어린 소녀가 아님을 새삼 깨달았다. 낸시 중위가 아무 말이 없자 네르미 이병은 말을 이었다.

"두 달 가까이 괴로워하다 자살한 오빠를 보고 나니 도대체 전쟁이 무엇인지, 무엇이기에 그렇게 오빠를 바꿔 버렸는지 무척이나 궁금했어. 그러다가 아버지가 들고 오신 신문에서 네 기사를 본 거야. 사막에서 활약한 여군 중대와 그 중대장에 대한 이야기를."

네르미 이병은 그렇게 말하고 잠시 숨을 골랐다. 그리고는 아무렇지도 않은 듯 씨익 웃어 보이고는 다시 입을 열었다.

"그게 제가 군대에 들어온 이유입니다. 중대장님."

그 한마디에 낸시 중위는 자신과 친구의 거리감을 여실히 느꼈다.

2.

전쟁은 별다른 변화가 없었다. 사막에서는 여전히 왕국과 제국 사이에 산발적인 전투가 계속되고 있었고, 승자도 패자도 없는 지루한 싸움이 계속될 뿐이었다. 동쪽에서는 여전히 동부연합과 제국의 치열한 전투가 계속되었는데, 제국은 이제 동부연합 수도인 '드라구느바'를 목전에 둔 상황이었다. 왕국의 판단으로는 동부연합이 밀리고 있었다. 혁명으로 기존 정치 체계가 무너지고 새로운 지도자 '이오지트 소보로프'에 의한 독재 정권이 들어선 동부연합은 대숙청의 시기를 거치는 동안 약체화되어 노도처럼 밀려오는 제국군을 막을 만한 힘이 없었다. 전통적으로 공업력이 약한 동부연합의 군인들은 이전 대전에서 쓰던 빈약한 무기와 전술로 무장한 채 끝없는 패퇴의 길을 걸을 뿐이었다. 열세에 처한 동부연합이 가진 유일한 무기는 끝없이 광활한 영토뿐이었다. 그래도 그 유일한 무기가 힘을 발휘해서 아무리 점령해도 끝이 없는 전쟁에 제국군은 점점 지쳐 가고 있었다.

"동부연합이 크긴 크군요."

유리아 중사가 낸시 중위의 설명에 대꾸했다. 그날의 훈련을 마친 낸시 중위와 유리아 중사는 중대사무실에 앉아 휴식을 취하며 이런저런 이야기를 나누고 있었다.

"덕분에 제국군의 공세가 다소 꺾인 모양입니다. 확실히 지금 제국이 전쟁으로 차지한 영토는 본토보다 훨씬 크니까요. 게다가 그만큼 부대들 사이의 거리도 벌어지게 되었고, 본토와의 거리도 멀다 보니 보급이 무척이나 난처할 겁니다. 제국과 동부연합은 서로 도량형도 달라서 철도나 기반 시설들을 사용하기 힘들 거예요."

"말도 서로 다르니 더 힘든 전쟁이 될 겁니다. 저희야 제국하고 똑같은 공용어를 사용하지만요. 억양이나 몇몇 단어의 차이는 있지만 말이죠.”

유리아 중사의 말에 낸시 중위도 고개를 끄덕이며 동감을 표했다.

“그래서 우리나라에서는 현재 동부연합에 물자를 지원하고 있어요. 제국군이 동부연합과 전쟁을 하는 바람에 양면으로 전선이 펼쳐지는 것은 우리나라에도 도움이 되는 일이니까요. 아마 상부에서는 제국군이 동부전선에서 더 많은 병력을 소모해 우리와 싸울 병력이 줄어들기를 바라고 있을 겁니다.”

유리아 중사는 고개를 끄덕였다.

“귀한 국민의 생명보다는 물자가 더 싸게 먹히는 법이지요. 저도 그 판단은 올바르다고 생각합니다. 동부연합이 쉽게 지지는 않겠지만 공업지대를 빼앗긴다면 제국에게는 이득으로 돌아갈 겁니다. 우리가 지원해서 동부연합이 요지를 지켜내고 제국군에 피해를 입힌다면, 그만큼 우리에게도 이득이겠지요.”

낸시 중위가 그렇게 말하고 찻잔을 들어올렸다.

“그러고 보니 우리 함대가 선단을 꾸려서 동부연합으로 물자를 보낸다더군요. 동부연합 해군이 몰살되다시피 하는 바람에 그렇다죠?”

유리아 중사도 자신의 찻잔을 들어 올리며 말하자 낸시 중위는 유리아 중사를 바라보았다.

“그 해군 장교에게 들은 이야기이신가요?”

“네. 이번에 보낸 편지에 그렇게 적혀 있더군요. 선단 호위 임무에 배속되었다고요.”

유리아 중사가 아무렇지도 않은 듯 말하자 낸시 중위는 유리아 중사를 보고는 씨익 웃어 보였다.

"많이 친하시군요."

"그냥 친한 사이입니다."

유리아 중사의 대답에 낸시 중위는 그저 웃으면서 고개를 끄덕일 뿐이었다.

그렇게 로빈중대는 또다시 지겨운 훈련에 돌입했다. 그동안 전선에서는 계속해서 전투가 벌어졌고, 병사들이 전선으로 떠났으며, 전선으로 갔던 병사들이 다시 돌아왔다. 수송선을 타고 왕국으로 돌아온 병사들은 다들 무언가를 전선에 놓고 돌아온 병사들이었다. 운이 좋은 병사는 목숨을 가져왔고, 운이 나쁜 병사는 목숨을 두고 왔다.

그렇게 전선에서 제외된 채 한 달 가량을 보내고 4030년 6월이 지나가던 어느 날, 로빈중대에게 좋은 소식이 전해졌다. 사막에서의 전투가 끝나고 모든 제국군이 레바느에서 철수했다는 소식이었다. 부대 연병장에서 한창 화기 훈련을 하던 로빈중대 인원들은 스피커에서 흘러나온 소식에 다들 환호성을 지르며 옆에 있는 병사들과 껴안고 즐거움을 나누었다. 낸시 중위도 병사들의 모습을 보고 그날 하루 휴식시간을 배정했다. 이것으로 전쟁이 끝났다고 생각하는 이는 아무도 없었지만, 왕국 본토로 제국군이 몰려올 가능성이 사라졌다는 점에 모두들 순간의 즐거움을 만끽했다.

그리고 얼마 뒤, 레바느에 있을 무렵 로빈중대가 소속되었던 17사단도 본토로 복귀했다. 마지막 대공세였던 '사막의 들쥐' 작전의 주력으로 참가했던 17사단은 왕국수상으로부터 부대 단위 수상 표창을 수여받아 전 사단 인원들이 정복 오른쪽 주머니 위에 수상표창기장을 패용할 수 있게 되었다. 그 기장을 나누어 받은 로빈중대 인원들에게는 미묘한 감정이 싹텄다.

"결국 본토로 끌려와서 마지막 작전에 참가는커녕 총도 못 쐈는데 이런 식으로 기장을 수여받으니 기분이 씁쓸하네요. 어릴 적 언니의 구두를 몰래 신었을 때의 기분입니다."

시리오 일병의 감상에 곁에 있던 다른 병사들도 동의했다. 대다수가 비슷한 기분을 느끼고 있는 터였다.

"저도 주말에 외박을 나갔을 때 시비가 붙었습니다. 너네는 작전에 참가하지도 않았는데 왜 그 기장을 달고 있냐면서 이죽거리더군요. 결국 한대 쥐어패는 바람에 헌병대에 끌려갔지만요."

미린 상병이 웃으면서 옆에서 말했다. 낸시 중위가 살짝 얼굴을 찡그리고 바라보자 미린 상병이 머리를 긁적였다.

"아, 뭐 여군이고 하다 보니 그냥 헌병상사에게 한소리 듣고는 말았습니다. 별 일은 없었으니 뭐라고 하진 마세요."

미린 상병의 변명에 낸시 중위는 조그마하게 한숨을 내쉬었다.

그렇게 병사들의 불만을 들으며 식사를 끝낸 낸시 중위는 자신의 집무실로 와서 내근 때문에 입고 있던 정복을 벗어 옷걸이에 걸었다. 그리고 정복 가슴에 매달린 수상표창기장을 바라보았다. 수상에게 사단이 직접 표창을 받았을 때 비로소 부착이 허락되는 수상표창기장은 실제로 부대의 용맹함과 전적을 나타내는 기장이었다. 병사들의 자존심을 높이 세워 주는 기장으로 현재 왕국에서 그 기장의 부착을 허가받은 사단은 다섯뿐이었다. 그리고 17사단은 5번째로 부착을 허가받은 사단이었다. 사막 전투 초기 로빈중대는 최일선에서 공을 세웠지만, 사단이 기장을 수여받게 된 작전 당시에는 본국에서 훈련 중이었다. 여자라는 이유만으로 자신이 지휘하는 중대의 전투력과 능력이 평가절하된다는 생각에 낸시 중위는 속이 쓰려 왔다. 그렇지만 한편으로는 덕분에 자신의 중대에서 전사한 병사가 없어서 다행이라는 생각이 들었다. 그런 모순적인 생각이 낸시 중위의 마음을 괴롭혔다. 군인으로서 공을 세우고 싶다는 마음과, 자신의 부하들이 죽지 않았으면 좋겠다는 평범한 마음이 낸시 중위의 마음에서 혼란스럽게 뒤엉켰다.

"무슨 생각을 그렇게 열심히 하십니까?"

"유리아 중사?! 들어오는지 몰랐네요."

낸시 중위가 놀라자 유리아 중사는 어깨를 으쓱 하고 대답했다.

"노크를 했는데 답이 없으셔서요. 이거 보시죠."

유리아 중사가 그렇게 말하며 낸시 중위에게 서류철을 내밀었다.

"전선으로 이동하라는 명령서입니다."

3.

새로운 전선으로 이동하게 되었다는 이야기는 로빈중대의 고참병들을 활기차게 만들었다. 안 그래도 전선에 있지 않았다는 이유로 비전투병들에게도 은근슬쩍 무시를 당하던 병사들은 이번 작전에서 새로 공을 세워 무시하던 녀석들에게 본때를 보여주겠다고 생각했다. 그렇지만 처음으로 전선에 나가게 되는 전입병과 신병들은 기대와 공포, 그 밖의 감정이 섞인 미묘한 감정에 혼란스러워했다.

로빈중대, 정확하게 말하자면 17사단은 4주 뒤 레바느와 이웃한 반도국가인 '야탈레르' 남쪽의 커다란 섬인 '쇼촐레르'에 상륙한다. 예정일은 4030년 8월 17일. 어찌 보면 무척이나 빠른 진격이었다.

야탈레르는 5년 전 제국에 침공당해 위성국이 된 나라로, 제국군의 점령지라기보다는 동맹국 정도의 위치였다. 야탈레르는 따로 군대를 갖추고 있었고 병력은 90만 명 정도로 무시할 수 없는 숫자였다. 물론 전차와 장비는 낙후되었으며, 병사들의 훈련 수준은 매우 엉망이라는 게 군부에서 내린 결론이었다. 거기에 지도부는 제국군이 자신들의 영토로 넘어오자마자 항복해 버릴 정도로 무능한 국가였다. 다만, 그렇게 항복한 덕분에 프로세처럼 점령지 취급이 아니라 동맹국 취급을 받게 되었으니 시노부의 생각이 옳았는지도 모를 일이라고 낸시 중위는 생각했다.

어찌되었던 야탈레르에는 제국군이 상당수 주둔하고 있었고, 그중에서도 쇼촐레르 섬은 레바느로 날아오는 전투기들의 비행장이 자리잡은 요충지였다. 그렇기에 왕국군은 섬의 점령이 무엇보다 중요하다고 생각하였다. 그중에는 야탈레르 반도를 통해서 곧바로 제국으로 치고 올라가자고 생각하는 장군들도 있었지만 대다수의 장군들은 야탈레르를 그리 중요하게 여기지는 않고 있었다.

단지 동부연합의 지도자인 소보로프가 빨리 서부로 진격해서 서부전선을 열어 달라는 요청을 하기에 그에 응답하는 형식으로 쇼촐레르 섬을 정복하는 것이라고 생각하는 장군들이 더 많았다. 야탈레르는 산지가 많은 국가이고, 그보다는 평지가 많은 옛 프로세 방면이 진격하기에 유리하다는 것은 세계지도를 펼쳐보면 쉽게 알 수 있는 사실이었다. 어찌되었든 상륙 작전은 계획되었고 로빈중대도 그에 맞춰서 훈련을 전개했다.

로빈중대는 상륙주정을 통해 해변가로 상륙하게 되었다. 다만 최초 상륙 두 시간 뒤에 상륙하는 4제파에 편성되었다. 4제파는 행정병과 구호반으로 이루어진 제파로, 어느 정도 작전이 완료된 시점에서 후속 조치를 위해 상륙하는 임무를 띠고 있었다. 그 명령을 들은 병사들은 볼멘소리를 내기 시작했다.

"결국에는 뒷정리나 하는 청소부군요."

레니 소위도 그 이야기를 듣고 빈정대기 시작했다.

"적어도 우리 중대 병사들에게는 안전한 조치지."

로나 소위가 레니 소위를 달래자 레니 소위는 어깨를 으쓱해 보였다.

"물론 그렇겠지. 그런데 중요한 건 우리 대대는 2제파에 편성되어 있단 말이야. 이건 뭐 독립중대도 아니고, 그런 식으로 대대랑 따로 놀게 된다는 거지."

레니 소위가 그렇게 말하자 로나 소위도 고개를 끄덕여서 동의를 표했다. 2대대는 2제파로 상륙하지만 같은 2대대인 로빈중대는 그 뒤를 이어서 상륙한다는 것은 그만큼 대대 전투력이 낮아지는 원인이 될 터였다.

"뭐가 되었던 상륙 작전이란 건 워낙에 변수가 많은 작전이다. 4제파라고 적군에게 총 한번 못 쏜다는 보장도 없으니까 상륙주정에서 내리자마자 어떤 식으로 움직일지 확실하게 정해서 병력들을 훈련시키도록."

낸시 중위가 지도를 펼치며 말하자 로나 소위와 레니 소위, 유리아 중사는 지도로 시선을 옮겼다.

"상륙은 사실 나도 처음이다. 덕분에 며칠 전부터 교범이란 교범은 싹 다 뒤지면서 연구를 해야 했지. 새로 육군본부에서 상륙전 교범을 제작해 배부해 준 것이 도착했으니 각자 읽어 보고 숙지하도록."

낸시 중위가 그렇게 말하고 교범을 소대장들에게 나누어 주었다.

"교범이 확실하다고는 말할 수 없지만, 그래도 윗선에서 똑똑한 사람들이 만들었으니 그런대로 쓸 만하긴 할 거다."

낸시 중위의 말에 소대장들은 각자 교범을 펼쳐 보았다.

그렇게 로빈중대는 새로이 상륙작전 훈련에 돌입했다. 훈련이라 하더라도 실제 바다에서 상륙주정을 놓고 훈련할 수는 없기 때문에 연병장에 물로 배 모양을 그려 놓고 안에 들어가서 해변에 접안했을 때 어떤 식으로 행동할지를 훈련하는 방식이었다.

"접안했을 때 제일 먼저 할 일은 빠르게 배에서 내리는 거다. 따로 문이 있는 물건이 아니니까 최대한 빨리 배 옆으로 올라가서 앞쪽을 통해 뛰어 내려야 하는데, 시간이 걸리겠다 싶으면 일단 옆으로 뛰어 내린 뒤에 해변으로 올라간다."

낸시 중위가 물로 그린 배 그림 위에 올라서서 중대원에게 어떤 식으로 행동해야 하는지를 하나하나 설명하기 시작했다. 그렇게 어느 정도 설명을 하고 있으려니 행정반에 대기하고 있던 로크나 상병이 연병장으로 달려와 낸시 중위를 찾았다.

"무슨 일이지?"

"누군가 찾아왔습니다. 중대장님 앞으로 온 명령서랑 함께요."

로크나 상병의 말에 낸시 중위는 고개를 갸웃하고는 소대장들에게 소대별로 훈련하도록 지시한 뒤 중대 행정반으로 향했다. 중대 행정반에 도착하자 자리에 앉아 있던 누군가가 벌떡 일어나서 낸시 중위에게 경례했다. 정복을 입고 있었는데 어깨에는 소위 계급장이 달려있었다. 살짝 웨이브진 머리카락이 붉은색이라 꽤 강한 인상이었지만 생글생글 웃는 표정은 영락없이 순진한 처녀의 얼굴이었다. 군인에 어울리는 인상은 결코 아니었다. 낸시 중위는 떨떠름한 표정으로 답례를 하고 중대장실로 들어가 장구류를 벗어놓고 소위를 불러들였다.

"그래 귀관은 무슨 일이지?"

낸시 중위가 묻자 소위는 손에 들고 있던 서류를 내밀었다. 낸시 중위는 갈색 서류봉투의 봉인된 실을 풀어 서류를 살펴보았다. 맨 윗장은 로빈중대로 클로에 K. 메리슨 소위를 전출시킨다는 전출 명령서였고 그 뒷장은 클로에 소위의 인사 관련 서류들이었다.

"클로에 메리슨 소위?"

낸시 중위가 서류를 보고 말하자 클로에 소위가 다시 자세를 바로하고는 입을 열었다.

"네, 오늘부터 로빈중대에 배속된 클로에 K. 메리슨입니다. 중대장님."

낸시 중위는 흐음 하고 콧소리로 대꾸하고는 의자에 앉아서 서류를 꺼내들었다. 서류에는 22살이라는 나이와 함께 일주일 전 임관했다는 내용, 그리고 약간의 인적사항이 적혀 있었다. 그중에서 낸시 중위의 시선을 끈 것은 병과를 표시한 부분이었다. 클로에 소위의 인사서류에는 낸시 중위로서는 난생 처음 보는 병과가 적혀 있었다.

"병과가 대 마법사 공병(Anti—Magician Engineer)이라고?"

"네, 맞습니다."

낸시 중위는 당혹스러움을 느꼈다.

"미안하지만 이런 병과는 사관학교 시절에도 본 적이 없는데, 대체 무슨 병과인가?"

"이번에 처음으로 개설된 병과입니다. 설명을 드려도 되겠습니까, 중대장님?"

클로에 소위의 말에 낸시 중위는 고개를 끄덕였다.

"지난 레반느 전역에서 제국군의 특이한 병사들이 관측되었습니다. 제국군은 마법엽병(Zaubereijäger)이라고 부릅니다. 그들은 마정석이라 불리는 마력을 정제해서 만든 수정에 주문과 일정한 마력을 주입해서 마법을 발동시키는 방식을 사용합니다. 순수하게 자신만의 마력을 사용하는 게 아니어서 어느 정도 일관된 위력의 마법을 좀 더 효과적으로 사용할 수 있는 방식인데, 우리 왕국군의 대 마법사 공병도 마찬가지입니다. 어찌되었던 그 마법병 한 개 분대가 사막전선에서 2개의 진지를 함락하는 위력을 보여주었지요. 결국 보급선이 너무 길어진 나머지 철수하긴 했지만 말입니다."

낸시 중위가 어떤 반응을 보여야 할지 생각하는 동안 클로에 소위는 말을 이어 갔다.

"그 모습을 본 왕국군 상층부는 부랴부랴 마법병에게 대항할 수단을 찾았고, 마법엽병처럼 마정석을 이용하는 방식을 연구하던 전 육군 중령이자 왕립대학교 마법학과 교수인 덤블딘 오르보스 교수를 찾아왔습니다. 교수의 연구를 다각도록 검토한 군부는 결국 덤블딘 교수의 모델을 채택했습니다. 그 뒤에 각 학교별 마법학과에서 지원자를 뽑아서 마정석을 이용한 마법 발현 방식과 기초군사훈련을 끝마치고 부대가 결성되었는데, 그중에 제가 유일한 여자였기에 유일한 여군 전투부대인 로빈중대에 오게 된 것입니다."

"결국에는 여자여서 우리한테 왔다는 말이로군."

"결론을 말씀드리자면 그렇게 됩니다. 중대장님."

그제야 클로에 소위의 강의가 끝났다. 낸시 중위는 한숨을 쉬고는 참으로 말이 많은 친구라고 생각했다.

일단 방을 배정받고 쉬라고 클로에 소위를 내보낸 낸시 중위는 유리아 중사가 훈련을 끝마치고 돌아오자 클로에 소위의 서류를 놓고 이야기를 시작했다.

"보병소위는 아니군요."

"말이 공병이지 공병도 아닙니다. 특수병과이긴 한데 지휘관을 맡길 수 있는 타입은 아니에요. 제대로 된 지휘 훈련을 받은 사람이 아닙니다. 아니, 그 이전에 임관까지의 훈련 기간이 한 달 남짓에 불과합니다. 그런 사람에게 지휘를 맡길 수는 없습니다."

낸시 중위가 서류를 덮으며 말했다.

"그건 그렇고 마법사라는 게 전쟁터에 나올 줄은 꿈에도 몰랐습니다. 옛날이야기에나 나오는 존재인 줄 알았어요."

유리아 중사가 찻잔을 준비하며 말하자 낸시 중위는 고개를 끄덕였다.

"사실 마법학이라는 이름으로 학문적 연구 자체는 여전히 활발하게 이루어지고 있습니다. 실상 과학의 발달도 마법사들이 연금술이나 야금술을 연구하면서 이뤄졌거든요. 이전 시대의 유명 과학자들은 모두 마법사이기도 했으니까요."

"그렇지만 지금은 아니지요. 제국군이 마법 병사를 운용한다고 우리도 그렇게 해야 하는지는 의문입니다."

"일단은 지켜봐야겠군요. 그렇지만 사실 저도 아직은 감이 안 옵니다. 제가 학생 때 배운 바로는 제대로 된 공격마법을 활용하기 위해서는 꽤 긴 세월의 수련이 필요한데, 그 정도 경지에 올랐다고 보기에 클로에 소위는 너무 젊습니다."

낸시 중위가 그렇게 말하며 차를 한 잔 따라서 유리아 중사에게 건네주고는 자신의 잔에도 차를 채웠다.

"그러고 보면 옛날에 전쟁에서 마법사가 활약했다는 이야기를 별로 들은 적이 없군요."

유리아 중사가 찻잔을 들어 올리며 말하자 낸시 중위도 마찬가지로 찻잔을 들어 올리며 입을 열었다.

"전선에서 쓸 만할 정도로 마법사를 키우려면 오랜 시간과 재화가 필요합니다. 그리고 재능이 없다면 그렇게 오랜 시간을 투자하더라도 쓸모가 없지요. 실제로 제국 역사를 보면 마법사 부대를 창설했던 적이 있었습니다. 그렇지만 결국 실패했지요."

"어째서지요?"

유리아 중사가 묻자 낸시 중위는 차를 한 모금 넘기고 말했다.

"개개인의 역량 차이가 너무 심했으니까요. 어느 병사는 마법을 몇 번씩 쓰는데 어느 병사는 두어 번만 써도 마력이 바닥났거든요. 게다가 체력도 일반적인 병사들보다 떨어지고, 아예 노인도 있었으니까요. 그 당시 병사들은 식량과 자신의 무기를 짊어지고 행군을 해야 했지만 그렇게 하지도 못했으니 효율이 떨어진 거죠. 들인 돈에 비해서 이득이 적었습니다. 아, 물론 역사적으로 군사적인 능력을 보여준 마법사들도 있지만 매우 극소수입니다."

낸시 중위는 그렇게 말하고 남은 차를 모두 입에 털어 넣었다.

"지금으로서는 어딘가에 쓸 만한 존재이기를 바랄 뿐입니다. 유리아 중사는 앞으로도 더 1소대장 업무를 해 주셔야겠습니다."

유리아 중사는 그저 빙그레 웃어 보일 따름이었다.

4.

드론치 제국 육군 소속의 금발 소령은 사막 전투가 종료된 뒤 본국으로 돌아갔다. 파견참모 명분으로 친위대에 소속되었지만, 친위대는 근거 없는 자신감으로 육군 소속인 금발 소령의 의견을 묵살하기 바빴고, 독단적으로 작전을 실행했다. 그리고 샤른왕국군에게 전선이 돌파당하면서 사막 전투는 종료되었다.

결국 보병을 이끌고 사막을 통해 왕국으로 간다는 친위대의 작전은 3만 명의 포로만 남기고 실패했다. 이제는 오히려 샤른왕국이 사막을 통해서 제국으로 넘어오지 않을까 걱정해야 하는 상황이 되었다. 그렇지만 샤른왕국군은 레바느에서 제국군이 모두 물러가자 더 이상 사막을 통해서 진격하지 않았다. 레바느가 샤른왕국군도 철수할 것을 요청했기 때문이었다.

거기에 사실 레바느와 제국 사이에는 야탈레르까지 연결되는 올폰 산맥이 있었다. 산을 넘어오기란 쉬운 일이 아니기 때문에 샤른왕국군이 무리하게 그 루트로 진격할 리 없다고 금발 소령은 판단했다. 그렇다면 다음 목표는 야탈레르일 터였다.

"야탈레르로 진격해 어느 정도 정리한 다음에 프로세로 진격하면 우리는 삼면에서 전선을 끌어안게 됩니다. 사실 공군은 이미 그러고 있고요. 그만큼 각 전선의 밀도가 낮아지겠죠. 우리가 철수한 뒤에 레바느가 샤른군도 철수하도록 요청했으니 레바느를 통해서 우리나라로 진격할 수는 없습니다. 그래서 결론은 샤른군의 다음 타겟은 야탈레르가 분명하다는 겁니다."

금발 소령과 대위는 테이블을 서로 사이에 두고 이야기를 했다. 주로 말하는 것은 금발 소령이었고 대위는 그저 맞장구나 치는 정도였지만, 금발 소령은 대위가 듣거나 말거나 신경 쓰지 않고 찻잔을 들어 올리며 말을 이어 갔다.

"동부전선 이야기는 아시겠죠. 결국 수도 '드라구느바'에는 입성하지도 못했어요. 그렇죠 뭐. 그 광활한 나라를 어떻게 다 점령하겠어요. 게다가 그곳의 겨울이 얼마나 혹독한지는 다들 알겠지요. 사실 동부연합 국경선을 넘을 때부터 잘못된 전쟁을 한 거예요. 바보 멍청이 같은 결정이었지요."

그렇게 말한 금발 소령은 한숨을 푹 내쉬고 접시에 놓인 쿠키를 하나 집어서 앞니로 부러트렸다.

"동부연합은 우리 제국보다 더 커다란 영토와 많은 인구를 가졌죠. 300여 년 전 정복왕이라 불리던 '크라우드 크리스티안 폰 칼 구스타브' 황제조차도 어찌하지 못했던 나란데 말이죠. 그런데 그 나라를 왜 공격했는지 저는 도저히 이해할 수가 없네요. 불가침 조약을 깨 가면서까지 말이죠. 한심스럽고, 멍청하고, 이해할 수 없는 일이죠."

금발 소령의 목소리가 커지자 대위는 헛기침을 해서 금발 소령의 입을 막았다.

"조심하시죠. 누가 들을까 겁납니다. '우리들의 어린왕자(Unsere kleine Prinz)'는 여전히 국민들에게 사랑받고 있으니 말이죠."

"그렇겠죠. 대륙전쟁으로 피폐해진 경제를 되살린 황제니까요. 참으로 대단했죠. 그때까지만 해도 괜찮았어요. 1차 대륙전쟁 이후에 독립했던 '오세트로아'를 병합하고, 동쪽의 '체키엑'을 병합할 때까지만 해도 말이죠. 전 정말이지 그때 프로세나 샤른에서 외교 조치를 취하지 않은 이유를 모르겠습니다. 아마 그때부터 이번 전쟁을 벌일 구상은 되어 있었겠지만요. 몇백 년 지난 과거의 영광을 재현하겠다니. 한심스러운 이유지요."

금발 소령이 그렇게 말하면서 마지막 남은 차를 마셨고, 대위는 한숨을 쉬고는 다시 입을 열었다.

"뭐가 되었던 전쟁 중입니다. 아무리 여기가 훈련소 막사고, 이 주변에는 아무도 없지만 혹시 모르는 겁니다. 친위대니 방첩대니 세상 무서운 줄 모르고 휩쓸고 다니는 애송이들이 있습니다."

"우리들의 어린왕자라니. 참으로 어울리는 별명 아닌가요? 옛날에 황태자가 되지 못한 황자가 있었습니다. 어린 황자는 궁 밖으로 나와서 백성들과 어울리기를 즐겼고, 그 스스로 백성들을 살폈습니다. 그런 황자를 백성들은 '우리들의 어린왕자'라 부르며 사랑했습니다. 그러던 중 온 대륙이 전쟁에 휩싸였습니다. 모든 백성들은 전쟁으로 힘겨워 했습니다. 그리고 전쟁이 휴전으로 막을 내렸습니다. 백성들은 전쟁으로 신음했고, 그 뒤에 따라오는 배고픔과 가난에 시달렸습니다. 왕위를 물려받아야 할 황태자는 백성들을 몰랐습니다. 그리하여 황자는 무능한 형을 앞지르고 황제의 자리에 올라서 국가를 안정시키고 백성들의 어려움을 해결해 주었습니다. 그리고 오래오래 강한 나라를 만들었다고 합니다."

그렇게 말한 금발 소령은 박수를 한번 치고는 테이블에 몸을 기울여 대위에게 얼굴을 가까이 하고는 속삭이듯 말했다.

"저는 말이죠, 황제고 귀족이고 정치가고 아무도 신경 쓰지 않습니다. 전쟁에서 그런 걸 신경 쓰는 것만큼 어리석은 일도 없죠."

그렇게 말한 금발 소령은 자리에서 벌떡 일어나 문으로 걸어갔다.

"제 부대원들이 도착할 시간이 됐습니다. 나가시죠."

금발 소령이 문을 열고 나가자 대위도 부랴부랴 자리에서 일어났다.

한적한 시골에 자리잡은 훈련소 부지는 주변이 모두 숲으로 이루어졌다. 가까운 마을로 나가려면 차로 10분은 나가야 하는, 어떤 의미로는 고립된 곳이었다. 드디어 자신의 부대를 꾸리게 된 금발 소령이 이곳을 고른 이유는 부대의 임무에 맞춘 훈련을 하기에 최적의 장소였기 때문이었다.

금발 소령이 훈련소 연병장 연단에 서자 잠시 뒤에 트럭들이 훈련소 부지 안으로 들어오기 시작했다. 트럭이 멈춰 서고 그 뒤에서 내리는 병사들을 바라본 대위는 살짝 얼굴을 찡그렸다.

"최고의 병사들이군요. 200명뿐이지만요."

금발 소령이 대위를 올려보며 말했다. 대위의 키가 크긴 했지만 금발 소령은 선이 가늘고 키가 작았기 때문에 대위의 가슴팍 정도밖에 오지를 않았다. 덕분에 지금처럼 서 있는 상태에서는 금발 소령이 대위를 올려다봐야만 했다. 그렇게 금발 소령이 대위를 올려보는 동안 대위는 트럭에서 내리는 한 무리의 병사들을 손으로 가리켰다.

"저기 내리는 저 땅꼬마들이 말입니까?"

"하프텐이에요. 그들은 작지만 날쌔고 지구력이 좋죠. 산악에서는 저들만큼 뛰어난 병사들도 없을 겁니다."

"그러면 저기 예쁘장한 녀석들은 누구죠?"

"엘프군요. 숲에서 몸을 숨기는데 도가 튼 종족이죠."

"저 수염 기른 덩치들은 그러면 드워프겠군요."

"힘이 강하고 기계를 잘 다룹니다. 차량 운전도 기가 막히죠. 키가 조금 작지만요."

대위의 질문에 금발 소령은 일일이 답을 해 줬고, 대위는 한숨을 쉬고는 다시 입을 열었다.

"뭐 그래도 대다수는 인간이니 그나마 다행이군요. 저기 저 녀석들은 마법병 아닌가요?"

대위가 한쪽에 서 있는 검은색 로브를 입은 인원들에 대해 묻자

금발 소령은 그들을 바라본 뒤 대답했다.

"네, 마법병입니다. 사막에서 몇 번 보셨죠?"

"하프텐, 엘프, 드워프, 거기에 마법사까지. 저희 임무는 용이라도 사냥하는 것인 모양이군요."

"지금 농담하시는 건가요?"

"네. 농담입니다."

금발 소령이 놀란 듯이 대위를 바라보았다.

"그거 아십니까. 대위?"

"뭘 말입니까?"

"대위가 저랑 같이 지낸 지 꽤 오래 됐지만, 처음으로 농담이라는 것을 하셨습니다."

"저도 농담 정도는 합니다."

대위는 연병장에 도열하는 병사들을 바라보며 말을 이었다.

"일단 다 모인 것 같군요. 자. 이제 저 어중이떠중이들을 어떻게 최고의 병사들로 만드실 계획입니까?"

금발 소령은 대위를 올려보면서 씨익 웃고는 대답했다.

"저는 병력을 지휘하는 사람이지 훈련시키는 사람은 아닙니다. 저들을 최고의 병사로 키우는 일은 대위의 몫이죠."

금발 소령의 말에 대위는 한숨을 쉬고 병사들을 바라보았다.

"이제는 말씀해 주시죠. 우리의 임무가 도대체 뭔지를 말이죠. 대대급은 안되지만 중대보다는 많은 병력을 받았는데, 딱 봐도 잘 훈련받은 병사들은 아닙니다. 거기다 인간이 아닌 아인종들에 마법병까지 있습니다. 아무리 생각해도 저희 부대의 임무가 일반적인 임무는 아닌 것 같은데 말이죠."

대위의 물음에 금발 소령은 머리를 긁적이고는 입을 열었다.

"역시 대위답군요. 확실히 일반적인 보병부대는 아닙니다. 제가 군으로부터 받은 임무는 일종의 특수작전입니다. 후방침투, 정보획득, 파괴공작, 전선교란, 요인암살, 그밖에 기타 등등 그런 작전들을 말이죠."

"깨끗한 일은 아니라는 말씀이군요. 좋습니다. 전쟁이란 게 체스마냥 정정당당한 물건은 아니니까요."

대위가 어깨를 으쓱하고는 대답했다.

5.

시간은 흘러서 8월이 되고, 작전 개시 시간이 다가왔다. 작전에 만전을 기하기 위해 왕국 본토에서 수송함을 타고 출발하게 되었다. 현재 레바른 영해에는 제국군 잠수함이 꽤나 많이 포진하고 있었기 때문에 왕국군은 대규모 함대를 꾸려 항해를 시작했다. 낸시 중위는 이정도로 큰 규모의 함대가 출격한다면 제국군이 왕국군의 상륙 의도를 눈치 채지 않을까 걱정했지만, 다행인지 아니면 하늘이 도와서인지 함대가 상륙 예정 지역인 쇼촐레르섬 해안 부근으로 항해하는 나흘간 제국군의 잠수함이나 함대는 나타나지 않았다. 정확히 말하자면 외해에서 돌아오던 제국군 함대가 발견되어 샤른 해군과 교전했다고 했다. 하지만 그것은 멀리 떨어진 바다에서 벌어진 일이었다.

상륙 예정일 전날 밤, 상륙함대는 해안 100km 밖에서 다음날의 상륙을 대비한 채 정박 중이었다. 등화관제를 하느라 외부 조명은 모두 꺼진 뒤였고, 내부도 불빛이 새어나가지 않도록 창문을 모두 종이박스 등으로 막아 둔 상태였다. 낸시 중위는 갑갑한 마음에 배정받은 선실을 나와서 복도를 걷기 시작했다. 복도의 조명도 최저로 낮춰 놓아 꽤나 어두침침한 실내가 낸시 중위의 기분을 더더욱 가라앉게 만들었다. 조심스레 복도를 걸어가던 낸시 중위는 어느 선실의 문을 두드렸다. 클로에 소위와 조엔 중위가 지내고 있는 선실이었다. 안에서 들어와도 좋다는 목소리가 들린 뒤에 낸시 중위는 문을 열고 안으로 들어갔다. 안에는 클로에 소위가 앉아서 무언가 기다란 물건을 닦고 있었다. 처음에 무엇인지 알아보지 못했던 낸시 중위는 그것이 대전차소총이라는 물건임을 알아차렸다.

"그런 낡은 무기는 어디서 구했지?"

"아! 중대장님!"

낸시 중위를 알아본 클로에 소위는 닦던 대전차소총을 허겁지겁 내려놓고 자리에서 일어나려 했고, 낸시 중위는 손을 저어서 일어날 필요 없음을 알렸다.

"어머! 무슨 일이세요?"

"우왓! 조엔 중위?!"

낸시 중위는 갑작스럽게 조엔 중위의 목소리가 들리자 깜짝 놀라서 뒤를 돌아보았다. 언제 다가왔는지 조엔 중위가 등 뒤에 바짝 붙어 귀에 대고 말을 거는 바람에 깜짝 놀란 낸시 중위는 뛰다시피 방 안으로 들어갔다.

"갑자기 뒤에서 말을 거시면 놀라지 않습니까."

"문 앞을 가리고 계시니까 그렇지요."

낸시 중위의 질책에 조엔 중위는 빙그레 웃으며 대답하고 낸시 중위를 지나쳐서 방 안으로 들어갔다. 샤워를 하고 온 모양인지 긴 검은 머리가 젖어서 반짝이고 있었다.

"그런데 무슨 일이십니까, 중대장님?"

클로에 소위가 묻자 그제야 낸시 중위는 자신의 목적을 깨닫고는 선실 안으로 들어가 문을 닫았다. 철문이 끼익 소리를 내면서 시끄럽게 닫혔다. 선실은 벽면에 붙어있는 접이식 침대를 펼쳐서 잠을 자는 방식이었다. 2명에서 지내기에는 꽤나 작다는 느낌이 드는 방이었는데, 병사들은 똑같은 면적의 방에서 6명이 생활해야 한다는 점을 생각하면 그나마 아늑한 편이라 할 만했다. 낸시 중위는 소심스럽게 안으로 들어가 공용 책상에 있는 의자를 빼서 자리에 앉았다.

"아니 뭐, 내일이면 상륙이 시작되는데 준비는 괜찮나 해서 말이지."

클로에 소위는 닦고 있던 자신의 대전차소총을 결합하며 답했다.

"네, 준비는 완벽합니다. 첫 작전이어서 두근거리기는 하네요."

낸시 중위는 미묘한 감정이 담긴 미소를 지어 보일 수밖에 없었다. 역시 아직 아무것도 모르는 신참이라는 생각이 들었다.

"그보다 그 대전차소총은 뭐지?"

낸시 중위가 묻자 클로에 소위는 웃으면서 세워 두었던 자신의 대전차소총을 들어올렸다.

"아. 이건 마정석탄을 발사하는 발사관입니다. 대전차소총으로 개

발됐지만 제국군 전차에게 별 효과가 없어서 회수해 개조한 물건이지요. 수량이 부족하다고 해서 착임시에는 받지 못했었는데, 이번에 전선으로 간다고 완전 새 물건을 보급받았습니다."

클로에 소위의 말에 낸시 중위는 가까이 가서 대전차소총을 받아 들었다. 생김새와는 다르게 무척이나 가벼워서 낸시 중위는 깜짝 놀라고 말았다. 소총 정도의 무게였다. 낸시 중위는 대전차소총이 어떤 물건인지 알고 있었다. 사관생도 시절 직접 발사도 해 봤기 때문에 무게가 어느 정도인지 가늠할 수도 있었다. 그렇지만 클로에 소위가 건넨 이 대전차소총은 평범한 소총 정도의 무게였다. 쓸모없는 개머리판 쪽 손잡이는 떼어냈지만, 그 정도의 개조로 이렇게 가벼워질 수 있는 물건이 아니었다. 거기다 총신 부위에는 원래 없었을 운반손잡이까지 달아 놓았고, 몸체 좌측면에는 6배율 조준경까지 달았으니(탄창이 위에서 삽탄되기 때문에 조준경은 옆에 달려 있었다) 더더욱 이럴 리가 없다는 생각이 들었다. 낸시 중위는 클로에 소위를 보며 입을 열었다.

"생각보다 무척이나 가벼운데?"

"경량화 마법이 걸려 있습니다. 총 자체에 마법진을 새겨 넣어서 가볍게 되었죠. 사실 그렇지 않으면 이렇게 들고 다닐 수 없지요."

낸시 중위는 마법도 생각 외로 편리한 구석이 있다고 생각했다.

"다만 정기적으로 마력을 주입해 주어야 해요. 마력이 떨어지면 금방 다시 무거워지니까요. 아! 거기에 제 스승님이 개발하신 반동제어 마법도 같이 걸려 있어서 반동도 일반 소총 수준이랍니다."

"마녀의 마법빗자루 같네요. 마법을 걸면 스스로 청소하고 날아다니다가 마법이 풀리면 다시 평범한 빗자루로 돌아오는."

조엔 중위가 침대에 엎드리며 말했다. 낸시 중위도 조엔 중위의 비유가 맞다고 생각했다.

"마녀니까 그 말이 맞겠네요. 이건 제 마법빗자루면서 마법지팡이고요."

클로에 소위도 웃으면서 동의했다. 낸시 중위도 웃어 보이고는 내일 작전에 차질이 없도록 충분히 자 두라고 말한 뒤 방 밖으로 나왔다.

말은 그렇게 했지만 지금 가장 잠이 오지 않는 사람은 낸시 중위였다. 대규모 상륙전은 경험해 본 적이 없는 일이었다. 이 정도로 대규모 상륙작전은 대륙 역사상 처음 있는 일이었다. 그런만큼 낸시 중위는 도대체 어떻게 처신을 해야 하는지 알 수가 없었다. 낸시 중위는 몇 번째일지 모를 한숨을 쉬었다. 모퉁이에서 걸어 나오던 누군가가 낸시 중위랑 마주치자 살짝 놀라서 그 자리에 멈춰 섰다. 네르미 이병이었다. 양 팔에 무언가를 들고 있는 네르미 이병은 목을 살짝 끄덕여서 목례를 했고 낸시 중위는 살짝 손을 들어 올려서 답례했다.

"아직 안 주무셨습니까?"

네르미 이병의 물음에 낸시 중위는 어색한 기분이 들어서 머리를 긁적였다.

"단 둘만 있을 때는 편하게 해 줬으면 좋겠는데 말이지."

"저희는 어릴 적 친구지만, 현 시점에서는 군인입니다."

"여전하네. 넌 어릴 적부터 원칙 하나는 칼 같았지."

낸시 중위는 네르미 이병의 대답에 한숨을 쉬고는 말했다.

"양손에 들고 있는 것은 뭐야?"

네르미 이병은 울 셔츠로 덮인 것을 열어서 보여주었다.

"빨래입니다. 다 말라서 걷어 돌아가는 중입니다."

네르미 이병이 들어 올린 울 셔츠 아래에는 약간의 속옷과 양말이 놓여 있었다.

"그러네. 알았어. 그러면 얼른 들어가서 자."

"네. 알겠습니다."

네르미 이병이 다시 목례를 하고 종종걸음으로 복도를 걸어갔고, 낸시 중위도 한숨을 쉬고 자신의 방으로 이동했다.

밤중에 조심스럽게 해안선 10km까지 도착한 함대는 아침이 되자마자 상륙작전을 실행했다. 야간에 미리 글라이더와 수송기로 후방에 투입된 공수부대가 적들에게 혼란을 주고 있었고, 먼 수평선에서 태양이 떠오르자마자 함포사격이 시작되었다. 한 시간 동안의 포격이 끝나자마자 전투기들이 상륙 예상지역을 습격해 뒤이어 상륙할 아군에게 위협이 될만한 목표에 공격을 퍼부었다. 이 공격이 얼마나 효과가 있는지는 상륙주정으로 상륙할 병사들이 판단할 몫이었다.

첫 공세가 시작된 뒤 1시간 정도 지나자 1제파가 탑승한 상륙주정들이 수송함을 떠나기 시작했다. 수송함 옆에 매달린 두터운 밧줄 그물에 매달려 내려간 병사들은 휘청거리는 상륙주정에 조심스레 매달리듯이 올라탔다. 그물을 내려가다가 떨어져 바다에 빠진 병사들이 주변을 움직여 다니는 구조정에게 구출되어 상륙주정에 탑승하기도 하고 심하게 다친 인원들을 다시 수송함으로 올려보내기도 했다. 낸시 중위는 상륙 준비를 마친 채 수송함 갑판 위에 앉아서 대기 중인 병사들을 살펴보았다. 몇 명은 긴장되는 듯 자신의 총기를 손질하고 있었고, 담배를 피우는 인원도, 동료와 즐겁게 이야기하는 병사들도 눈에 띄었다. 그 옆에서는 다음으로 상륙할 예정인 타 부대 병사들이 끊임없이 이동했다.

"잠시 앉아서 쉬시죠. 저희가 상륙하려면 아직 시간이 더 남았습니다."

유리아 중사가 낸시 중위 옆으로 와서 권하자 낸시 중위는 고개를 끄덕였다.

"후우. 긴장되는군요."

"그러게 말입니다. 이런 식의 상륙작전은 처음이니 저도 긴장되는군요."

낸시 중위가 철모를 벗으며 말하자 유리아 중사가 동의했다. 그와 동시에 수송함 주변에 있던 전함이 함포를 발사했고, 그 충격파에 수송함이 휘청거렸다. 적진을 공격하던 전투기들이 돌아온 뒤에 벌어진 두 번째 포격이었다. 이 포격이 끝남과 동시에 상륙주정을 타고 간 병력들이 해안가에 상륙할 예정이었다. 날아간 포탄이 착탄하는 폭음이 멀리서 들려오자 병사들이 환호성을 질렀다.

"이 정도라면 안심해도 되겠군요."

유리아 중사가 담배를 꺼내 입에 물며 말하자 낸시 중위는 해안선을 바라보고는 고개를 저었다.

"아뇨. 아무리 포격을 해도 적군은 살아남는 법이지요."

"그것도 그렇군요."

낸시 중위의 대답에 유리아 중사는 고개를 끄덕였다.

6.

한참을 기다리던 로빈중대는 2시간이 더 지나서야 조심스럽게 상륙주정에 몸을 실을 수 있었다. 처음으로 상륙주정에 몸을 실은 낸시 중위는 여기저기 묻은 피를 보고 소스라치게 놀라고 말았다. 생각 외로 작전이 난항을 겪는 모양이라고 생각했다. 뒤이어서 그물을 내려와 상륙주정에 오른 병사들도 상륙주정의 내부를 보고는 비명을 내질렀다. 낸시 중위에게 클로에 소위가 다가왔다.

"피 냄새는 이런 느낌이군요. 바다냄새하고는 좀 다른 것 같습니다."

그렇게 말하는 클로에 소위의 얼굴은 핏기가 가셔서 평소보다 더 창백한 모습이었다.

"한참 안 보이더니 이제 왔군."

"아, 네. 죄송합니다. 뱃멀미가 와서 조엔 중위하고 좀 쉬고 있었습니다."

"아니. 미안할 것 없어. 그보다는……."

낸시 중위가 클로에 소위의 철모를 바라보자 낸시 중위의 시선을 눈치 챈 클로에 소위가 살짝 얼굴을 붉히고는 말했다.

"아, 별다른 건 아니고, 그냥 멋으로 붙인 겁니다."

클로에 소위의 철모 정면 중앙에 17사단의 부대마크가 그려져 있었다. 좌측 팔에 부착되는 부대마크와 거의 동일한 사이즈에 동일한 색상으로 철모에 부대마크가 붙은 모습은 꽤나 인상 깊은 모습이었다.

"직접 그린 건가?"

"네, 어젯밤에……."

낸시 중위의 물음에 클로에 소위는 머리를 긁적이고는 대답했다.

"별다른 생각은 아니고 그냥 재미삼아 한 겁니다."

"아니, 야단치려는 건 아니야. 일단 자리를 잡는 게 좋겠군."

"알겠습니다."

클로에 소위는 낸시 중위의 말에 살짝 고개를 끄덕이고 자신의 자리로 이동했다.

"해안가까지 이동하는 데는 약 5분 걸립니다. 출발합니다!"

맨 앞쪽에서 상륙주정을 조종하는 수병이 소리쳤다. 해군 특유의 파란색 작업복을 입은 수병은 상륙주정을 전진시켰다. 낸시 중위는 심장이 뛰는 것을 몸으로 느낄 수 있었다. 전투가 시작되기 선에는 으레 이런 긴장감을 느끼곤 했지만 오늘은 더욱 힘이 들어갔다. 익숙하지 않은 전장에 제대로 된 준비 없이 뛰어드는 일은 자신의 방식이 아니라고 낸시 중위는 생각했다. 그렇지만 매번 모든 전투는 익숙하지 않은 전장에 준비 없이 뛰어드는 격이었다. 그런 생각을 하니 낸시 중위는 위장이 조여 왔다.

"1분 남았습니다!"

수병이 또다시 소리쳤다. 해안가로 다가갈수록 총성과 포성이 크게 울리기 시작했다. 낸시 중위는 숨을 가다듬고 소리쳤다.

"전원 전투 준비! 훈련 때처럼 움직인다!"

낸시 중위의 말에 병사들이 함성으로 응답했다. 낸시 중위는 옆에 서 있는 클로에 소위의 어깨를 두드렸다.

"해안에 상륙하면 무조건 내 옆을 따라다녀. 알았나?"

"예?! 예, 알겠습니다."

잔뜩 긴장한 클로에 소위가 대답하자 낸시 중위는 슬쩍 웃어 주면서 고개를 끄덕였다. 낸시 중위는 상륙주정 안을 둘러보았다. 모든 병사들의 얼굴이 꽤나 굳어 있었다. 모두들 긴장하는 모양이었다. 낸시 중위는 기침으로 목을 가다듬고는 크게 소리치듯 입을 열었다.

"로빈중대!"

"로빈중대!"

낸시 중위의 외침에 같은 상륙주정에 탑승한 병사들이 복창했다. 낸시 중위는 병사들을 둘러보며 말을 이었다.

"사실 원래 앞서 상륙한 부대가 교두보를 이미 확보했어야 하나, 현 시점에서는 아직 확보하지 못한 모양이다. 우리는 우리 뒤에 대형 상륙함으로 상륙할 후속 병력들을 위해 해안가를 소탕해야 한다. 원래 앞서 간 남자들이 해야 할 일이지만, 남자들이 제대로 하지 못했다. 그래서 우리가 간다!"

"원래 변변찮은 남자들 뒤치다꺼리를 하는 게 우리 여자들 아니겠냐! 우리 어머니도 그랬고, 할머니도 그랬으니까 말이야!"

낸시 중위의 말을 유리아 중사가 유머러스하게 받자 1소대 인원들은 웃음을 터트렸다. 분위기가 많이 누그러졌다고 생각한 낸시 중위는 자신의 소총을 고쳐들었다.

"접안합니다!"

수병이 소리쳤고 잠시 뒤에 상륙주정 앞부분이 해안에 닿으며 덜컹거리는 것이 느껴졌다. 해안에 닿자마자 총탄이 날아와 상륙주정

바깥에 부딪히는 소리가 귀를 어지럽혔다. 낸시 중위는 얼른 배 옆으로 기어 올라가 바깥으로 뛰어내렸고 병사들도 낸시 중위를 따라서 밖으로 뛰어 내렸다.

낸시 중위의 시야에 들어온 해안의 풍경은 완전히 엉망진창이었다. 언덕에 구축된 제국군 진지에서는 쉴틈 없이 기관총탄이 날아오고 있었고, 왕국군 병력들은 해안에 구축된 장애물에 고착된 채 제대로 된 응전도 못하는 실정이었다. 낸시 중위는 신발이 바닷물에 젖는 것을 느끼며 허겁지겁 장애물 뒤에 몸을 숨겼고 뒤따라 내린 병사들도 이리저리 몸을 숨겼다. 낸시 중위는 다른 부대 병사로 보이는 병사의 어깨를 두드렸다. 병사는 고개를 돌려서 낸시 중위를 바라보았다.

"병사! 자네의 소속은?!"

"17사단 3대대 본부중대입니다."

"지휘관은 어디 있나!"

"대대장이야 배에 타고 있을 거고 중대장은 어디선가 죽었을 겁니다. 아마도 중위님이 여기에서 제일 높으신 것 같은데요."

병사의 대답에 낸시 중위는 한숨을 내쉬었다. 상황이 엉망이었다. 많은 병사들이 너무 언덕에서 멀리 떨어져 있었다. 어떻게든 언덕 아래쪽까지 전진해야 적의 기관총으로부터 몸을 보호할 수 있을 터였다. 낸시 중위는 크게 소리쳤다.

"전원 해변을 지나간다! 준비!"

낸시 중위의 외침에 낸시 중위 근처에 있던 앞서 상륙한 병사들이 어이가 없다는 표정으로 낸시 중위를 바라보았다.

"말도 안 되는 소리 하지 마십쇼. 저기 기관총 진지가 몇 개인데 달려갑니까!"

앞서 3대대 본부중대 소속이라고 말했던 병사가 헛소리라는 투로 말했고, 낸시 중위는 브로미 중사를 바라보았다. 낸시 중위에게서 조금 떨어진 장애물 뒤에 있던 브로미 중사는 고개를 끄덕인 뒤에 조준경을 덮고 있는 방수커버를 벗겼다. 곧바로 조준경에 눈을 가져간 브로미 중사는 전방을 주시하고 방아쇠를 당겼다. 그러자 정면으로 날아오던 기관총탄이 멈췄다. 브로미 중사는 재빨리 재장전해서 다시 한 발을 발사했고, 기관총을 붙잡으려던 제국군 부사수도 그대로 쓰러져 버렸다. 기관총이 침묵했다.

"이제 이동한다!"

낸시 중위가 앞서서 해변을 달려가기 시작했다. 뒤를 이어 낸시 중위와 함께 상륙한 1소대 인원들이 앞으로 달려 나갔다.

"너희도 얼른 뛰어!"

유리아 중사가 여전히 숨어 있는 다른 부대 인원들을 억지로 일으켜 세워 앞으로 달려가게 만들었다. 그동안 다른 쪽에 거치되어 있던 기관총이 달려가는 병사들에게 탄을 발사해 몇 명의 병사들이 쓰러졌지만, 브로미 중사가 다시 한 번 탄을 발사해서 다른 기관총 진지도 침묵시켰다. 해안을 방어하던 기관총 진지가 침묵하자 그 부분만큼은 적군의 탄막이 약해졌고 많은 병사들이 언덕 아래로 이동할 수 있었다.

"좋아. 일단 이곳을 통해서 교두보를 확보하고 언덕 위의 진지들을 처리한다. 엘리센! 다른 소대에게 연락은 없어?!"

낸시 중위가 유리아 중사에게 지시하고는 엘리센 상병을 불렀고, 통신병인 엘리센 상병은 수화기를 든 채 소리쳤다.

"2소대와 3소대 해안에 도착했고 적 기관총의 탄막 때문에 고착되었다고 합니다. 적군이 수도 없이 설치한 상륙 저지 장애물이 효과적인 은엄폐물이 된 덕분에 큰 피해는 없다고 합니다."

엘리센 상병의 보고를 들은 낸시 중위는 유리아 중사를 다시 바라보았다.

"이 언덕을 올라가야 합니다. 그런데 모래 언덕이라 올라가기가 영 쉽지는 않겠군요."

"올라가는 사이에 공격받을 가능성이 높습니다."

낸시 중위가 한숨을 내쉬었다. 브로미 중사가 처리한 기관총에는 다시 병력들이 달라붙어 발사를 시작하고 있었고, 언덕을 올라가다 보면 적군의 공격을 받을 터였다.

"저 기관총이 문제군. 브로미 중사가 계속 저격한다 해도 한계가 있어."

"저 기관총을 처리하면 되는 건가요?"

낸시 중위의 혼잣말을 들은 클로에 소위가 낸시 중위에게 물었다.

"그렇긴 하지만……."

낸시 중위의 말에 클로에 소위는 자신의 키만큼 커다란 대전차소총을 모래 위에 올려놓고 배 부분에 차고 있는 커다란 가방에서 탄창을 꺼내 삽입했다. 총 뒤에 엎드려 자세를 취한 클로에 소위는 볼트를 뒤로 후퇴시켰다 앞으로 밀어 넣어 장전을 하고, 입으로 무언가를 중얼거린 뒤에 방아쇠를 당겼다. 커다란 폭음과 함께 밝은 빛이 총구 밖으로 뿜어져 나왔고, 그 빛은 그대로 직진해서 적군 기관총진지에 작렬했다. 그 충격으로 기관총을 쏘던 적군 병사는 뒤로 튕겨져 나갔고 기관총 주변은 얼음으로 꽁꽁 얼어 버렸다.

"뭐……. 뭐지?"

"간단한 빙결 마법입니다. 기관총이 꽁꽁 얼어 버렸으니 당분간은 발사하지 못할 겁니다."

낸시 중위를 바라보며 클로에 소위가 대답했다. 낸시 중위는 기관총 진지를 바라보았다. 튕겨져 나갔던 제국군 병사가 달려와서 기관총을 다시 사용하려 했지만, 꽁꽁 얼어 버린 얼음을 어찌하지 못해서 당황한 모습이었다. 클로에 소위는 다시 한 번 볼트를 후퇴해서 탄피를 배출하고 밀어 넣어 장전한 뒤 주문을 외우고 이번에는 다른 쪽 기관총 진지에 발사했다. 그쪽 기관총도 그대로 얼어 버려서 작동 불능 상태에 빠져 버리고 말았다.

"일제사격! 일제사격!"

낸시 중위는 기회를 잃지 않기 위해 소리쳤다. 병사들이 모두 전방을 향해서 방아쇠를 당겼다. 수십 명의 병력이 발사하는 탄이 언덕 위의 제국군에게 작렬했고, 일순 제국군의 사격이 멈추어 섰다.

"사격중지! 사격중지! 전원 적 진지로 돌입한다!"

낸시 중위가 소리치고는 그대로 언덕을 뛰어 올라갔다. 남은 병사들도 그 뒤를 따랐다.

"1소대는 남아서 엄호한다!"

유리아 중사가 뒤따라 달려가려는 소대원들을 말리며 소리쳤고 타 부대 병사들은 낸시 중위의 뒤를 따라 언덕을 뛰어 올라갔다. 모래언덕이라 발이 푹푹 빠져 힘을 소진한 낸시 중위는 적진지에 뛰어들자마자 바닥에 뒹굴었고, 뒤따라 들어온 병사들은 남은 제국군 병사들을 처치하며 진지의 이동로를 따라 달려가기 시작했다. 아까와는 다르게 사기가 올라간 모습이었다. 낸시 중위는 잠시 숨을 고르며 몸을 일으켰고, 뒤이어 유리아 중사가 진지로 돌입했다. 유리아 중사는 낸시 중위를 보고는 가까이 다가갔다.

"좀 앞서지 마십시오. 그러다가 무슨 일이라도 당하시면 어떻게 하려고 그럽니까."

유리아 중사가 걱정스러운 말투로 푸념했지만, 낸시 중위는 그저 씨익 하고 웃어 보일 따름이었다.

"지휘관이 앞장서야지요. 병력들은 계속 올라오고 있습니까?"

"저희 소대뿐만 아니라 다른 부대 인원들까지 잔뜩 올라오고 있습니다. 2소대와 3소대도 올라오고 있고요. 이대로라면 곧 이곳 교두보는 확보될 겁니다."

유리아 중사가 뒤편을 바라보며 말했고 낸시 중위는 조심스럽게 몸을 일으켜 진지 바깥 상황을 살펴보았다. 제국군 병사들이 진지 밖으로 튀어나와서 후방으로 도망치고 있었고, 몇몇 제국군들은 손을 들고 항복하는 중이었다.

"뭔가 순조롭군요."

"너무 쉽습니다. 이상해요."

유리아 중사의 말에 낸시 중위는 망원경으로 제국군이 도망가는 뒤편을 바라보았다. 아까까지 그렇게 심하게 저항하던 제국군이 너무도 손쉽게 후퇴해 버렸다. 물론 이곳의 제국군은 2선급 부대였고 야탈레르군 병사들도 있었기 때문에 수준이 떨어지는 것은 사실이지만, 바로 전까지 심하게 저항하던 병사들이 이렇게 손쉽게 물러나는 것도 이상하다고 낸시 중위는 생각했다.

"해안 방어진지는 모두 점령했습니다."

낸시 중위가 잠시 숨을 고르고 무전기로 다른 소대들과 연락을 하는 동안, 다른 부대 소속 병사 한 명이 와서 해안 진지를 모두 점령했다고 보고했다. 기관총 진지는 모두 무력화되었고 각 벙커들도 모두 소탕했다는 설명에 수고했다고 답하면서도 무언가 미묘하다는 느낌을 받았다. 왠지 모를 위화감이 낸시 중위를 엄습했다. 낸시 중위는 철모를 벗고 머리를 긁적이며 이상한 위화감을 떨쳐내려 했다. 공중에서는 그동안 지원해주던 아군 전투기들이 철수를 시작했다. 그 모습을 바라보던 낸시 중위는 왠지 모를 오싹한 기분을 느끼며 철모를 다시 착용했다.

"여기 지휘관 계십니까? 지휘관 없습니까?"

그렇게 낸시 중위가 잠시 고민하는 동안 카키색 해군 작업복에 회색으로 칠한 철모를 쓴 장교가 언덕 위로 올라오며 소리쳤다. 낸시 중위는 슬쩍 손을 들어서 장교에게 신호를 보냈다. 해군장교는 낸시 중위에게 다가왔다.

"해군 소속 막시안 폴로안스 소위(Ensign) 입니다. 지휘관이십니까?"

"아마도 그런 것 같군요. 저보다 높은 계급이 없다면요. 17사단의 낸시 콜필드 중위입니다."

"교두보가 확보되었나 보군요. 확인하러 상륙했습니다. 수송함들이 접안하는 데 문제는 없겠습니까?"

막시안 소위의 물음에 낸시 중위는 주변을 둘러보고는 고개를 끄덕였다. 교두보가 확보되면 후속부대가 상륙해서 교두보를 더욱 튼튼하게 만드는 것이 중요한 과제였다.

"지금 바로 접안이 가능합니까?"

"에. 보병들이나 경장비라면 상륙주정으로 하역이 가능합니다만 일단은 해안선이고 저 장애물들도 치워야 합니다. 게다가 지금은 썰물인지라 전차나 대형 차량들을 양륙하는 데는 시간이 걸립니다. 아마도 네 시간은 있어야 하지 않나 싶군요."

그 말에 낸시 중위는 꽤나 난감한 기분을 느꼈다. 보병으로만 전투를 벌일 수는 없었다. 필연적으로 전차와 장갑차 같은 차량들과 포병, 그밖에 많은 물자들이 필요했고, 그런 물자들은 썰물이든 밀물이든 상관없이 활용 가능한 상륙주정같은 소형선으로는 양륙이 힘들기에 수송함들이 접안해서 크레인을 이용해야 내릴 수 있었다. 그리고 썰물과 기타 작업으로 인해 4시간 가까이 물자를 하역하지 못하는 사이 적군이 반격한다면 그것을 막는 일은 결코 쉽지 않을 터였다.

"중대장님. 멀리서 먼지가 보입니다."

낸시 중위가 한참을 고민하고 있으려니 유리아 중사가 소리쳤다. 낸시 중위는 얼른 목에 걸고 있던 쌍안경으로 유리아 중사가 가리킨 부분을 확인했다. 모래먼지가 땅에서 피어오르고 있었다.

"전차다!"

낸시 중위가 깜짝 놀라서는 소리쳤다.

"이 녀석들, 아군 전투기가 철수하기를 기다렸군요!"

유리아 중사가 소리쳤고 낸시 중위는 쌍안경을 다시 목에 걸고는 소리쳤다.

"전원 전투 준비! 적 전차가 온다!"

낸시 중위의 말에 즐겁게 웃으면서 승리를 만끽하던 병사들이 허겁지겁 진지 안으로 뛰어 들어왔다.

"클로에 소위. 전차는 상대 가능한가?"

"대전차 무기이긴 합니다만 요즘 세대의 전차들에게는 소용이 없어요. 마법이라곤 하지만 그 정도로 강한 마법은 무리입니다. 원래가 적 마법병을 상대하는 무기니까요."

클로에 소위가 사색이 되어서 말했다. 전차를 상대할 거라고는 생각지도 못한 클로에 소위의 공포를 낸시 중위는 느낄 수 있었다. 아마 이 아가씨는 전차라는 물건을 제대로 본 적이 없을 터였다. 낸시 중위는 상황이 꽤 난감하다고 생각하며 머리를 굴렸다. 현재 가지고 있는 중화기라고는 박격포 정도였고, 그것이 적군 전차에게 별 효용이 없음을 그간의 경험으로 알 수 있었다. 그렇다고 그보다 큰 화기의 도움을 받을 수도 없었다. 아군 전투기라도 있었다면 조금이나마 도움을 받을 수 있었겠지만, 현재 전투기들도 모두 재보급을 위해 돌아간 상황이었다. 절망적이었다.

"난감하군. 거리는 약 3km. 금방이라도 들이닥칠 수 있는 거리야."

난감한 마음에 낸시 중위가 주변을 바라보았다. 그때 낸시 중위의 눈에 아까 왔던 해군 소속 막시안 소위와 그의 무전병이 눈에 들어왔다. 낸시 중위는 그 모습을 보고 상륙 직전 배 위에서 봤던 전함의 함포사격이 떠올랐다.

"막시안 소위. 귀관의 소속은 전함입니까 상륙함입니까?"

"예?! 일단 저는 전함인 콜로모로스함 소속입니다."

낸시 중위의 물음에 막시안 소위가 대답했다. 낸시 중위는 전함의 함포사격이라면 적 전차부대를 효과적으로 처리할 수 있을 것이라고 생각했다. 현 시점에서 전함의 함포만큼 크고 파괴력 있으며 가까운 화력은 떠올릴 수도 없었다. 낸시 중위는 막시안 소위에게 소리치듯 이 말했다.

"막시안 소위! 전함의 포격을 유도할 수 있습니까?"

"예?! 포격이요?"

"네. 전함의 함포라면 적 전차들에게 충분한 위력을 발휘할 겁니다. 상륙 예비 포격을 했던 것처럼 포격을 가해 준다면 적들을 격멸할 수 있습니다."

낸시 중위의 말에 막시안 소위는 잠시 생각하고는 같이 따라 올라온 해군 무전병의 등에서 무전기 수화기를 들어올렸다.

"아마도 가능할 것 같습니다. 전함의 함포는 원래 강력한 장갑을 갖춘 전함을 상대하는 화기니 적 전차에도 충분히 효과가 있을 겁니다."

"연락 부탁합니다. 좌표는 킹 조지, 하나 아홉 삼 공, 넷 삼 공 오입니다. 이곳에 정밀할 필요는 없으니 대략적으로 발사해 달라고 하십시오."

"네. 알겠습니다."

막시안 소위는 얼른 무전기를 이용해 전함과 연락을 시도했다.

7.

전함 HMS콜로모로스는 지난 전쟁 때 건조된 꽤나 낡은 전함이었다. 그렇지만 16인치 연장 포탑 네 문은 꽤나 위력적이었고, 8인치 3연장포탑 세 문을 부포로 탑재한 명실상부한 포격계 전함이었다. HMS콜로모로스의 지휘관은 대륙전쟁 이후 전역했다가 다시 복직한 쿠드린스키 중령(Commander)으로 이번 상륙작전에서 수송선 호위 임무를 수행 중이었다. 어느 정도 해안선이 정리가 되어서야 긴장을 풀은 쿠드린스키 중령은 몸을 의자에 파묻었다. 나이가 있으니 이 짓도 힘이 든다고 생각하며 옆에 놓인 커피를 들어올렸다. 그 순간 브리지의 통신수가 쿠드린스키 중령에게 보고했다.

"함장님. 해안으로 보낸 연락장교 막시인 소위에게 연락이 있습니다."

"방금 교두보가 확보되었다고 보고하지 않았나? 무슨 일이지?"

부함장인 트레이 하급중령(Lieutenant Commander)이 되물었다. 트레이 하급중령은 젊은 사람으로 꽤나 열정적인 부함장이었다.

"함포사격 요청입니다."

"함포사격? 상륙전에 실시하는 예비사격도 아니고 이미 교두보가 확보되었는데 그게 무슨 소리야?"

트레이 하급중령이 묻자 통신수는 조금 난감한 표정을 지으며 답했다.

"그것이……. 적군의 대규모 전차부대가 돌입하고 있다고 합니다. 그 전차부대를 상대하려면 현 시점에서 저희 함포 밖에는……"

"그게 무슨……."

"좌표는 받았나."

트레이 하급중령의 말을 끊으며 쿠드린스키 중령이 질문했다.

"예. 좌표는 전달받았습니다."

쿠드린스키 중령은 자리에서 일어나 입을 열었다.

"8인치 발사 준비, 나머지 포들도 장전을 해 둬라. 탄종 고폭탄. 신관은 근접. 장전이 완료되면 요청된 좌표로 1번 포탑에서 발사, 후에 수정 좌표가 나오면 남은 8인치와 16인치로 차탄을 발사한다."

쿠드린스키 중령의 명령이 전함의 포술장에게 연결되었고, 포인원들이 급하게 포탄을 운반하기 시작했다.

"함장님! 저희는 해군이고 저희의 임무는 적 전함과 싸우는 것이지 고작 작은 전차를 상대하려는 게 아닙니다."

트레이 하급중령의 항의에 쿠드린스키 중령은 다시 자리에 앉으면서 타이르듯 말했다.

"디킨스. 우리의 임무는 병사들을 한 명이라도 더 살려서 집으로 보내는 것이야. 우리 배의 전과로 기록할 수는 없지만 육상에 있는 병사들을 살릴 수 있다면 할 수 있는 건 다 해야 하지 않겠나? 그리고 어차피 상륙전을 하게 되면 육상으로의 포사격도 작전 내에 포함되어 있잖아. 당장에 새벽에도 우리는 저 해안을 향해 포를 발사했으니까."

트레이 하급중령은 쿠드린스키 중령의 말에 대꾸할 수 없었다. 포술장에게 사격 준비가 완료되었음을 보고받은 쿠드린스키 중령은 발사 명령을 내렸다. 이윽고 8인치 부포 세 문이 동시에 불을 뿜었다.

8.

"효력이 있다!"

전면에서 커다란 흙먼지가 일어나는 모습을 본 낸시 중위는 환호성을 질렀다. 저 정도 파괴력이면 전차라도 무사할 수가 없다고 생각했다.

"막시안 소위. 그 좌표로 계속 효력사 부탁합니다."

"전함의 함포로 전차를 잡는다니. 교범에 실려도 될 법한 일입니다. 중위님."

막시안 소위가 감탄하며 다시 무전기를 조작했다. 낸시 중위는 망원경으로 계속 정면을 확인했다. 흙먼지 때문에 제대로 보이지는 않았지만, 어느 정도 타격을 입었으리라는 예상은 할 수 있었다.

그렇게 몇 번 더 포탄이 떨어진 뒤에 재보급을 마친 전투기들이 날아오기 시작했고, 낸시 중위는 막시안 소위에게 포격을 멈출 것을 요청했다.

"포격 중지. 잘못하다간 아군 전투기에게 피해가 가겠군요."

낸시 중위는 막시안 소위에게 말하고 바닥에 주저앉았다. 전투기까지 떠올랐으니 더 이상 제국군이 오지 못할 거라고 판단했다. 긴장이 풀린 낸시 중위는 깊은 한숨을 내쉬었다.

"어찌어찌 작전은 성공했군요."

유리아 중사가 담배를 빼어 물며 말하자 낸시 중위는 빙그레 웃어 보였다.

"중대장님. 후속 부대와 임무를 교대하라는 명령입니다. 해안선 아래로 내려와서 잠시 쉬고 있으라고 합니다."

무전병인 엘리센 상병이 소리치자 낸시 중위는 자리에서 일어나 엉덩이를 털어내었다.

"좋아! 다른 소대에도 알리고, 후속부대가 오는대로 아래로 철수한다. 타 부대 인원들에게도 그렇게 전달하도록."

낸시 중위가 철수 명령을 내리자 병사들이 환호성을 지르며 작전이 성공했음을 기뻐했다.

후속부대와 임무를 교대한 낸시 중위는 해안가로 내려와 바닥에 걸터앉아서 바다를 바라보았다. 소형 상륙주정을 이용해 급한 물건들부터 해안에 하역하고 있었고, 대형 수송함들도 물이 차오를 것을 대비해 천천히 해안으로 다가오기 시작했다. 낸시 중위는 그 광경을 바라보다 옆에 앉아 있는 클로에 소위에게 고개를 돌렸다. 클로에 소위가 시선을 눈치 채고 낸시 중위를 바라보았고, 낸시 중위는 미소를 지으며 말을 건넸다.

"그래. 우리 마녀님께서는 이번 전투가 어떠하셨나?"

낸시 중위의 물음에 클로에 소위는 멍한 표정으로 입을 열었다.

"아직은 잘 모르겠습니다. 뭔가 멍한 기분입니다."

"그 정도면 충분히 도움이 됐어. 앞으로 잘하면 될 거야. 마법이란 것도 전쟁터에서 생각 외로 쓸모가 있었어."

"감사합니다."

클로에 소위가 떨리는 목소리로 그렇게 말하자 낸시 중위는 아무 말 없이 클로에 소위의 어깨를 두드려 주다가 클로에 소위가 온몸을 떨고 있는 것을 알아차렸다.

"클로에? 어디 부상이라도 입었어? 몸이 무척 떨리는데?"

"아닙니다. 조금 추워서 말이죠."

클로에 소위가 그렇게 대답하자 낸시 중위는 얼른 철모를 벗기고 클로에 소위의 이마에 손을 가져갔다. 뜨듯한 열이 낸시 중위의 손에 전해졌다.

"이런. 열이 나잖아. 얼른 조엔 중위에게 가 봐."

"괜찮습니다. 조금 쉬면 나을 거예요. 거기다 조엔 중위는 부상병들 치료하느라 바쁠 텐데요."

낸시 중위의 말에 클로에 소위가 고개를 저으며 답했고, 낸시 중위는 한숨을 쉬면서 클로에 소위의 어깨를 주물렀다.

"꼭 조엔 중위가 아니더라도 의무병에게 가서 진찰 받고 좀 쉬어. 그러다가 쓰러져 버리면 오히려 전투력 손실이니까 말이야. 소중한 마법사님이 아파 버리면 큰일이잖아?"

낸시 중위가 농담처럼 말하자 클로에 소위는 고개를 끄덕이고 자리에서 일어났다.

"장비는 풀어 놓고 가. 나중에 가져다 줄 테니까."

"알겠습니다."

낸시 중위의 말에 클로에 소위는 장비를 풀어서 바닥에 내려놓고는 조엔 중위에게로 걸어갔다. 클로에 소위가 입은 야상의 등쪽에는 빗자루를 타고 날아가는 마녀가 검은 페인트로 스텐실 되어 있었다.

클로에 소위를 바라보는 낸시 중위에게 담배를 피우던 유리아 중사가 천천히 다가왔다.

"그런데 말입니다. 중대장님."

유리아 중사가 다 피운 꽁초를 집어 던지면서 말을 걸었다.

"너무 쉽다는 생각이 들지 않으십니까?"

유리아 중사의 말에 낸시 중위도 고개를 끄덕였다.

"뭔가 위화감이 있는 것은 사실이지요."

"저도 뭔가 뒷목이 뻐근합니다. 제국 놈들이 이정도로 핫바지는 아닐 텐데 말이죠."

유리아 중사가 철모를 벗어서 바닥에 내려놓고 머리를 긁적였다.

"어찌되었던 아무 일이 없었으면 좋겠습니다."

낸시 중위의 말에 유리아 중사는 고개를 끄덕일 뿐이었다.

CH.10 A NIGHT AT THE INVADER

1.

상륙이 막바지에 접어들 무렵인 오후 3시, 날씨는 급격하게 변하기 시작했다. 갑작스러운 비와 함께 파도가 격해져 제대로 된 하역이 불가능해진 수송함과 전함들은 파도가 좀 더 잔잔한 외해로 이동했고, 그 상태로 해안선에 내린 병사들은 부랴부랴 제국군이 남기고 간 진지들을 보수해 그날 밤을 지낼 방법을 궁리하기 시작했다. 아직 해안선 깊숙이 진출하지 못한 관계로 필연적으로 해안선 근처에 진을 칠수 밖에 없었다. 로빈중대도 마찬가지였는데, 그나마 다른 부대보다 다행인 점은 제국군 부대가 주둔하던 막사를 사용할 수 있었다는 점이었다.

"날씨가 꽤 거친데요."

유리아 중사가 창밖을 보며 말했다. 낸시 중위와 유리아 중사는 사무실로 쓰였던 건물 내부에 야전침대를 놓고 하룻밤을 보내게 되었다. 사실 막사 내부도 그리 크지 않았기 때문에 제대로 된 침대는 소대급 정도의 수량뿐이었고, 그 침대들은 상륙 당시 부상당한 인원들의 차지가 되었다. 로빈중대에서는 전사자는 나오지 않았다. 하늘의 도움이었는지 로빈중대가 상륙한 지점은 해안선에서도 가장 방어가 약했던 부분이었고, 기관총 진지들도 곧 브로미 중사와 클로에 소위 덕분에 전투불능이 되었기 때문에 약간의 타박상이나 염좌, 스쳐지나간 총상을 제외하고는 중상자가 전혀 없었다. 오히려 뱃멀미와 감기 등의 증세를 가진 환자가 일반적인 전투 부상자보다 더 많았다. 낸시 중위는 그것만으로도 다행이라고 생각했다. 바라는 게 있다면 얼른 날씨가 좋아져서 남은 병력과 장비를 하역했으면 하는 것뿐이었다.

"후속부대가 경계를 한다니 다행입니다만 조금 불안하군요. 그보다도 우리군의 물자 수송 능력에는 정말이지 학을 떼었습니다. 비능률의 극치를 보여줬어요."

낸시 중위의 말에 유리아 중사도 고개를 끄덕였다. 현재 해안에 내려진 물자 중 정말로 필요한 장비는 얼마 없었다. 급하게 필요한 중화기와 차량, 기갑전력 등은 단 하나도 없었고, 조금은 덜 시급한 식량이나 개인 소지품부터 하역해놓은 꼴이었다.

"물품을 적재할 때부터 어느 것이 전투에 급한지 아닌지도 제대로 구분하지 않고 마구잡이로 쌓아 놓았던 게 분명합니다. 거기다 하역도 주먹구구식이라 제대로 수송함들을 컨트롤하지도 못했고 말이죠. 세상에나, 당장에 필요도 없는 타자기 같은 사령부 물품들이 먼저 하역되는 건 무슨 생각인지 모르겠습니다. 정작 높으신 계급의 장교들은 여전히 배에 타고 있는데 말이지요."

　낸시 중위가 그렇게 말하며 화를 내자 유리아 중사는 그저 담배만을 빨아댈 뿐이었다. 현재 해안선에서 가장 높은 계급을 가진 사람은 17사단 28연대장 빈스 대령이었다. 이곳 해안선에 상륙한 부대가 17사단의 거의 전체 병력이라는 점을 생각하면 연대장에게 사단급 인원을 맡긴 셈이었다. 게다가 지원부대는 전혀 없이 모두 보병뿐이라 실상은 사단급 병력이 되지도 못했다. 이웃 해안에 상륙한 1사단도 사정은 비슷했다. 최종적으로 이 섬에 상륙한 왕국군은 서류상으로는 보병 4개 사단, 그리고 글라이더와 공수부대 대원들 1개 사단이었다. 그렇지만 실제 상륙 병력은 그보다 적을 것이 분명하다고 낸시 중위는 생각했다. 기갑도, 대구경 포병도, 차량들도 제대로 하역하지 못한 상태에서 상륙 초반의 보병들만 있는 상황이었다. 낸시 중위는 불안감을 떨쳐내기 힘들었다.

　"포병화력이라고는 박격포뿐이니 걱정입니다. 비가 내린다고 제국군이 안 와 준다면야 고맙지만 말입니다. 이 상태라면 전투기들의 도움도, 해군의 도움도 받을 수가 없습니다."

　유리아 중사의 걱정에 낸시 중위도 한숨으로 답했다.

　"일단은 기적이 일어나기만 바랄 뿐입니다. 그렇지만 영 기분이 찜찜하군요."

　낸시 중위는 그렇게 말하고 양 손으로 얼굴을 문지르며 야전침대에 앉았다.

　"일단 한숨 주무시죠. 일이 있으면 불침번들이 깨울 겁니다."

　"네. 그게 좋을 것 같네요. 유리아 중사도 주무시지요."

낸시 중위는 침대에 누우면서 말했다. 낸시 중위는 담요를 목까지 끌어올리고 눈을 감았고, 유리아 중사는 책상 위에 켜져 있는 램프를 돌려서 소등했다.

　　새벽에 낸시 중위는 시끄럽게 울리는 경보와 포격 소리에 잠을 깼다. 낸시 중위는 급하게 전투화를 신고 방 밖으로 뛰쳐나왔고, 유리아 중사도 뒤따라 나왔다. 무전기와 야전전화기에서 대기 중이던 엘리센 상병이 벌떡 일어나 낸시 중위에게 보고했다.

　　"적군의 습격입니다. 현재 전방 진지와 그 주변으로 포격이 떨어지고 있습니다."

　　"전원 기상시키고 막사 밖으로 나가 해안진지로 간다!"

　　낸시 중위가 소리치자 유리아 중사가 병사들이 자고 있는 방으로 달려가서 크게 소리를 지르며 병사들을 기상시켰다. 낸시 중위는 얼른 방으로 돌아와서 장비들을 착용했다. 자신의 소총과 나머지 장비를 들어 올린 낸시 중위는 밖으로 뛰쳐나갔고, 낸시 중위와 엇갈려서 방으로 들어온 유리아 중사도 급하게 장비를 착용하기 시작했다. 쏟아지는 폭우를 맞으며 해안진지로 들어간 낸시 중위는 각 소대장들에게 진지를 점령해 주변을 경계할 것을 지시했다.

　　"우려하던 일이 벌어졌습니다."

　　소대병력을 산개시킨 유리아 중사가 벙커로 들어오자 낸시 중위가 말했다.

　　"이번 밤이 고비군요."

　　유리아 중사의 말에 낸시 중위는 고개를 끄덕였다. 아군의 지원이 없는 상태에서 적군의 포격이 시작되었다. 조금 있으면 적 보병과 전차가 돌입할 터였다. 낸시 중위는 지금의 병력과 장비로 얼마나 효과적으로 제국군을 막아낼 수 있을지 고민을 거듭했다. 이 상황에서 밀린다면 결국 그대로 바닷속으로 다 같이 빠져 죽는 수밖에 없다는 생각이 떠올랐다. 낸시 중위는 애써 불안한 생각을 떨쳐 버렸다.

"준비는 어떻습니까?"

낸시 중위가 유리아 중사에게 외치자 유리아 중사는 태연을 가장하며 보고했다.

"일단 참호 속으로 몸을 숨겼습니다. F중대가 우리 중대의 전방에서 방어하고는 있습니다만, 일이 어떻게 돌아갈지는 신께서도 알지 못하겠지요. 무엇보다 대전차 화력이 빈약한 것이 문제입니다. 장비가 전혀 없으니까요."

낸시 중위는 살짝 신음을 흘렸다. 전방의 F중대도 대전차 화기가 없었다. 제국군의 전술대로라면 전차를 앞세워 방어선에 구멍을 내고 보병이 돌입할 터였다. 물론 옛날에 말 탄 기병대와 창을 든 보병대가 전장의 주역이던 시절부터 사용되던 낡은 전술이지만, 오늘날 전차라는 강철 말을 탄 기병대와 기관총, 소총을 든 보병대가 사용할 때에도 여전히 위력을 발휘했다.

요는 전차를 막는 것이 핵심이라고 낸시 중위는 판단했다. 적 전차부대는 전과 확대를 위해 F중대의 방어선을 뚫고 그대로 아군 지역으로 전진할 터였다. 결국 로빈중대까지 관통하면 전선 후방을 유린하는 방식으로 나올 거라고 낸시 중위는 생각했다.

이곳이 아니라 다른 중대의 관할 지역으로 제국군의 전차부대가 돌입하더라도 결국에는 로빈중대에도 이를 것이다. 낸시 중위는 전차를 어떤 식으로 막아야 할지 고민을 시작했다. 화염병이나 대전차지뢰는 효과적인 대전차 수단이었지만 포병화력 유도라던가 대전차포에 비해서 근접해서 사용해야 한다는 위험성이 있었고, 또 본격적인 투사식 대전차 장비보다는 파괴력이 낮다는 단점도 존재했다. 무엇보다 대전차 지뢰의 양도 충분치 못했고, 이런 비가 오는 날씨에는 화염병도 제대로 위력을 발휘할 수 없었다.

낸시 중위는 무척이나 난감한 기분을 느꼈다. 유리아 중사가 자신의 소대로 돌아가자 낸시 중위는 지도를 펼쳤다.

현재 로빈중대가 점령한 진지는 교통로가 구축된 제국군의 해안방어진지였다. 이 진지는 바다에서 오는 적을 막기 위해 설계되었지, 뒤에서 오는 적군을 막기 위해 설계되지는 않았다. 누구라도 아군이 버티고 있는 후방의 방어를 고려하지는 않을 터였다. 역습. 낸시 중위는 절망감을 느꼈지만 드러낼 수는 없었다. 중대장인 자신이 절망하는 순간 병사들에게도 절망감이 퍼져 나갈 터였다. 병사들에게 절망감이 몰아치는 순간이 오면 전선은 와해되고 승리는 요원해질 것이다. 낸시 중위는 감정을 추스렸다. 이러니저러니 해도 적군도 오랫동안 전투를 벌이진 못할 거라고 낸시 중위는 생각했다. 제국의 군사적 역량은 동부연합과의 전쟁에(동부전선이라고들 불렀다) 치중되어 있어 상대적으로 이곳 야탈레르, 게다가 본토에서 떨어진 섬인 쇼촐레르에는 병력을 많이 보내지 못했다. 그러기에 쇼촐레르 섬의 주력은 상대적으로 빈약한 장비를 갖춘 야탈레르군이었다. 그나마 로빈중대와 왕국군이 가진 이점이 될 터였다.

"아침까지 얼마나 버티나가 관건이겠군⋯⋯."

전날 밤 무전으로 왔던 '내일은 오전 중으로 날씨가 개일 예정이다' 라는 일기예보를 떠올리며 낸시 중위는 혼잣말로 중얼거렸다. 날씨가 갠다면 다시 병력이나 물자를 하역할 수 있을 터였고, 항공모함으로부터 항공지원도 받을 수 있을 것이었다.

낸시 중위가 생각에 골몰하는 사이 벙커의 문이 열리며 우비를 입은 누군가가 들어왔다. 커다란 우의로 몸을 감싼 이는 중대 선임하사인 미리아 중사였다. 그녀가 빗물이 뚝뚝 떨어지는 채로 한편으로 비껴서자, 그 뒤를 따라서 몇몇 병사들이 기다란 나무박스를 들고 벙커 안으로 들어섰다. 미리아 중사가 머리에 쓰고 있는 후드를 벗으며 말했다.

"중대장님. 이것들이 있으면 좀 도움이 되지 않겠습니까?"

미리아 중사와 더불어 들어온 병사들은 1,2,3소대가 고루 포함되어 총 10여명이었고, 두 명이 두 개씩 들고 온 박스를 차곡차곡 벙커 안에 쌓아놓았다.

"그게 뭐죠? 미리아 중사?"

낸시 중위의 말에 미리아 중사가 박스를 열어 보였다. 2미터 정도 되는 가는 박스 안에 기다란 파이프처럼 보이는 물건이 들어 있었다. 낸시 중위는 대번에 그것이 예전에 사막에서 로벅 대위가 사용했던 M1A1 로켓포라는 사실을 알아차렸다.

"교육이고 뭐고 안 돼 있는 물건이지만, 어찌되었던 신형 대전차화기인 만큼 소용이 있겠지요. 총 10문을 가져왔습니다. 탄은 다시 수령하러 갈 예정입니다."

미리아 중사의 말에 낸시 중위의 얼굴에 미소가 떠올랐다.

"용하게도 그것들을 챙겨 왔군요. 어떤 마법을 쓴 겁니까?"

미리아 중사는 씨익 웃으면서 말했다.

"헌병대 녀석들이 지키고 있던 물자를 빼돌렸습니다. 원래는 소총 탄이나 조금 챙기려고 했는데 박스를 보니까 이 녀석이 있더군요."

"대단하군! 그럼 그 물건들을 지키던 헌병들은 어떻게 되었죠?"

"1소대 리샤와 즐겁게 이야기하고 있습니다. 리샤는 군에 오기 전에 술집에서 일해서 남자 녀석들 다루는 솜씨가 일품이지요. 리샤가 가서 슬쩍 말을 거니까 끔뻑 넘어오던걸. 그 녀석들은 우리가 소총 탄을 옮긴 줄 알겠지만 뭐 상관없지요. 군법회라면 이번 전투가 끝난 뒤에 받겠습니다."

"아니. 우리만 알고 있으면 군법회의도 필요 없죠. 얼른 소대장들 불러서 소대별로 지급해야겠습니다."

"그럼 저는 다시 가서 탄약을 가져오겠습니다. 챙길 수 있는 만큼 모두 챙겨야지요."

미리아 중사는 다시 우비의 후드를 뒤집어쓰고 문 밖으로 나갔다.

연락을 받고 곧바로 벙커로 들어온 소대장들은 완전 신품인 로켓 포를 보고는 깜짝 놀라고 말았다.

"아예 새거군요."

유리아 중사가 얼른 로켓포를 들어 올렸다.

"이거라면 해 볼 만하겠습니다."

레니 소위도 감탄하면서 말했다.

"일단 10정이니 각 소대별로 3정씩 보급하지. 1정은 예비로 중대본부에서 보관하고. 포탄은 좀 있다가 미리아 중사가 각자 불출할 거네. 익숙하지 않은 화기인 만큼 상병급 이상 인원들에게 분배해서 최대한 적 전차가 근접하면 그때 활용하도록."

각 소대장들은 병력들을 불러서 새로운 무기인 로켓포를 들고 소대로 복귀했고, 낸시 중위는 다시 지도를 바라보았다. 일단 급하게나마 묻어 놓은 대전차지뢰로 적군을 막아내고, 그 뒤에 돌입하는 전차들은 로켓포를 이용해 처리한다. 그 뒤 적 보병들을 차근차근 기관총으로 막아낸다면 아침에 아군이 오는 대로 적군을 모두 격퇴할 수도 있고, 어쩌면 역습을 가할 수도 있을 것이다. 낸시 중위는 약간이나마 돌파구가 보인다고 생각했다.

2.

"꽤나 묵직한데⋯⋯."

소대장인 유리아 중사에게 로켓포를 받아들은 몬베르 상병은 어깨에 로켓포를 걸치고 나서 감상을 전했다. 부사수로 뽑힌 시리오 일병은 로켓포와 같이 들어 있던 연습용 탄을 꺼내서 로켓포에 집어넣었다. 그 뒤에 전선을 발사 장치와 연결한 시리오 일병은 크게 소리쳤다.

"발사 준비 완료!"

그 말에 몬베르 상병은 방아쇠를 잡아당겼다. 연습용 탄이기에 발사가 된다던가 하는 일은 일어나지 않았다. 당연한 일이었다. 연습용 탄은 무게만 동일하게 만든 모형 탄이기 때문에 어떠한 기능도 존재하지 않았다. 몬베르 상병은 로켓포를 내려놓고 연습용 탄을 꺼내며 말했다.

"잘 풀릴지 모르겠네."

"그래도 왠지 든든하지 않습니까? 이거라면 적 전차라도 잡을 수 있을 것 같은 기분이 듭니다."

시리오 일병의 말에 몬베르 상병은 어깨를 으쓱해 보였다. 그러는 동안 갑자기 앞에서 부스럭거리는 소리가 들렸다. 병사들은 긴장하며 소총을 전방으로 향했고 어느 때라도 발사할 수 있도록 검지를 방아쇠에 가져갔다.

"아군이다! 쏘지 마!"

앞에서 오던 병사들이 소리치기 시작했다. 병사들의 숫자는 4명이었고, 그중 한 명은 두 명의 동료에게 부축받고 있었다.

"누구야!"

누군가가 전방을 향해 소리치자 앞에 병사들도 외쳤다.

"F중대야! F중대! 빌어먹을 암구호 댈까? 클로버! 맞지?"

그렇게 소리친 병사들은 종종걸음으로 로빈중대의 참호로 뛰어들어왔다.

"이제 살았어!"

"이봐! F중대는 어떻게 되었지?!"

F중대 병사들에게 유리아 중사가 뛰어가서 소리치자 F중대 병사는 심드렁하게 말했다.

"뿔뿔이 흩어졌어. 내가 아는 건 중대장이 전사했고, 소대장도 전사했는데 진지로 적 전차들이 몰려왔다는 것뿐이야. 신형 전차. 지금까지 본 적 없는 전차. 괴물이더군."

우비를 입은 유리아 중사의 계급을 확인하지 못했는지 병사가 반말로 대꾸했고, 그 이야기를 들은 다른 병사들이 웅성거렸다. 유리아 중사는 주변을 바라보며 소리쳤다.

"얼른 자기 진지로 돌아가서 방어 준비나 해!"

유리아 중사는 병사들을 원위치 시키고 나서 F중대^{폭스}의 병사들과 함께 낸시 중위가 있는 벙커로 향했다. 옆에서 그 모습을 지켜본 몬베르 상병은 오싹함을 느꼈다.

"괴물 같은 전차라니……. 뭘까요."

"모르겠지만 1형이니 2형이니 하는 허접한 물건들하고는 다르겠지. 이 녀석이 통할지 걱정되네."

몬베르 상병의 대답에 시리오 일병은 표정을 찡그리며 전방을 주시했다.

몬베르 상병은 F중대^{폭스} 병사들이 들어온 뒤로 진지 밖의 상황을 유심히 바라보며 적군이 언제 오더라도 확실하게 처리할 수 있도록 만반의 준비를 해 놓았다. 시리오 일병은 우의로 덮어 놓은 탄 박스를 언제라도 개봉할 수 있도록 와이어를 몽땅 제거했고, 지환통의 테이프도 모두 제거해 놓았다. 그리고 그들의 준비는 세차게 내리는 빗소리마저 뚫고 들려오는 전차의 굉음이 울려퍼지자 종료되었다.

"전원 전투 준비! 전원 전투 준비!"

유리아 중사의 외침이 빗소리를 넘어 울려 퍼졌다. 각 병사들이 자신의 화기를 확인하는 소리가 들렸다. 몬베르 상병은 침을 삼켰다. 철모를 때리는 빗소리가 귀를 어지럽혔지만, 그 소리를 뚫고 들어오는 적 전차의 엔진음은 몬베르 상병의 가슴을 어지럽혔다. 중대가 위험에 처했다는 점은 몬베르 상병도 알 수 있었다. 그리고 그중에서도 11시에서 1시 방향을 방어하는 1소대는 더더욱 위험한 처지였다. 아군 병력들은 전 해안에 흩어져 있었기에 로빈중대를 대신해 줄 부대는 전무했다. 로빈중대보다 앞서 진출해 진지를 구축했던 F^{포스}중대마저도 그렇게 지리멸렬하게 후퇴해 버리지 않았는가. 아무리 훌륭한 대전차 무기가 있다고 해도 실제 전선에서 얼마만큼 활약할지는 아무도 알 수 없다고 몬베르 상병은 생각했다. 그 와중에 커다란 번개가 번쩍, 하고 세상을 비추었다. 그 번갯불에 밀려서 달려오는 적 전차의 모습이 눈에 들어왔다. 번갯불이 사라지고 난 뒤 칠흑 같은 어둠이 밀려오고, 그 어둠을 떨쳐 버리려는 양 천둥이 울려 퍼졌다. 몬베르 상병은 가슴이 철렁 내려앉았다.

사실 몬베르 상병은 보충병으로 다른 사단에서 전입을 왔다. 지난번 해안선에서 벌어졌던 상륙작전이 그녀의 첫 실전이었기에 그녀는 계급만큼 숙련된 병사는 아니었다. 로켓포를 받게 된 것도 그녀가 로빈중대로 전입오기 전 2주간의 교육기간 중 이 신형 로켓포에 관한 교육을 받았다는 이유에서였다. 그리고 몬베르 상병은 교육 때 더 자세히 설명을 듣지 않은 자신을 책망했다.

"전차가 최대한 근접할 때까지 기다려! 소총수들은 전차와 같이 기동하는 보병만을 사격한다!"

유리아 중사가 각 진지를 돌면서 소리치고 있었지만 몬베르 상병은 긴장을 풀 수가 없었다. 비로 인한 추위 때문인지 긴장감과 공포에 의한 떨림인지 아래턱이 떨리며 이가 딱딱 마주치는 소리를 내는 것을 억지로 이를 악물어서 멈췄다. 그렇게 얼마를 기다렸을까, 이제는 엔진음이 심장을 두드리는 듯 느껴질 정도로 적 전차들이 근접했다. 어느 정도인지 알 수는 없지만 적어도 200여 미터 이상 가까워진 모양이라고 몬베르 상병은 생각했다. 그리고 맨 앞에 오던 전차가 폭음과 함께 기동을 멈춰 버렸다. 대전차지뢰에 걸린 모양이었다. 한 대의 전차가 기동불능이 되자 뒤따라오던 전차들이 산개를 시작했다.

"장전! 얼른!"

몬베르 상병의 외침에 시리오 일병이 얼른 탄박스에서 로켓포탄을 꺼내 뒤편에 삽탄했다. 몬베르 상병은 입술을 씹으며 달려오는 적 전차들을 확인했다. 이제는 100여 미터까지 근접한 적 전차를 보면서 몬베르 상병은 방아쇠에 손가락을 가져갔다.

"장전 완료!"

시리오 일병이 소리치자 몬베르 상병은 얼른 맨 앞으로 달려오는 전차를 겨누고 방아쇠를 당겼다. 폭음과 함께 점화된 로켓이 바람을 가르며 날아가는 소리가 들려 왔다. 곧이어 앞서 달려오던 전차가 로켓포탄을 맞고 그대로 멈춰섰다.

효력이 있다! 비 때문인지 바람 때문인지 조준한 곳보다 좀 더 차체 하부에 맞았지만, 별 문제는 아니라고 생각했다. 몬베르 상병은 약간의 자신감이 생겼다. 다른 진지에서 발사된 로켓포탄도 전차 한 대를 파괴했다. 동시에 한 대를 조준하고 발사했는지 같은 전차를 향해서 날아간 로켓포탄 중 하나는 궤도에 명중해 전륜을 박살냈고, 다른 탄은 전차를 지나쳐 멀리 날아가 버렸다. 기동불능에 빠진 제국군 전차는 포신을 회전시키다 그 뒤에 곧바로 다시 장전한 다른 병사의 로켓포에 포탑 측면을 맞고 그대로 폭발해 버렸다. 포탑 측면에 적재해 놓은 포탄이 그대로 유폭된 모양이었다.

"좋아! 이런 식으로 계속해!"

유리아 중사가 달려와서는 몬베르 상병의 어깨를 두드려 주고는 다시 다른 참호로 달려갔다.

그렇게 로빈중대가 총 3대의 전차를 격파했을 때 적 부대는 일단 후퇴하기 시작했다. 그들로서는 더 이상 전차를 잃을 수 없다는 생각이 앞섰을 것이라고 유리아 중사는 생각했다.

몬베르 상병은 로켓포를 내리고 한숨을 내쉬었다. 계속 무거운 녀석을 들고 있다 보니 어깨가 뭉친 모양이었다. 몬베르 상병은 팔을 빙빙 돌렸다.

"일단은 처리가 된 걸까?"

몬베르 상병의 말에 시리오 일병이 대꾸했다.

"제국 놈들이 그렇게 쉽게 물러설 리는 없지요. 아마도 조심하는 게 좋을 겁니다."

시리오 일병의 말에 몬베르 상병은 어깨를 으쓱해 보였다. 몬베르 상병도 그들이 그렇게 쉽게 물러설 리는 없다고 생각했다.

"오늘밤 우리를 쓸어 버리지 않으면 다음날이면 더 많은 병사들과 물자들이 하역될 거라는 정도는 녀석들도 알고 있겠지."

교두보란 시간이 지날수록 더더욱 넓어지고 튼튼해지는 법이다. 일단 교두보는 확보가 되었지만, 현 시점에서 악천후로 더 이상의 상륙이 지연되는 이 한밤중의 시간이 제국군으로서는 최후의 찬스와도 같았다.

"각 분대장들은 피해를 보고하도록!"

유리아 중사의 외침에 분대장들은 자신들의 분대원들을 파악하기 시작했다. 적 전차포와 보병들의 탄이 진지로 떨어졌지만 다행히 피해는 전무했다. 유리아 중사는 무전으로 낸시 중위에게 보고를 올렸다.

"시간이 나면 진지 보수하고 대비해! 언제 다시 올지 모른다!"

유리아 중사가 무전기를 내려놓고 소리쳤다. 몬베르 상병은 그 말에 주변을 바라보았다. 밤과 악천후라는 날씨 덕분인지 적들로서는 최우선으로 공격해야 할 자신의 참호가 멀쩡한 것을 보고는 쓴웃음을 지었다.

"참호 바닥이 완전 물웅덩이네요."

시리오 일병이 진흙투성이가 된 전투화를 들어 올리며 말했다. 모래주머니와 나뭇가지를 얽은 벽으로 만든 제국군의 참호는 비가 오자 바닥에 물이 고이기 시작했다. 물이 고인 참호바닥은 진흙탕이 되고, 그 진흙들은 전투화에 달라붙어서 전투화를 묵직하게 만들었다.

시리오 일병의 말에 몬베르 상병은 자신의 전투화를 보고는 발을 들어서 나뭇가지를 엮어 만든 벽에 문질렀다. 워낙에 진득진득하게 뭉쳐진 진흙은 아무리 벽에 문질러도 떨어질 생각을 하지 않았다. 신경질적으로 벽에 발을 문지른 몬베르 상병은 다시 진흙이 발에 달라붙는 것을 보고 진흙을 떼어내기를 포기했다. 어차피 아무리 떼어내도 마찬가지일 거고, 그렇다면 이렇게 고생할 필요는 없을 것이다. 몬베르 상병은 체념해 버렸다.

"다시 옵니다!"

누군가의 외침소리에 몬베르 상병은 허겁지겁 다시 로켓포를 어깨에 걸쳐 올렸다. 확실히 멀리서 엔진음이 들리기 시작했다. 그렇지만 엔진음은 로빈중대쪽이 아닌 더 먼 곳으로 가기 시작했다.

"뭐지?"

대비하던 병사들은 모두 묘한 느낌을 받았고, 몬베르 상병도 마찬가지였다. 그리고 순간 떠오른 것은 적들이 다른 중대로 넘어갔을지도 모른다는 생각이었다. 전차를 3대나 잃었으면 더 방어가 약한 부분으로 이동하는 것이 당연한 선택임을 적 지휘관도 아는 모양이라고 몬베르 상병은 생각했다.

물론 파괴된 전차들은 구형 전차들이었고 그중에 한 대는 야탈레르에서 지난 대륙전쟁 직후에 만든 엉터리 물건이었지만, 쇼촐레르섬에서 장비한 전차 숫자가 적은 제국군에게는 만만찮은 손실이었을 것이다. 그렇지만 이 상태로 다른 중대 방어선이 뚫린다면 최우측을 담당한 로빈중대는 그대로 고립될 처지였다. 몬베르 상병은 얼른 로켓포를 들고 일어섰다.

"소대장님! 얼른 도우러 가야 하지 않겠습니까? 저 옆 동네 녀석들은 대전차화기조차 없을 텐데 말이죠!"

멀리 서 있는 유리아 중사에게 몬베르 상병이 소리치자 유리아 중사는 무전기를 내려놓으며 소리쳤다.

"안 그래도 그럴 참이다! 중대장님 명령이다! 1소대 로켓포 3문은 나를 따라 이동한다!"

유리아 중사의 외침에 몬베르 상병은 얼른 자리에서 일어났다.

　선두에서 이동하는 유리아 중사를 무전병인 샨느 일병과 3명의 사수, 그리고 3명의 부사수와 2명의 탄약수가 뒤따랐다. 부사수와 탄약수들은 하버색에 포탄이 든 지환통을 동여매서 등에 멨다.

　유리아 중사는 손을 들어 병사들에게 멈추라는 지시를 내렸다. 현재 위치는 공격당하고 있는 아군 중대의 측면에서 약 300여 미터 떨어진 장소였다. 저 멀리서 전차의 엔진음이 들렸다. 아직까지 적 전차는 아군 중대의 근처까지 접근하지는 못한 모양이라고 유리아 중사는 생각했다. 접근해서 공격을 시작했다면 이미 포탄이 발사되는 소리와 기관총 소리 등이 울려 퍼져야 했을 터였지만, 멀리서 들려오는 엔진음만이 평야의 초지를 때리는 빗소리를 뚫고 들려올 뿐이었다.

　유리아 중사는 좀 더 앞으로 가서 적 보병들의 측면을 치자고 생각했다. 바다와 면한 진지의 뒷부분은 넓은 평야였지만 나무와 관목들이 듬성듬성 서 있었기에 몸을 숨겨서 적 전차들을 공격하기에는 꽤나 유리한 지형이었다. 유리아 중사는 200여 미터를 다시 전진했다. 적 보병들이 어디서 다가올지 모르기 때문에 관목과 나무, 울타리 등을 은엄폐물 삼아 조심스럽게 접근해야 했다.

　그렇게 100여 미터를 접근한 유리아 중사는 병사들에게 각자 풀숲에 숨어서 대기하다가 제국군의 전차가 접근하면 공격할 것을 지시했다. 더 이동했다가 다른 중대 병사들에게 오인 사격을 받을 수 있기 때문에 더 이상은 이동하지 않았다. 그 뒤에 무전기로 자신들의 위치를 다른 중대에 알린 유리아 중사는 자신도 몸을 낮춰서 앞으로 시선을 가져갔다.

몬베르 상병은 아군 진지에서 가장 먼 곳에 자리를 잡았다. 제일 먼저 달려오는 전차를 공격할 수 있는 장소였다. 몬베르 상병은 깊은 한숨을 내쉬고는 바닥에 엎드렸다. 우의를 뚫고 차가운 빗물이 옷 속으로 파고들었다. 사실 이미 다 젖어 있던 몸이었다. 군용 우의는 이런 폭우를 온전히 막을 수 없는 물건이었다. 그렇지만 이렇게 엎드리자 더더욱 추위가 몬베르 상병의 몸속으로 밀려들어왔다. 그렇지만 몬베르 상병은 이렇게 엎드리는 것이 적 전차를 파괴하기에는 더더욱 안성맞춤이라는 생각을 했다. 엔진음이 점점 더 크게 들려오기 시작했다.

"장전!"

몬베르 상병이 소리치자 시리오 일병이 얼른 등에 매고 있던 하버색을 내렸다. 지환통을 열고, 탄을 꺼내 안전장치를 풀고, 로켓포에 삽탄한 뒤에 전선을 연결하는 동작들을 시리오 일병은 약간은 서툰 손길로 완료했다. 몬베르 상병은 철모를 타고내리는 빗물을 억지로 무시하면서 숨을 죽였다. 조금 더 있으면 적 전차들이 몰려올 터였다.

몬베르 상병은 점점 커지는 엔진음에 귀를 기울였다. 조금 더, 조금 더. 몬베르 상병은 조심스럽게 숨을 내뱉고 들이마셨다. 적 전차의 실루엣이 보이기 시작했다. 어두운 밤에 비가 내리고 있어서 판독은 힘들었지만, 윤곽만은 눈에 확실하게 각인되고 있었다. 몬베르 상병은 좀 더 기다리기로 했다. 적 전차가 최대한 접근한 뒤에 발사해야 명중률도 올라가고 격파할 가능성도 높아지는 법이었다. 조심스럽게 방아쇠에 손가락을 가져간 몬베르 상병은 한쪽 눈을 감고 가늠자와 가늠쇠를 선두에 선 적 전차에게 겨누었다.

　몬베르 상병은 시간이 꽤 많이 지난 듯한 느낌을 받았다. 그리고 어느덧 적 전차가 로켓포 가늠쇠에 하나 가득 들어왔다. 몬베르 상병은 그 순간을 잡아서 방아쇠를 당겼다. 어깨위에 올린 로켓포에서 로켓포탄이 점화되며 등 뒤편으로 후폭풍을 내뿜었다. 후폭풍과 더불어 로켓포탄은 빠른 속도로 포구를 빠져나갔다.

　약간의 진동을 느낀 몬베르 상병은 방아쇠를 당긴 후에도 방아쇠에서 손가락을 떼지 않았다. 날아간 로켓포탄은 달려오던 전차의 우측 궤도부에 작렬했다. 제국군 전차는 충격으로 궤도가 끊어졌음에도 관성을 받아 앞으로 달리다 보기륜이 땅을 파고들면서 그 자리에서 45도 이상 차체가 돌아가고 말았다.

　"재장전!"

　시리오 일병이 다시 포탄을 장전하기 시작했다.

　"장전 완료!"

　장전을 완료한 시리오 일병이 소리를 질렀고, 그 순간 뒤편에서 다른 로켓포가 날아와 멈춰선 전차의 측면에 명중했다. 로켓포가 명중하며 낸 폭발음에 아무것도 듣지 못한 몬베르 상병은 다시 소리쳤다.

　"장전했어?!"

　몬베르 상병의 외침에 시리오 일병은 몬베르 상병에게 얼굴을 가져가서 소리쳤다.

　"장전 완료!"

　"젠장! 아무 소리도 안 들리네!"

　몬베르 상병은 그렇게 소리치며 멈춰선 전차 옆으로 달려 나오는 다른 전차를 겨누고 방아쇠를 당겼다. 날아간 로켓포탄은 포탑에 명중했다. 전면 포 방패를 뚫고 들어간 로켓포탄은 적 전차포를 무력화했다. 단포신형의 제국군 전차는 포탑이 무력화되었지만 여전히 앞으로 강철의 몸을 이끌고 달려오기 시작했다. 그리고 곧 두 발의 로켓포탄을 더 맞고는 멈춰 버렸다.

벌써 로빈중대는 총 5대의 적 전차를 파괴했고, 그중 2대는 온전히 1소대의 공이었다. 앞서 잡았던 3대는 누가 잡았는지 확실하지 않지만, 이번에 잡은 2대는 완벽하게 1소대만이 올린 전과였다. 몬베르 상병은 기분이 좋아졌다.

이 정도라면 내일까지 버틸 수 있다고, 아니. 아군이 오지 않더라도 충분히 버틸 수 있다고 생각했다. 지금까지 전차라는 존재는 보병들에게 공포의 대상이었지만, 로켓포가 있다면 적군 전차라도 충분히 잡을 수 있을 것 같았다. 그리고 잠시 더 기다리다 보니 새로운 전차가 앞으로 달려오기 시작했다. 몬베르 상병의 몸에 지면의 울림이 전달되어 왔다. 달려오는 전차의 실루엣은 아까 상대했던 전차들보다 더 컸고, 더 위압적이었다.

"장전!"

몬베르 상병의 외침에 시리오 일병이 얼른 장전을 완료했다. 몬베르 상병은 다시 숨을 죽였다. 적 전차부대는 바보같이 전차들을 축차 투입시키고 있다고 몬베르 상병은 생각했다. 이 무기만 있다면 이 평원을 몽땅 제국군 전차들의 무덤으로 만들 수 있을 거라고 확신했다.

적 전차의 실루엣이 다시 가늠자에 가득 찼을 때 몬베르 상병은 방아쇠를 당겼다. 후폭풍과 함께 로켓포탄이 날아가서 적 전차의 차체 정면에 작렬했다. 하지만 로켓포탄이 폭발한 뒤에도 적 전차는 아무런 문제도 없이 앞으로 달려오기 시작했다.

"뭐…… 야?!"

몬베르 상병이 놀라 소리쳤다. 뒤이어 날아간 아군 로켓포탄 한 발이 포탑에 작렬했지만 여전히 제국군 전차는 앞으로 달려오고 있었다. 한 발이 더 날아갔지만 갑작스런 사태에 놀라서인지 제대로 맞지 않고 전차를 훌쩍 넘어서 뒤로 날아가 버렸다. 단 한 대의 전차. 그 단 한 대의 전차로 인해 병사들의 사기는 급속도로 꺾여 내려갔다.

"시리오! 장전!"

"네……. 네!"

몬베르 상병의 외침에 시리오 일병이 장전을 시작했다. 적 전차는 어느새 몬베르 상병으로부터 50여 미터 거리까지 다가왔다. 몬베르 상병은 미친 듯이 뛰어오르는 심장을 억지로 진정시키며 겨누고, 방아쇠를 당겼다. 날아간 로켓포탄은 다시금 적군 전차의 포탑에 작렬했지만, 여전히 적 전차에게 피해를 주는 못했다. 전차는 여전히 기동 중이었다. 그렇게 달리던 적 전차가 갑자기 멈추어 섰다. 몬베르 상병은 도대체 어떤 일이 벌어진 것인지 알 수가 없었다. 전차는 이내 포탑을 돌리기 시작했다. 포탑이 회전하며 금속이 마찰하는 날카로운 소리가 울려 퍼졌다. 로켓포가 발사되는 빛을 보고 위치를 파악한 모양이라고 몬베르 상병은 생각했다. 그 순간 다시 한 번 아군 쪽에서 로켓포탄이 날아갔다. 이번에 날아간 로켓포탄도 차체에 작렬했지만 아무런 피해도 주지 못했다.

"도망쳐!"

몬베르 상병이 소리치는 순간 제국군 전차로부터 포탄이 발사되었다. 포탄은 몬베르 상병의 머리 위를 스치듯이 지나가 뒤편에 떨어졌다. 끔찍한 비명소리가 어둠을 뚫고 울려 퍼졌다.

"후퇴한다! 후퇴!"

유리아 중사의 외침이 들리자마자 몬베르 상병은 반사적으로 몸을 일으켰다. 근처로 기관총탄이 날아왔다. 적 전차에서 발사되는 기관총이었다.

"뛰어! 얼른!"

몬베르 상병이 그렇게 말하고 달리기 시작했고, 시리오 일병이 뒤따랐다. 뒤로는 계속해서 기관총 소리가 울렸다. 몬베르 상병은 어깨에 걸친 로켓포의 무게에 짓눌리고, 폐가 터질듯이 아팠지만 끊임없이 발을 움직였다. 진흙이 튀어 오르고 신발이 무거워졌지만 발을 쉴 수는 없었다. 시리오 일병이 제대로 따라오는지, 자신이 가는 방향이 맞는지도 알 수 없었다. 그저 적 전차를 등 뒤로 하고 달려갈 뿐이었다.

그렇게 한참을 뛰던 몬베르 상병은 총소리와 함께 탄이 자신의 뺨을 스치고 지나가는 것을 느끼고 넘어지듯이 바닥에 엎드렸다. 물웅덩이가 있었는지 흙탕물이 얼굴로 튀었다. 몬베르 상병은 숨을 헐떡였고, 그럴 때마다 입안에 들어온 흙탕물의 꺼끌꺼끌한 느낌이 입안을 채워 나갔다.

"쏘지 마! 아군이다!"

"뭐?!"

몬베르 상병이 겨우 숨을 고르고 그렇게 소리치는 동안에도 머리

위로는 총탄이 스쳐 갔다. 아군의 탄이었다. 몬베르 상병의 외침을 들은 병사들이 방아쇠를 당기는 것을 멈췄고 그제야 몬베르 상병은 아군 진지로 뛰어들 수 있었다.

"사……. 살았다……. 하악, 하악."

몬베르 상병은 참호에 들어와서야 안심할 수 있었다. 그 뒤이어 참호로 뛰어 들어온 시리오 일병도 몬베르 상병과 같이 숨을 골랐다.

"적 전차가 온다!"

몬베르 상병이 소리치자 참호에 있던 병사는 고개를 끄덕였다.

"알고 있어, 친구. 진정하라고."

"진정하게 생겼냐! 괴물이야! 신형 전차라고!"

몬베르 상병의 외침에 한 병사가 대꾸했고 몬베르 상병은 화가 나서 소리쳤다.

"이봐 아가씨! 우리 중대는 노획한 제국군 37mm포가 있어. 그 정도면 충분할 거야."

병사의 안일한 대꾸에 몬베르 상병은 주먹을 날리려 했지만 옆에 있던 시리오 일병이 몬베르 상병을 뜯어 말렸다.

"진정해요! 진정!"

"빌어먹을! 마음대로 해! 가자, 시리오!"

몬베르 상병이 로켓포를 들어 올리고 참호 밖으로 뛰쳐나가자 시리오 일병도 몬베르 상병을 따라서 참호 밖으로 나왔다.

"무슨 생각이세요! 겨우 참호까지 왔는데."

"죽어 버린 녀석들 복수는 해 줘야지. 저 빌어먹을 괴물이라도 뒤쪽이면 뚫리겠지. 포탄 몇 발 남았어?"

"두 발이요."

"좋아. 저기 오고 있으니까 준비하자."

몬베르 상병이 100여 미터 밖에서 다가오는 적 전차를 손으로 가리켰다. 그 순간 어디선가 폭음이 들렸다. 아군 진지 방향이었다. 그리고 동시에 적 전차에게서 강철과 강철이 맞부딪치는 소리가 들려 왔다. 노획한 37mm포를 발사한 모양이라고 몬베르 상병은 생각했다. 하지만 역시나 아무런 소용이 없었다. 50여 미터에서 발사한 로켓포를 정면으로 받고도 멀쩡한 신형 전차에 100여 미터 밖에서 발사한 37mm 철갑탄이 제대로 먹힐 리 없다고 몬베르 상병은 생각했다.

"좋아. 장전!"

"정말이지 미친거 아니에요?"

"그렇게 걱정되면 지금이라도 그냥 참호로 가버려!"

시리오 일병의 대꾸에 몬베르 상병은 버럭 화를 내 버렸다. 시리오 일병은 툴툴거리면서 로켓포탄을 뒤에 장전했다.

"됐어요. 이러다가 죽어 버리면 나만 꿈자리 사나우니까요. 이거 두 발만 끝나면 바로 뛰는 겁니다. 장전 완료!"

시리오 일병이 소리쳤고 몬베르 상병은 엎드려서 방아쇠에 손을 대었다. 적 전차는 천천히 그리고 확실하게 다가오고 있었다. 그 뒤로 몇 대의 전차들이 몬베르 상병의 시야에 들어왔다. 나머지 전차들은 앞에 오는 큰 전차보다는 작아 보인다고 몬베르 상병은 생각했다. 구형이라 확실하게 파괴할 수 있을만한 녀석들 이지만 그보다 저 괴물 녀석을 잡겠다고 되뇌었다. 전차가 조금씩 조금씩 다가오기 시작했다. 몇발의 37mm포가 더 발사되었지만 녀석은 모든 포탄을 튕겨내 버렸다. 몬베르 상병은 숨을 골랐다. 30여미터. 무척이나 가까운 거리까지 적 전차가 접근했다.

"얼른 쏘고 갑시다."

시리오 일병이 말했지만 몬베르 상병은 애써 그 목소리를 귀에서 지워버렸다. 다시 한 번 37mm포가 날아왔다. 이번에 날아온 포탄은 전차의 전면장갑에 작렬했다. 그렇지만 전차포탄은 그대로 적 전차 차체부 전면장갑에 박혀버렸다. 몬베르 상병은 놀랍지도 않았다.

몬베르 상병은 차근차근 전차를 겨누었다. 마침 전차는 효과는 없지만 어찌되었던 성가신 37mm대전차포를 겨누기 위해 포탑과 차체를 회전시켰고, 그 찰나에 전차의 측면이 몬베르 상병에게 드러났다. 몬베르 상병은 그 기회를 잡아서 로켓포의 방아쇠를 당겼다. 전차란 선면상갑은 단단하지만 측면장갑은 약한 법이다. 그리고 그 중에도 궤도 부분은 더더욱 취약했다. 몬베르 상병은 어둠속의 전차 실루엣을 확인해 최대한 차체 아래를 겨누고 발사했다. 로켓포탄은 그대로 날아가서 제국군 전차 측면에 작렬했다.

"재장전!"

몬베르 상병이 소리치자 시리오 일병은 다시 장전을 시작했다. 몬베르 상병은 계속 전차를 확인했다. 뒤따라오던 전차들이 급하게 후진하며 몸을 숨기는 모습이 몬베르 상병의 눈에 들어왔다. 비가 오고 어두웠기에 확실히 장담하기는 어려웠지만, 괴물 같은 적 전차가 제대로 움직이지 못한다는 것은 알 수 있었다. 자신의 전차가 공격당했고 그것이 가벼운 공격이 아님을 직감한 제국군 전차병들은 전차를 후진시켰지만, 아까의 공격으로 궤도가 끊어지고 보기륜이 망가진 전차는 제자리에 그대로 멈춰 버리고 말았다.

"장전 완료!"

시리오 일병의 말에 몬베르 상병은 다시 방아쇠를 당겼다. 화염과 함께 날아간 로켓포는 다시금 적 전차 차체 측면에 작렬했다. 몬베르 상병은 잡았다고 생각하고 주먹을 꽉 쥐었다. 그렇지만 잠시 뒤 몬베르 상병은 깜짝 놀라고 말았다. 적 전차의 포탑이 회전했다.

"얼른 일어나요!"

시리오 일병이 소리쳤고, 몬베르 상병은 자리에서 벌떡 일어났다. 그리고 뒤로 돌아서 달리는 순간 뒤편에서 들리는 폭발음과 함께 충격을 받아서 그대로 바닥에 구르고 말았다.

몬베르 상병의 귀에서 이명이 들리기 시작했고, 심장은 크게 뛰기 시작했다. 입안에 들어온 흙탕물이 기도를 막았고, 갑작스런 충격에 놀라 버린 폐는 제대로 공기를 들이마시지 못했다. 몬베르 상병은 겨우 몸을 일으키고 숨을 들이마셨다. 제대로 공기를 못 받아들이던 폐가 공기를 받아들이기 시작하자 그제야 몬베르 상병은 정신을 차릴 수 있었다.

몬베르 상병은 얼른 몸을 움직였다. 종아리 부분이 찌르듯이 아팠고 팔도 쑤셨다. 몬베르 상병은 얼른 앞에 쓰러져 있는 시리오 일병에게 걸어갔다. 뛰기에는 다리가 너무도 아팠지만 최대한 빠른 걸음으로 다가간 몬베르 상병은 시리오 일병을 뒤집었다. 시리오 일병은 코와 입에서 피를 흘리고 있었다. 시리오 일병의 팔에서 피가 흐르는 것을 본 몬베르 상병은 힘겹게 시리오 일병의 팔에 자신의 어깨를 밀어 넣고 일으켜 세웠다. 시리오 일병의 몸은 너무나 무거워서 몬베르 상병의 힘으로는 움직일 수가 없었다.

결국 몬베르 상병은 몇 걸음 못 걷고 시리오 일병과 함께 그대로 바닥에 쓰러지고 말았다. 얼굴로 흙탕물이 튀어 올랐다. 헤엄을 치는 것처럼 팔을 움직였지만 몬베르 상병의 몸은 일어나지 못했다. 진흙 속으로 점점 가라앉는 기분이었다.

'이게 죽는다는 건가……'

몬베르 상병은 생각했다. 몸에 힘이 점점 빠져나가기 시작했다. 생명이 꺼져 가는 기분이 들었다. 몬베르 상병은 억지로 시리오 일병의 어깨를 손으로 붙잡았다. 그리고는 앞으로 밀어 올렸다. 어떻게 해서든 시리오 일병은 이곳에서 벗어나게 해 주고 싶었다. 그것이 몬베르 상병의 마음이었다. 그렇지만 시리오 일병은 움직이지 않았고, 자신의 팔은 이미 남의 팔과 같았다. 몬베르 상병은 시리오 일병의 팔에서 손을 떼었다.

"끄어어어!"

몬베르 상병은 마지막 남은 힘을 쥐어짜서 몸을 일으켰다. 극심한 격통으로 인해 비명을 내며 무릎을 꿇은 상태로 진흙탕에서 상체를 들어올렸다. 몬베르 상병은 자신의 몸통을 바라보며 손을 가져갔다. 딱딱한 쇳덩어리가 자신의 배를 뚫고 들어와 있는 것이 느껴졌다. 그리고 그 상처로부터 뜨거운 피가 뿜어져 나오고 있었다. 어두워서 피의 색이 보이지 않았지만 진흙으로 엉망이 된 몬베르 상병의 손에도 그 진득하고 뜨거운 피가 고스란히 느껴지고 있었다. 몬베르 상병은 순간 허탈한 기분이 들었다. 그리고 고개를 들어 올려서 하늘을 바라보았다. 이미 입고 있던 우의는 누더기가 되어 있었고 철모도 사라진지 오래였다. 차가운 비가 몬베르 상병의 얼굴을 적셨다. 몬베르 상병은 자신의 죽음을 실감했다. 그리고 눈을 감았다. 몬베르 상병의 위로 로켓포탄들이 날아가기 시작했다.

3.

아침이 되었다. 낸시 중위는 피로에 젖은 몸으로 벙커 밖에 자리를 잡고 앉았다. 해가 떠오른 해변에는 다시금 상륙하는 보병들과 물자들이 눈에 들어왔다. 간밤의 공격을 간신히 막아낸 왕국군은 겨우겨우 숨을 돌리고 있었다.

2대대의 피해는 경미했지만 1대대는 꽤 심각한 피해를 입었다. 효과적인 대전차 무기가 없던 1대대는 결국 해변까지 후퇴했지만 적 전차들이 벙커와 언덕에 막히자 어느 정도 전선을 유지할 수 있었다. 그리고 새벽이 되어 비가 그치자 출동한 전투기가 와서 적 전차들과 보병들을 공격해 격퇴하고 나서야 1대대는 숨을 고를 수 있었다.

그동안 1대대는 반 가까이 되는 병력을 잃었다. 2대대를 향한 공세는 로빈중대의 로켓포 공격으로 격퇴되었고, 상륙 작전 때 노획했던 제국군 대전차포를 사용한 병사들 덕분에 전선의 붕괴를 막을 수 있었다. 예비대로 편성돼 해변에서 하역물자를 지키던 3대대는 경미한 피해를 입었지만, 1대대를 돕느라 어느 정도의 손실을 입었다.

전체적으로 왕국군은 승리했다. 그렇지만 준비 없는 상륙작전으로 인해 제대로 된 장비가 없는 상황에서 적군에게 역공을 당하면 어떻게 되는지에 대한 비싼 수업료를 치러야 했다. 상륙한 병사들은 15% 가까이 피해를 입었다. 실로 큰 손실이었다.

지난밤 낸시 중위는 이웃 중대를 돕기 위해 간 유리아 중사와 연락이 끊어지자마자 2소대의 로켓포병들을 이끌고 직접 이웃 중대로 이동했다. 소대장들인 로나와 레니 소위가 뜯어말렸지만 낸시 중위는 막무가내로 적진으로 향했다.

그렇게 앞장서서 가던 낸시 중위는 한복판에 멈춰 있는 적군 신형 전차와 전차들을 발견하고 로켓포 공격을 실시했고 신형 전차를 포함한 4대의 전차를 파괴했다. 신형 전차는 로켓포를 4발이나 맞고도 포탑을 돌리며 기관총 사격과 포격을 가했고, 조심스럽게 뒤로 돌아간 2소대 코제 상병이 전차 후방 엔진룸을 명중시키고서야 불타오르며 움직임을 멈추었다.

전차들이 도망가고 나서야 옆 중대의 진지에 도착한 낸시 중위는 그곳에서 방어를 준비하던 유리아 중사를 만나고서 안도의 한숨을 내쉬었다. 유리아 중사는 같이 갔던 9명 중 4명만을 데리고 있었고, 5명은 실종 상태였다. 낸시 중위는 유리아 중사가 소지 중인 로켓포 2문을 G중대에 양도한 뒤 유리아 중사를 이끌고 다시 중대로 돌아왔다. 그리고 다시 돌입하는 적 보병들을 막고 나서야 아침이 되었다. 비가 그치고 아군 전투기들이 다시 화력지원을 시작하자 제국군은 공격을 멈추었다. 왕국군은 방어에 성공했다.

낸시 중위는 벙커 앞에 앉아서 다른 부대가 뒷정리를 하는 모습을 조심스럽게 지켜봤다. 밤새 비와 전투에 시달린 중대원은 바닥에 쭈그리고 앉거나 누워서 각자 잠을 청했다. 병사들을 둘러보는 낸시 중위에게 유리아 중사가 다가왔다. 그녀의 손에는 군번줄이 들려 있었다.

"여기 계셨습니까."

유리아 중사의 말에 낸시 중위는 졸린 눈을 들어서 유리아 중사를 바라보았다. 유리아 중사가 낸시 중위 옆에 앉았다.

"어제 같이 나갔던 녀석들 중 전사한 녀석들 군번줄입니다. 7사단에서 전선을 정리하던 중 발견한 시신에서 나왔다고 합니다. 여군이어서 우리 쪽으로 왔더군요. 시신은 수거해 갔고, 남은 것은 이렇게 군번줄 세 개뿐입니다."

낸시 중위에게 유리아 중사가 군번줄을 내밀었다. 낸시 중위는 유리아 중사의 손바닥 위에 놓인 군번줄을 바라보았다. 한 개는 심하게 구멍이 나 있었고, 나머지들도 찌그러져 있었다. 낸시 중위는 한숨을 쉬었다.

"나머지 두 명은요?"

낸시 중위가 어제 실종되었던 5명중 두 명의 안부를 묻자 유리아 중사는 어렵사리 입을 열었다.

"아직 실종 상태입니다. 좀 더 있어 봐야 하지 않겠나 싶습니다."

유리아 중사의 말에 낸시 중위는 고개를 끄덕였다.

"아직은 희망이 있군요."

"네. 아직은 살아 있을 확률은 있는 법이지요."

낸시 중위와 유리아 중사는 멀리 바다를 바라보았다.

CH.11 TOUR OF DUTY

1.

아침이 된 뒤에야 낸시 중위는 중대의 상황을 정확하게 파악할 수 있었다. 총 7명이 전사했다. 실종되었던 프라우 일병은 아침나절에 복귀했는데, 전사한 카를리나 상병의 군번줄을 수거해 왔다. 다른 중대를 돕기 위해 나섰던 1소대에서만 4명의 전사자가 나왔다. 다른 중대에 비하면 적은 손실이었지만, 씁쓸한 기분을 지울 수 없었다. 여러 번 겪은 일이지만 역시 중대원의 죽음에는 익숙해지지 않는다고 낸시 중위는 생각했다.

낸시 중위는 둑에 앉아서 햇빛을 받으며 멍하니 자리를 지키고 있었다. 밤새 고달픈 전투를 벌였던 중대원은 아침이 되어서 상륙한 다른 병력들이 작업하는 동안 넓은 공터에 아무렇게나 우의들을 깔고는 죽은 듯이 누워서 잠을 청했다. 지독한 폭우와 추위, 그리고 적군의 공격에도 아군의 지원이 없다는 공포감은 그녀들을 극심한 피로에 빠지게 만들기 충분했다. 평소라면 소리치고 다녔을 유리아 중사마저 나무 울타리에 몸을 기대고 숙면에 빠져 있었다. 낸시 중위는 벌겋게 달아오른 눈으로 병사들을 바라보았다.

낸시 중위의 곁으로 누군가가 다가와 아무 말 없이 옆에 자리를 잡았다. 낸시 중위는 옆에 앉은 병사를 곁눈질로 바라보았다. 네르미 이병이었다. 네르미 이병도 극심한 피로로 수척한 표정에 옷은 진흙으로 온통 엉망이었다. 낸시 중위는 털썩 주저앉은 네르미 이병에게 말을 걸었다.

"버틸 만해?"

낸시 중위의 물음에 네르미 이병은 그저 빙그레 웃어 보였다.

"힘들어 죽을 맛입니다. 중대장님."

"우리밖에 없어. 편하게 해."

낸시 중위가 대답하고는 자신의 주머니를 뒤적였다. 낸시 중위의 주머니에서 엉망이 되어 버린 초콜릿이 나왔다. 뭉개지고 진흙이 묻어서 겉포장지는 누더기가 되어 있었지만 속에 있는 은박지는 그나마 멀쩡해 보였다. 낸시 중위가 초콜릿을 부러트려서 건네주자 네르미 이병은 초콜릿을 받아들였다. 둘은 아무 말 없이 초콜릿을 입으로 가져갔다. 따뜻한 햇빛을 받으며 달콤한 초콜릿을 먹으니 낸시 중위는 어느 정도 기운을 차렸다. 낸시 중위는 네르미 이병에게 물었다.

"그래, 전쟁터를 경험한 소감은 어때?"

낸시 중위가 묻자 네르미 이병은 잠시 낸시 중위를 바라보고는 허리춤에 차고 있던 권총을 꺼내들었다. 45구경 리볼버였다. 네르미 이병은 그 리볼버를 바라보다가 갑자기 자신의 머리로 가져갔다.

"왜 오빠가 머리에다 총을 쐈는지 100분의 1정도는 이해할 수 있겠어……."

네르미 이병이 그렇게 말하고 다시 권총을 내려서 허리춤에 찼다. 낸시 중위는 네르미 이병을 바라보았다.

"이 권총이 오빠가 자살할 때 쓴 권총이야. 그리고 오빠가 전선으로 갈 때 가져갔던 권총이지. 여기는 정말이지 지옥이랑 똑같아. 어릴 적 성당에서 들었던 불벼락이 쏟아진다는 지옥이랑 말이야."

네르미 이병의 말에 낸시 중위는 고개를 끄덕였다. 낸시 중위가 전쟁터에서 받은 느낌과 똑같았다. 지옥. 아마도 이 빌어먹을 전선은 지옥의 바로 이웃동네 정도는 되리라고 낸시 중위는 생각했다. 그리고 이곳에서 총을 맞으면 바로 주소를 지옥으로 옮길 거라는 생각도.

"내가 말할 처지는 아니지만, 너는 그 총을 머리로 가져가지 않았으면 좋겠다."

"걱정 마. 아직까지는 아니니까……. 아직까지는……."

그렇게 말한 네르미 이병은 깊은 한숨을 내쉬었다. 낸시 중위는 멍하니 다른 병사들을 바라보았다.

2.

이틀간의 전투가 끝나고 나서야 클로에 소위는 속에 담아 두었던 깊은 한숨을 내뱉을 수 있었다. 실탄이 날아다니는 전선은 클로에 소위가 생각하던 것 이상으로 무척이나 힘이 들었다. 힘이 든다는 표현도 어떤 의미로는 부족할 지경이었다. 그리고 그와 동시에 자신의 무능함을 깨닫게 되니 자괴감에 빠질 지경이었다.

클로에 소위는 마법에 관해서는 엘리트였다. 어렸을 적에 동화책에서 마법의 존재를 알게된 클로에 소위는 아버지의 서재로 가서 '마법'이라는 단어가 적혀 있는 책을 발견했다. 그 책은 클로에 소위의 아버지가 고등학교에서 배웠던, 학문적으로 정리된 마법서였는데 실제로 마법을 사용하는 법을 가르치는 것은 아니고 마법이라는 것의 원리와 기초적인 지식을 전달하는 개론서 정도였다. 그리고 클로에 소위가 그 책을 보고 처음으로 불을 만들어 냈던 것이 7살의 일이었다. 그 뒤로 클로에 소위는 마법사로서의 인생을 살게 되었다.

산업혁명이 일어난 뒤, 사람들은 마법과 과학을 구분 지었다. 마법사이자 연금술사이던 많은 사람들이 따로 화학자라는 명칭을 사용하며 마법사 무리와 자신들을 다른 존재로 만들어 버렸고, 그 뒤에는 점성술이나 의료술 등이 천문학이니 의학이니 하는 과학이라는 틀로 옷을 갈아입어 버렸다. 그리고 남은 순수한 마법사들은 점점 규모가 줄어들어 결국 마법마저도 하나의 학문이 되어 버렸다. 그런 시기에 7살의 나이로 아무런 공부 없이 성공적으로 마법을 구현한 클로에의 존재는 이제 학자로 분류되어 버린 마법사들에게 엄청난 호기심을 불러일으켰다.

'이 아이는 분명 대마법사가 될 아이다!'

부모님이 데리고 온 클로에의 마법 재능을 시험해 본 덤블딘 오르보스 교수는 그렇게 소리쳤다. 마법 연구를 위해 육군 중령이라는 신분마저도 버렸던 덤블딘 교수는 당대에서 가장 뛰어난 마법사였다. 그는 처음 7살짜리 귀여운 여자아이가 마법을 사용해봐야 얼마나 할까 생각하면서 별 기대 없이 클로에를 시험해 보았다. 그리고 아무런 교육도 받지 않았다는 어린아이가 손에서 불꽃을 만들어 내는 순간 자신의 판단이 틀렸음을 깨달았다. 재능이 없는 사람은 10년을 공부하고 연습해도 성냥불만한 불꽃 하나도 만들기 어려운 법이었다. 그렇지만 자신의 눈앞에 있는 7살짜리 꼬마아이는 너무나 손쉽게 불꽃을, 그것도 횃불만한 불꽃을 만들어 버렸다. 그것은 덤블딘 교수의 60여년 인생에서 가장 충격적인 사건과도 같았다. 덤블딘 교수에게 클로에의 존재는 과학에게 짓밟혀 버린 마법을 다시금 한 단계 도약시킬 수 있는 존재로 다가왔다. 그 뒤, 클로에는 덤블딘 교수의 제자가 되어서 체계적으로 마법을 배우게 되었다.

"네? 군인이 되라고요?"

클로에는 덤블딘 교수의 갑작스런 제안에 되물을 수밖에 없었다. 그날도 덤블딘 교수와 함께 실험용 마정석을 정제하던 클로에는 맥락 없이 튀어나온 스승의 말을 이해하기 어려웠다. 방금 전 정제해서 완성한 마정석을 들여다보며 덤블딘 교수는 클로에에게 입을 열었다.

"제국에서 결국 마법 병사를 만들었다고 한다. 이 마정석을 이용한 방식이라고 하더군. 아마도 제국 중앙대학 폰 크라비우츠 교수의 공이겠지. 황제의 친족이라 많은 예산을 편성받고, 황제의 신임까지 있으니 그 정도는 쉬운 일이었을 거네."

"마정석은 아직 상용화하기에 힘들지 않습니까? 아직까지는 일정량의 마력을 주입해야만 제대로 작동하니까요. 거기다 마정석 자체에 마법을 걸지 않으면 사용도 못하는, 일반인에게는 그냥 돌멩이나 마찬가지인데 상용화해서 전쟁에 내보냈다고요?"

덤블딘 교수의 말에 클로에는 깜짝 놀라서 물었다. 마정석이란 물건은 마법사의 마법력을 증폭시켜서 마법력이 적은 사람이던 많은 사람이던 동일한 위력의 마법을 손쉽게 부릴 수 있게 만드는 돌이었다. 마법사들이 지금까지 넘지 못했던 규격화의 벽을 넘을 수 있게 만든 돌인 것이다. 그렇지만, 그와 동시에 마법사가 아니면 사용할 수 없기 때문에 또 다른 규격화의 벽을 쌓고 말았다.

현대 사회에서 편리함의 기본 명제는 누구든지 간단하게 사용할 수 있어야 한다는 것이다. 특정한 인물들만이 사용할 수 있는 물품은 도태되는 시대였다. 편리함. 그것이 현대를 움직이는 원동력이었다. 그러기에 마정석이 개발된 지 20여년이 다 되어 가고 있었지만 아직도 상용화가 되지 못한 것이기도 했다. 덤블딘 교수와 클로에의 연구도 마법을 배운 적 없는 일반인들도 마정석을 사용할 수 있도록 개량하는 것이었고, 아직은 별다른 성과가 없는 상황이었다.

"사실이네. 일단 식별된 마법으로는 물리력 방어 마법과 화염계 마법이었어. 그리고 생각 외로 효과가 좋았고. 전선에서 목격된 숫자만 100여명이 넘어가는 숫자네."

그렇게 말한 덤블딘 교수는 한쪽 구석에서 무언가를 집어 들었다. 클로에는 그것이 꼭 영화에서 보던 탄처럼 생겼다고 생각했다. 아니, 실제로 그것은 탄이었다.

"탄인가요?"

"이번에 군부와 함께 만든 마정석탄이네."

덤블딘 교수는 클로에에게 탄을 건네 주었다. 생각 외로 묵직한 그 탄을 받아들자마자 그곳에서 마법력이 방출되고 있음을 느낄 수 있었다. 정제된 마정석에서 느껴지는 기운이었다.

"탄두에 마정석을 심으로 박아 둔 것이지. 일단 마법을 걸고 탄을 발사하면 탄은 화약의 힘으로 발사되네. 그리고 탄두가 착탄되는 순간 내부의 심이 노출되면서 마법을 방출하지."

클로에는 꽤나 신선한 방식이라고 생각했다. 마정석을 화약의 힘으로 발사한다니! 공격마법을 원하는 장소로 날리는 일은 무척이나 힘든 일이었다. 마정석을 이용해 마법을 부리는 것도 마찬가지였는데, 손에 마정석을 쥐고 마법을 뽑아내는 일과 뽑아낸 마법을 원하는 곳으로 보내는 일은 또 별개의 문제였다. 그렇지만 화약의 힘을 사용한다면 충분히 원하는 곳으로 마법을 보낼 수 있을 터였다. 거기에 구경이 커지거나 해서 더 멀리까지 보낼 수 있게 되면 마법의 공격 범위도 올라가는 것이었다. 군사용이 아니라 민간용으로도 충분히 연구할 가치가 있다고 클로에는 생각했다.

"대단해요. 교수님! 이런 생각을 다 하시다니! 이건 획기적인 아이디어네요?"

클로에가 그렇게 말하자 덤블딘 교수는 씁쓸한 표정을 짓고는 말했다.

"내 생각이 아니야……."

"네?"

"이미 제국군 마법 병사들이 사용하는 방식이네. 그 이야기를 듣고 나서야 나는 이런 방법이 있다는 것을 알아차릴 수 있었지. 그들은 그렇게 마법을 사용하고 있어. 동시에 소형화에도 성공했지. 난 이 크기가 한계야. 제국 녀석들의 기술은 도저히 따라갈 수가 없군……."

덤블딘 교수의 말에 클로에는 뭔가 안쓰러운 감정이 들었다. 덤블딘 교수는 7살 시절부터 자신을 가르친 스승이었고, 클로에에게는 제2의 부모로까지 여겨지는 존재였다. 평생을 마법에 매진했다는 자부심을 가지고 살던 덤블딘 교수가 힘없이 말하자 클로에도 기운이 빠졌다.

"자네도 알겠지만 난 지금까지 내 연줄로 군에서 어느 정도 연구비를 받아 왔네. 그러기에 성과를 보여야 하네. 그래서 나온 방안이 마정석을 활용하는 '대(對) 마법사 공병'이야. 제국의 마법사를 상대하는 대 마법사 특수병과. 전국 대학에서 마법적 재능이 있는 젊은이들의 지원을 받아 조만간 창설될 예정이지. 자네가 그 창설 멤버가 되어 줬으면 좋겠네."

클로에는 어떻게 대답을 해야 할지 고민했다. 하지만 덤블딘 교수는 클로에의 대답을 기다리는 대신 계속 말을 이어 갔다.

"군인이 되는 것도 그리 나쁘지는 않아. 나도 사관학교를 나오고 대륙전쟁당시 군인으로 참전했던 경력으로 지금까지 군대의 지원을 받을 수 있었고. 기술이라는 물건은 전시에 병기로 활용될 때 급격한 발전을 이룬다네. 화학이 결국 전쟁에 쓸 화약과 여러 폭발물 때문에 발전했고, 엔진이란 물건도 대포를 끌 자동차를 개발하기 위해 발전한 것은 자네도 알 거야. 지난 전쟁 덕분에 비행기는 급격히 발전했고. 어쩌면 이번 전쟁이 그간 과학이니 기술이니 하는 것들에게 밀리던 마법을 한 단계 끌어올려줄 계기가 될지도 모르네. 그리고 난 그 발전의 시초를 자네가 이루었으면 하는 바램이야. 자네는 내 제자들 중 누구보다 뛰어나니까."

덤블딘 교수는 천천히 걸어가 클로에의 손을 붙잡았다.

"자네는 내가 이룬 어떤 성과보다도 더 위대한 성과를 이룰 수 있는 인재야. 내가 아는 그 누구보다 재능 있고 마력이 높은 마법사고. 자네가 전선에서 활약하는 것만으로도 마법의 입지는 올라갈 거네. 그리고 자네는 전쟁이 끝나고 나면 어떤 마법사들보다도 나은 환경에서 마법 연구를 할 수 있을 거고. 늙은 스승이 해 줄 수 있는 건 여기까지야. 앞으로는 자네가 쟁취해야 하네."

결국 클로에는 새로 창설된 대 마법사 공병으로 임관하게 되었다. 부모님의 반대를 뿌리치고 결정한 일이었고, 후회는 없었다. 그렇지만 단 하루의 전투로 자신이 10년 넘게 가져 온 자신감이 송두리째 사라져 버린 상실감을 느꼈다. 단 반나절의 전투에서 자신은 너무나 무력했다고 클로에 소위는 자평했다. 처음 기관총 진지를 무력화시킬 때만 해도 자신의 마법이 어느 정도 효과가 있음을 알고는 기뻐했다. 하지만, 기뻐한 직후 지독했던 긴장이 풀리고 시야가 넓어진 덕에 해변의 참상이 눈에 들어오자 숨이 막히고 말았다.

수많은 시신들, 날아오는 적의 총탄, 그리고 떨어진 포탄에 사지가 절단나며 튕겨져 나가는 병사들……. 아마 낸시 중위가 자신의 어깨를 두드리고 따라오라고 소리치지 않았다면, 자신은 계속 그 자리에 멍하니 서 있다가 죽었을지도 모른다는 생각이 클로에 소위를 엄습했고, 낸시 중위와 함께 적 참호로 뛰어든 뒤로 공포감에 온몸이 잠식당한 클로에 소위는 아무것도 할 수 없었다.

그 뒤에 전차까지 몰려오기 시작하자 클로에 소위는 패닉에 빠져버렸다. 자신의 마법이 전차에 소용이 없는 것은 훈련 때 체험했던 일이긴 했다. 표적용 전차에 모든 훈련생들이 동시에 공격했지만 아무 소용도 없었을 때만 해도 훈련생들은 자신들이 전차를 상대할 일이 있을 리 없으니 효과가 없어도 상관없다며 웃어 넘겼고, 이는 클로에 소위도 마찬가지였다.

그렇지만 막상 전차를 만나게 되니 어찌할 방법이 없다는 생각에 클로에 소위는 극심한 절망감에 빠졌다. 그리고 낸시 중위의 기지로 날아온 함포사격에 적 전차들이 물러가자 클로에 소위는 처음에는 기쁨을, 뒤이어 자괴감을 느꼈다. 마법으로는 한 대도 처리하지 못한 전차를 전함의 함포가 단번에 무력화시킨 것이다.

"마법이라는 건 이제 쓸모가 없는지도 모르겠네요. 교수님······."

클로에 소위는 멍하니 앉아서 그렇게 말할 수밖에 없었다. 옛 이야기에 나오는 대마법사처럼 혜성이라도 지상으로 떨구는 마법이 아니면 과학과 기술의 힘으로 만든 포탄들을 이길 수는 없을 것 같았다. 그리고 자신은 그런 마법을 알지도, 할 줄도 몰랐다. 그렇게 강한 마법은 마법을 연구하는 학자들까지도 옛 이야기나 전설로 치부하는 수준이었으니 말이다.

그런 무력감 때문인지 클로에 소위는 간밤에 극심한 고열에 시달려서 전투에는 참가하지도 못했다. 그렇게 고열에 시달리다 조엔 중위가 놓아 준 해열제를 맞은 클로에 소위는 이렇게 아프다가 적이 자신이 누워 있는 이 벙커까지 밀고 들어오면 어떻게 하나 하는 생각에 극심한 공포를 느꼈다. 고열로 인해서 온몸이 떨려왔다. 팔다리에 힘조차 들어가지 않는 상황에 적이 오면 무력한 상태로 그대로 노출될 수밖에 없다는 것은 또 다른 공포로 다가왔다.

아침이 되어 전투가 끝나고, 열도 거의 떨어져서 몸을 추스른 클로에 소위는 햇볕이라도 쬐는 게 좋다는 조엔 중위의 말에 벙커 밖으로 나왔다. 그리고 지난 하루 반나절의 전투를 곱씹었다. 하지만 찾아오는 것이라곤 극심한 무력감과 자괴감뿐이었다. 클로에 소위로서는 경험해 본 적 없는 감정이었다. 그렇게 멍하니 앉아서 주변을 바라보았다.

나중에 상륙한 다른 부대 병사들은 급하게 수선을 피우며 일하고 있었고, 해변은 하역한 짐과 병사, 그밖에 물자들로 난장판이었다. 난장판이라는 말 그대로 어지러운 시장통을 보는 듯한 인상이었다. 그런 상황에서도 간밤에 비를 맞으며 고생한 로빈중대 병사들은 각자 알아서 햇볕 아래에서 깊은 잠에 빠져들어 있었다. 그 와중에 깨어 있는 사람은 자신뿐이라는 생각에 클로에 소위는 또다시 마음이 무거워졌다.

병사들이 고생할 때 자신은 의무대에 누워서, 전투로 인한 부상도 아닌 단순한 고열로 인해 아무것도 하지 못했다는 생각에 클로에 소위는 점점 더 우울해지기 시작했다. 햇볕을 쬐어도 클로에 소위의 우울은 사라지지 않았다.

클로에 소위는 자리에서 천천히 일어나 걷기 시작했다. 벙커를 지나고 건물들도 뒤로하고 나니 평야와 숲이 눈앞에 펼쳐졌다. 전쟁이 아니라 휴양이나 여행으로 여기 왔더라면 그림엽서 같은 풍경에 감탄 했을 거라고 클로에 소위는 생각했다. 그렇지만 지금은 평야와 숲의 풍경이 자신에게 아무런 감흥을 주지 못한다는 사실에 충격을 받았다.

클로에 소위는 천천히 숲으로 들어갔다. 무슨 이유가 있어서 그런 것은 아니었다. 그저 이 조그마한 숲을 걷고 싶다는 충동이 클로에 소위의 머리에 퍼뜩 떠올랐을 뿐이었다. 위험할지도 모른다는 생각이 잠시 클로에 소위를 머뭇거리게 했지만, 새벽녘이 되자마자 상륙한 후속부대들이 이미 이 길을 따라 꽤나 많이 이동해 전방에 새로운 전선을 형성하고 있을 테니, 이곳은 이제 안전하다는 생각이 다시금 클로에 소위의 걸음을 재촉했다.

자신의 고향과는 사뭇 다르게 생긴 숲이었지만 클로에 소위의 마음은 조금씩 누그러져 갔다. 녹색의 나무들 사이로 들어오는 햇볕이 클로에 소위의 눈에는 성당의 스테인드글라스를 통과한 빛처럼 보였다. 총성도, 포성도 멈춰 버린 시점에서 숲은 전쟁 따위는 온데간데없이 조용하게 모습을 드러낼 뿐이었다. 클로에 소위는 그렇게 천천히 걷다가 나무가 부러지는 소리를 듣고는 반사적으로 소리가 나는 방향을 바라보았다. 그리고 클로에 소위는 머리카락이 곤두서며 온몸이 굳어 버리고 말았다.

"제…… . 제국군…… ."

클로에 소위는 혼잣말처럼 중얼거렸다. 클로에 소위의 오른쪽으로 약 30여 미터 떨어진 장소에 누군가가 소총을 겨누고 서 있었다. 무척이나 지쳐 보이는 사내는 제국군 특유의 위장무늬 우의를 몸에 두르고 있었는데, 제대로 자지 못해 벌겋게 충혈된 두 눈으로 클로에 소위를 노려보고 있었다. 클로에 소위는 사내의 모습을 보자마자 한 발짝도 뗄 수가 없었다. 지난밤에 뼈저리게 겪었던 공포가 발끝으로부터 시작해 척수를 타고 온몸을 휘감는 느낌에 클로에 소위는 아찔해지고 말았다. 저 병사가 손가락을 살짝만 움직여도 자신이 죽을 수도 있다는 공포감은 클로에 소위의 머릿속을 하얗게 물들여 어떻게 행동해야 할지를 잊게 만들기에 충분했다. 이곳에는 그 병사와 자신 단둘뿐이라는 상황도 클로에 소위의 공포심을 부채질했다.

──탕

시간이 얼마나 지났을까. 갑작스런 총성에 클로에 소위는 주저앉고 말았다. 그리고 그와 동시에 제국군 병사가 그대로 쓰러졌다. 클로에 소위는 어찌된 영문인지 알 수가 없어서 눈을 동그랗게 뜨고 멍하니 바닥에 앉아 있었다. 그런 클로에 소위에게 누군가가 달려왔다.

"괜찮으십니까?"

달려온 사람은 여자였는데 왕립군복을 입고 있었다. 클로에 소위는 여군이 낯익은 얼굴이기에 마음이 놓였다.

"고맙군……. 그……. 이름이 뭐였지?"

"네르미입니다. 소위님. 그보다 얼른 일어나시죠."

네르미 이병이 손에 쥐고 있던 권총을 권총집에 밀어 넣으며 클로에 소위에게 손을 내밀었고 클로에 소위는 네르미 이병의 손을 붙잡고서야 자리에서 일어날 수 있었다. 네르미 이병은 클로에 소위가 일어나자 제국군에게 뛰어갔다.

"일단 여기를 벗어나죠."

그렇게 말한 네르미 이병은 제국군의 소총을 들어 올려서는 어깨에 걸쳤고 다시 돌아온 뒤 클로에 소위의 손을 붙잡고 빠르게 걷기 시작했다.

"소총은 왜……."

"네? 이걸 가져가야 전과를 확인할 수 있죠. 그리고 그냥 뒀다가는 적군이 다시 사용할 수도 있어요. 이렇게 수거해야 합니다."

네르미 이병이 그렇게 말하고는 바닥에 떨어져 있는 자신의 소총을 들어올렸다.

"불발이 났어요. 그런데 머리가 멍해져서 응급조치도 못 하겠더라고요. 권총이 없었으면 큰일이 날 뻔했습니다."

네르미 이병이 소총을 들어 올린 뒤 장전손잡이를 당겨 불발이 난 탄을 제거하고는 다시 앞으로 걸어갔다.

"저 적군은 그대로 두고 가나?"

"네? 그러면 묻어 줄 겁니까? 적군이 더 있을 수도 있으니 일단은 빨리 벗어나는 게 좋을 것 같은데요."

네르미 이병은 클로에 소위의 물음에 답하고는 계속 걸어서 숲을 벗어났다. 그렇게 중대가 쉬고 있는 곳에 도착해 아군을 만나고 나서야 두 사람은 숨을 내뱉을 수 있었다.

"휴……. 긴장해서 죽는 줄 알았네요."

네르미 이병에 땅에 걸터앉으며 그렇게 말했고 클로에 소위도 크게 심호흡을 했다. 이제야 긴장이 조금 풀리는 듯한 기분이 들기 시작했다.

"어찌되었던 갑자기 밖으로 나가시는 걸 제가 봤으니 망정이었죠. 아무리 상황이 정리되고 아군들이 밀고 올라간다지만 혼자서 그렇게 움직이시면 어떻게 합니까."

"미안해……."

네르미 이병의 핀잔에 클로에 소위가 사과하자 네르미 이병은 자신이 앉은 옆자리를 손으로 두드렸다.

"일단 앉아서 쉬세요. 지쳐서 그러시겠지요."

클로에 소위는 네르미 이병의 권유를 받아 옆자리에 앉았다.

"그래도 제가 따라가서 망정이죠, 안 갔더라면 큰일이 날 뻔했어요. 무기라도 들고 가시지 그러셨습니까. 보니까 권총도 없으시잖아요."

"권총은 어차피 잘 쏘지도 못해서……."

"어찌되었던 조심하세요. 이러니 저러니 해도 몸 성하게 돌아가야죠. 장담은 못하지만요."

네르미 이병의 걱정스러운 진심이 느껴진다고 클로에 소위는 생각했다.

"아마 이번이 첫 전투여서 그런 모양이야……. 정말이지 한심하네. 이제 막 임관한 장교라 별 수 없나 봐."

"첫 전투인 건 저도 마찬가진걸요. 중대원 셋 중 하나는 첫 전투니 너무 그렇게 자책하지 마세요."

"그렇게 말해 주니 고맙네."

클로에 소위가 억지로나마 웃으며 말하자 네르미 이병도 따라 웃어 보였다. 그리고 곧 네르미 이병은 옆에 있는 제국군 소총을 집어

들고 자리에서 일어났다.

"에. 그러면 저는 그만 소대장님에게 이거 반납하고 보고 좀 드리겠습니다. 소위님도 좀 주무세요. 그러면 좀 기분이 풀리실 겁니다."

네르미 이병이 경례하자 클로에 소위는 살짝 고개를 끄덕였다.

3.

금발 소령은 야전 천막에서 테이블 위에 펼친 지도를 보며 고민했다. 천막 문이 열리고는 대위가 들어섰다. 야전이었기에 철모를 쓰고, 목에는 쌍안경을 매고 있었다. 대위가 금발 소령 앞에 서서 살짝 헛기침을 하자 지도를 바라보고 있던 금발 소령이 고개를 들고는 아는 체를 했다.

"왕국군도 이제는 싸우는 방법을 아는 모양이네요. 어느새 꽤나 견고한 방어선을 구축했어요. 우리는 해안가를 완전히 빼앗겨 버렸고 말이죠. 밤에 아군이 반격을 했던 모양이지만 소용이 없었어요. 뭐 덕분에 우리가 이곳으로 오게 되었겠지만요."

금발 소령이 자리를 권하자 대위는 옆에 기관단총을 내려놓고 의자에 걸터앉았다.

"일단 확실한 정보가 매우 부족한 상황입니다. 현재까지 들어온 정보라고는 해안선에 샤룬군 교두보가 구축되었고, 해안선 30km까지 샤룬군이 진출했다는 정도입니다. 내륙의 활주로가 파괴되어서 전투기들도 야탈레르 본토에서 날아오고 있어요. 멀리서 오느라 쇼촐레르 상공에서 전투할 수 있는 시간은 1시간도 채 안 됩니다. 적들은 항공모함을 끌고 왔는데 말이죠. 제공권도 없는 상황이라 우리에게 명령이 내려왔습니다."

금발 소령은 지도위에 체스 말들을 올려놓기 시작했다.

"현재 알고 있는 것은 이렇습니다. 화이트가 적군, 블랙이 아군입니다. 화이트 룩이 적의 교두보, 그리고 이 화이트 폰들이 적군의 방어진지 위치죠. 정확하지는 않지만 밤에 교전한 부대들로부터 알게 된 정보로 볼 때 그렇습니다. 그리고 이 블랙 킹이 쇼촐레르에 주둔 중인 공군 기갑사단 지휘부의 위치고, 여기 블랙 나이트는 기갑부대, 블랙 비숍은 공군입니다."

금발 소령은 체스 말을 하나하나 올려놓으면서 설명했다. 대위는 금발 소령의 얇고 긴 손가락들을 따라가며 지도를 살펴보았다.

"적에게도 나이트와 비숍이 있겠지만 정확한 위치를 파악하지 못했습니다. 어딘가에서 불쑥 나타났다가 불쑥 사라지지요. 비숍은 이해가 갑니다만 나이트는 비숍처럼 날쌔지 못해요. 분명 여기 쇼촐레르 어딘가에 있을 겁니다. 일단 나이트의 위치를 파악하는 게 우리의 임무죠. 그리고 현재 우리의 위치는 이곳입니다."

금발 소령이 검은색 퀸을 집어 들어서 지도 위에 올려놓았다.

"일단 정찰을 내보냅시다. 많이 보낼 필요는 없어요. 3개 조 정도만 내보내지요. 쓸 만한 녀석들을 추려서 대위가 지휘하시면 됩니다. 1차 목표는 적 전차부대의 위치 파악, 적과 접촉해 전투가 벌어지면 쓸데없는 전투는 피하고 바로 후퇴하도록 명령하세요."

금발 소령의 지시에 대위는 고개를 끄덕였다.

"적 전차부대를 발견하면 아군 전차들이 출동할 겁니다. '3형'이나 '4형' 전차가 대다수지만, 그래도 장포신형이니 왕국군 전차와 싸우는 데 문제는 없을 겁니다. 거기에 야탈레르군 '13T/30'전차도 있군요."

"글쎄요. 야탈레르군 전차는 솔직히 말하자면 없는 것으로 치는 게 좋을 듯한데 말이죠."

"뭐, 맞는 말이긴 하네요. 그래도 신형 전차인 5형과 6형도 몇 대 상륙했으니 그 전차들이 출동할 수도 있겠지만요. 그럼 잘 부탁드립니다."

금발 소령이 마지막으로 당부하자 자리에서 일어난 대위는 금발 소령에게 경례를 하고 천막 밖으로 나갔다. 금발 소령은 지도를 내려다보면서 화이트 나이트를 지도 밖으로 쓰러트렸다.

"나이트를 잡는다고 해도 적에게는 폰이 잔뜩 있어요. 게다가 우리는 보드 위에 킹이 있지만 적은 킹이 없습니다. 우리가 적의 룩을 잡아도 체스는 끝나지 않겠지요. 하지만 우리는 킹이 잡히면 판이 끝납니다. 우리는 어쩌면 이길 수 없는 체스를 하는지도 모르겠군요."

금발 소령은 그렇게 말하고는 블랙 킹을 넘어트렸다.

4.

클로에 소위는 깜짝 놀라서 잠에서 깨어났다. 어느새 어둑어둑해진 하늘에 자신이 깜빡 잠이 들었음을 깨달은 클로에 소위는 자신을 덮고 있는 담요를 발견했다. 흙바닥에 누워서 잠든 자신에게 누군가가 덮어 준 것임을 깨달은 클로에 소위는 머리를 긁적였다. 주변을 둘러보니 아마도 중대원이 설치한 듯한 소대용 천막들이 늘어서 있었다. 로빈중대가 이곳에 주둔지를 마련한 모양이었다. 클로에 소위는 자리에서 일어나 담요를 주섬주섬 집어 올렸다.

"아. 일어나셨습니까?"

중대본부의 에니 상병이 클로에 소위를 발견하고는 반갑게 인사했다.

"응……. 너무 깊이 잠든 모양이야."

"깨워도 도통 못 일어나시던데요. 아! 그렇다고 그냥 버려 둔 건 아니니 너무 서운하게 생각하지는 마십쇼. 그 자리가 햇볕도 들고 하니까 따뜻했거든요. 소위님 텐트는 서 뒤쪽에 있으니 그리로 가시면 됩니다. 짐도 다 옮겨 놨어요. 중대 야전병원 바로 옆에 군의관님과 같은 텐트니까 금방 찾으실 겁니다."

클로에 소위는 고개를 끄덕이고 자신의 천막을 찾아 발걸음을 옮겼다. 에니 상병의 말대로 적십자 깃발을 달아 놓은 야전병원 바로 옆 천막의 문을 열자 흰색 백의를 입은 조엔 중위가 자리에 앉아 있다가 반갑게 클로에 소위를 맞이했다.

"야호! 잘 주무셨어요오?"

"아. 네……."

"몸은 괜찮으시고요? 아침에 열이 내리긴 했지만요."

"이제 괜찮아요."

그렇게 대답한 클로에 소위는 담요를 자신의 야전침대로 보이는 침대에 내려놓고 그 위에 걸터앉았다. 옆에는 자신의 대전차소총이 자리를 차지했다.

"바닷물과 비에 젖어서 그런지 중대에 감기가 돌고 있어요. 어젯밤에는 그래도 큰 부상자는 많이 나오지 않았으니 다행이지요 뭐."

"몇 명이 전사하지 않았습니까? 상륙 때와 어젯밤 교전으로요."

"흐음……. 일단은 7명이 전사했고 4명은 부상이 심해서 후송을 갔네요. 자잘 자잘한 부상으로 지금 옆에 있는 의무텐트에 누워 있는 인원이 3명, 그리고 감기로 누워 있는 인원이 3명이에요."

클로에 소위의 말에 조엔 중위가 답하자 클로에 소위는 놀라서 되물었다.

"너무 간단하게 말씀하시는 거 아닌가요?"

"네? 뭐가요?"

"그래도 같은 중대원이 죽었는데 말입니다."

클로에 소위의 말에 아까까지 웃는 얼굴이었던 조엔 중위의 표정이 굳어졌다.

"글쎄요. 물으시기에 답했는데 그렇게 말씀하시니 어찌해야 좋을지 모르겠네요."

"죄송합니다……. 뭔가 정신이 없네요."

조엔 중위의 말에 클로에 소위가 사과하자 조엔 중위는 다시 웃으면서 클로에 소위의 어깨에 손을 얹었다.

"처음 전투를 치르셨으니 그럴 겁니다. 일단 푹 자고, 푹 쉬세요. 따뜻한 음식도 좀 먹으면 나아지실 거예요. 주둔지 준비하느라 식사 준비가 늦어져서 지금 식사를 하고 있으니까 가서 드시고 오시죠."

조엔 중위의 말에 클로에 소위는 고개를 끄덕이고 천막 밖으로 나갔다.

취사용 천막 근처의 식사 장소에는 이미 중대원들이 모여서 저녁을 먹고 있었다. 클로에 소위는 자신의 메스킷(mess kit)을 들고 탁자에 걸터앉았다. 저녁식사는 쇠고기 완두콩 스프에 빵과 약간의 소시지였다. 식욕이 별로 없었지만 억지로 빵을 입에 가져간 클로에 소위는 입안이 껄끄러웠다. 애써 스프와 함께 빵을 넘겼지만 씹기도 힘든 심정이었다. 그렇게 힘겹게 식사를 하는 클로에 소위 앞에 누군가가 자리를 잡고 앉았다. 살짝 고개를 들어서 상대를 바라본 클로에 소위는 자신의 앞에 앉은 인원이 네르미 이병임을 확인했다.

"앞에 앉아도 괜찮죠?"

네르미 이병의 말에 클로에 소위는 고개를 끄덕였다. 네르미 이병은 클로에 소위 앞에 자리를 잡았다.

"완전 곤하게 주무시더라고요. 피곤하셨나 봐요?"

"정신없이 잠들어 버렸어. 도대체 뭐가 어떻게 된 건지도 모르겠네."

클로에 소위의 말에 네르미 이병은 방긋 웃어 보이고 스프를 한입 떴다.

"긴장이 풀려서 그럴 겁니다. 그래도 표정이 많이 좋아지셨네요."

네르미 이병의 말에 클로에 소위도 억지로 웃어 보이고는 다시 빵과 스프를 입으로 가져갔다.

저녁을 다 먹은 낸시 중위는 지도를 들여다봤다. 중대는 여전히 해안선 근처 진지를 점령 중이었고, 후속으로 상륙한 부대들이 섬 안쪽으로 진출하고 있었지만, 제대로 된 정찰은 없었음을 깨달았다. 언제 다시 이동을 하게 될지는 몰라도 주변에 대한 정찰이 필요하다고 낸시 중위는 판단했다.

"주변 정찰을 해야겠군요."

낸시 중위가 혼잣말처럼 말하자 유리아 중사는 담배를 피우면서 낸시 중위를 바라보았다.

"제가 다녀오죠."

"아뇨. 클로에 소위에게 지시할까 생각중입니다."

"클로에 소위요?"

낸시 중위의 응답에 유리아 중사가 되물었다.

"클로에 소위는 이번이 첫 전투입니다만?"

"그렇긴 합니다만, 이번 기회에 경험을 쌓아야죠. 특수 병과라고는 해도 장교인 만큼 어느 정도 정찰 능력도 필요합니다. 브로미 중사와 병사 한 명을 붙여서 보내면 그나마 괜찮겠죠. 유리아 중사가 클로에 소위와 브로미 중사를 불러 주시겠습니까? 병사도 한 명 자원자로 뽑아서요."

낸시 중위가 묻자 유리아 중사는 고개를 끄덕이고 담배를 입에 문 채 천막 밖으로 나갔다.

지휘용 천막에서 나간 유리아 중사는 식사중인 클로에 소위에게 다가가 말을 건넸다.

"클로에 소위님?"

"아. 유리아 중사. 무슨 일이시죠?"

클로에 소위가 묻자 유리아 중사는 클로에 소위의 옆에 앉으면서 입을 열었다.

"다름이 아니라 중대장님께서 불러오라고 지시하셨습니다. 근방의 정찰을 명하실 모양입니다."

"정찰이요?"

"네. 브로미 중사와 병사 한 명을 뽑아서 보내신다고 합니다. 주변에 대한 정보가 너무 없는 것을 중대장님이 걱정하십니다."

유리아 중사의 말에 클로에 소위는 고개를 끄덕이고는 자리에서 일어났다.

"아! 제가 가도 되겠습니까?"

유리아 중사가 자리를 떠나려는 차에 네르미 이병이 말했다.

"네르미? 네가 가겠다고?"

"병사도 하나 보내겠다고 하셨죠? 그러면 제가 가도 문제 없는 것 아닌가요?"

네르미 이병의 말에 유리아 중사는 클로에 소위를 바라보았다.

"네르미 이병과 같이 가겠습니다."

클로에 소위의 즉답에 유리아 중사는 고개를 끄덕이고는 네르미 이병을 바라보았다.

"그러면 지금 바로 단독군장으로 중대장님 천막으로 와. 수통에 물 가득 담고 탄약 충분히 챙겨서."

"알겠습니다."

네르미 이병이 남은 음식을 입으로 가져가는 모습을 보면서 클로에 소위는 살짝 머리를 긁적였다.

잠시 뒤에 낸시 중위의 천막에 클로에 소위, 브로미 중사, 네르미 이병이 모였다. 천막에 들어오는 네르미 이병에 낸시 중위는 살짝 놀란 눈치였지만, 이내 아무렇지 않은 듯 클로에 소위에게 말을 건넸다.

"어렵게 생각하지 않았으면 좋겠군. 부대 주변에 대한 정보가 부족하기 때문에 정찰을 보내는 거라네. 특이한 점이 있다면 바로 보고하고, 혹시 적과 접촉하게 되면 교전하지 말고 얼른 부대로 복귀하도록. 뭐 적이 나타날 일은 없다고 생각되지만 말이지. 현재 시간이 08시 23분이니 최소한 10시 00분까지는 복귀할 수 있도록."

낸시 중위의 말에 클로에 소위 일행은 경례를 하고 천막 밖으로 나갔다.

주변 방어를 위해 설치한 철조망 지대를 우회해서 밖으로 걸어간 클로에 소위는 브로미 중사에게 말을 건넸다.

"잘 부탁합니다. 저는 경험이 없다 보니 말이죠. 야간 정찰도 훈련소에서 대충 배운 것뿐이라 잘 할 수 있을지 모르겠네요."

클로에 소위의 말에도 브로미 중사는 그저 고개를 끄덕일 뿐이었다. 평소에도 브로미 중사는 말이 적다는 것을 이미 알고 있던 클로에 소위는 빙그레 웃고는 옆에서 걷는 네르미 이병을 바라보았다. 비가 그치고 하늘이 맑았기 때문에 저녁 달빛으로 네르미 이병의 표정을 알아볼 수 있었다.

"그러고 보니 네르미. 너는 왜 갑자기 나를 따라온 거야?"

클로에 소위의 물음에 네르미 이병은 클로에 소위를 바라보며 말했다.

"별다른 건 아니고, 그저 소위님이 걱정돼서 말이죠."

"내가?"

"네. 아까 밥 먹을 때도 꽤나 피곤해 보였거든요. 그냥 혼자 보내려니 영 걱정이 되더라구요."

네르미 이병의 말에 클로에 소위는 살짝 웃어 버렸다.

"왜 웃으세요?"

"왠지 친구 같아서."

클로에 소위의 대답에 네르미 이병은 철모 속으로 손을 집어넣어서 머리를 긁적이고는 말했다.

"걱정되는 건 사실이니까요. 계급이 소위일 뿐이지 클로에 소위님이나 저나 전선에 나온 건 이번이 처음이잖아요? 친구처럼 생각되시면 그냥 친구 맺죠 뭐. 나이는 제가 1살 많지만요."

"알아. 중대장님이랑 동갑이지? 브로미 중사는 나이가 어떻게 되시죠?"

"24살입니다."

브로미 중사가 짧게 대답했다.

"자. 그러면 여기서 계급은 제가 가장 높지만 나이는 제가 막내네요. 다들 언니시고요."

클로에 소위가 그렇게 말하고 웃자 네르미 이병도 웃어 버렸다.

"엘프인 중사님에 마법사인 소위님. 제가 검사였으면 아마 용이라도 잡으러 가는 파티였겠네요."

"그러네. 어릴 적 보던 그림책처럼 말이지? 엘프는 활의 명수고, 마법사는 할아버지고 그런 거. 원래 치료해 주는 성직자도 같이 있고 그러지 않나?"

"성직자면 조엔 중위님인가요? 그분이라면 솜씨는 확실하지만, 신이랑 친하실 것 같지는 않던데요."

"하하. 그러네. 조엔 중위님은."

클로에 소위는 왠지 조금 즐거워졌다. 지금이 달이 뜬 밤이고, 자신과 네르미 이병과 브로미 중사의 손에 무기가 들려 있지만 않았다면 왠지 소풍을 가는 듯한 기분이었을 거라고 생각했다. 소풍은 7살 이후로 가 본 적이 없었지만.

클로에 소위는 지금까지 또래 친구가 없었다. 7살 이전에는 친구들이 있었지만, 자신의 마법 재능이 밝혀진 뒤 들어간 대학에서는 모두가 자신보다 나이가 많은 학생들이었다. 물론 그들이 자신을 멀리하지는 않았다. 하지만 그렇다고 해서 친구가 될 수 있었던 것은 아니었다.

자신의 또래가 대학에 들어왔을 때 이미 클로에 소위는 학업을 마치고 덤블딘 교수의 조수로 연구를 할 때였다. 자신의 또래들은 학생이었고, 클로에 소위는 연구직이었다. 접점이 있을 리 없었다. 그래서 여전히 클로에 소위는 혼자였다. 외롭지 않았던 것은 아니었다. 그래서 클로에 소위는 외로울 때면 더욱 연구에 매달렸다. 지금 자신이 쓰는 무기의 탄인 마정석이 지금의 성능을 내는 데에는 클로에 소위의 공도 있었다. 클로에 소위는 마법에 소질이 있었고, 마력의 움직임을 읽는 데 천부적인 재능이 있었다. 그리고 그 재능을 이용해 더 순도 높고 안정적인 마정석을 대량 생산할 수 있는 일련의 공식을 작성했고, 결국 마정석탄 양산의 토대를 마련한 것이었다.

그리고 아이러니하게도 마정석을 대량 생산할 수 있게 된 덕분에 자신이 이렇게 전쟁터로 오게 되었고, 장교와 병사라는 관계이긴 해도 또래 여성들과 교류가 생겼다고 생각하니 클로에 소위는 기분이 복잡했다.

"잠시만."

순간 브로미 중사가 걸음을 멈추며 낮게 속삭였다. 무슨 일인지 물어보려던 클로에 소위는 아까와는 달리 날카로운 기운을 풍기는 브로미 중사를 보고 열려던 입을 다물었다. 네르미 이병도 같은 느낌을 받았는지 총을 견착하고 주변을 둘러보기 시작했다. 클로에 소위도 이상한 분위기에 어깨에 걸치고 있던 대전차소총을 내려서 방아쇠울에 손을 가져갔다. 앞쪽 운반손잡이를 단단히 감싸쥐고 권총손잡이에 손을 가져가 허리춤에 대전차소총을 딱 붙인 클로에 소위는 언제라도 발사할 준비를 했다.

얼마나 지났을까, 순간 전방에서 마력이 뭉치는 기분을 느낀 클로에 소위는 반사적으로 대전차소총을 앞으로 겨누고 주문을 외우며 방아쇠를 당겼다. 총구 앞에서 빛이 나면서 투명하지만 약간 파란 빛이 나는 막이 나타났다. 그 막에 무언가 강하게 충돌하며 파란 불꽃이 튀겼다. 순식간에 정면에 얼음덩어리가 생겨났다.

"마법이다! 다들 흩어져!"

클로에 소위가 옆의 덤불로 몸을 던지며 소리쳤고, 네르미 이병도 허겁지겁 숨어들었다.

"어디서 날아왔는지 아시겠습니까?"

먼저 숲으로 들어와 엎드려 있던 브로미 중사가 물었지만 클로에 소위는 답할 수 없었다. 워낙 순식간이라 마법으로 방어막을 치는 정도가 고작이었다. 제대로 방어막을 치지 않았다면 이미 자신과 다른 사람들은 꽁꽁 얼어붙어 버렸을 터였다. 얼음 마법과 충돌한 방어마법은 곧바로 사라져 버렸다. 클로에 소위는 조심스럽게 장전손잡이를 후퇴시켜서 탄피를 배출하고 새로운 탄을 약실에 집어넣었다. 언제라도 발사할 수 있도록 하기 위해서였다. 클로에 소위는 정신을 집중했다. 마정석을 발사한다고 해도 마법을 쓰기 위해서는 마정석에 마력을 주입해야 했다. 그렇게 마력이 움직이는 순간을 클로에 소위는 느낄 수 있었다. 다시 한 번 상대가 마력을 운용하면 그때는 상대의 위치를 알아챌 수 있을 거라고 클로에 소위는 생각했다.

"피해요!"

순간 브로미 중사가 몸을 굴려 클로에 소위를 강하게 밀치는 바람에 클로에 소위는 브로미 중사와 뒤엉켜서 옆으로 굴렀다. 그리고 그들이 있던 자리로 탄이 지나갔다. 클로에 소위는 순간 당황하고 말았다. 상대방은 총과 마법을 같이 운용했다.

5.

"맞췄어?"

후드가 달린 위장무늬 스모크를 덮어 쓴 사내가 옆에 엎드려 있는 엘프에게 물었다. 쓰고 있는 챙 없는 약모 밑으로 백색빛이 도는 금발이 살짝 흘러내린 엘프가 제국군 저격총을 들고 엎드려 있었다. 얼핏 보면 여자로 보일 정도의 외모였다.

"놓쳤어. 저쪽도 재빠르네."

"왕국군도 제법인데? 마법사도 있고 말이야. 내 마법이 막혀서 순간 깜짝 놀랐다니까."

위장 스목을 입은 사내가 그렇게 말하면서 대전차소총의 권총손잡이를 아래로 꺾어 탄피를 배출시켰다. 제국군 대전차소총 특유의 구조였다. 대전차소총 옆에 매달린 탄 보관함을 열어서 새 탄을 꺼낸 사내는 탄을 삽탄하고 손잡이를 원복시켜 장전을 마무리했다. 소총을 크게 키운 듯한 모양새의 7.92mm 구경 제국군 대전차소총이었는데, 앞에 총신을 잘라서 길이를 일반 소총 정도의 사이즈로 만들어 놓은 마법업병용 소총이있다. 그의 스목 팔뚝에 붙은 검은색 마법업병 패치가 그가 마법업병임을 알려주고 있었다.

"꼬맹이. 적 위치는 파악했어?"

"꼬맹이라고 하지 마. 아가씨에게 예의도 없기는. 저쪽도 우리를 기다리는 것 같아. 움직임이 없어."

꼬맹이라고 불린 이는 작은 키의 하프텐 여성이었다. 그녀는 숨어 있는 클로에 소위 일행을 찾기 위해 아까부터 쌍안경을 들여다보고 있었지만, 숲에 숨어서 엎드려 있는 그들을 발견하지 못했다.

"그보다 우리 복귀해야 하는 거 아냐? 대장이 적과 접촉하면 전투하지 말고 복귀하랬잖아?"

"바보 같은 꼬맹아! 제대로 전과도 못 올렸는데 돌아가자고? 저쪽도 정찰대야. 적어도 적군 사살 정도의 전공은 세워서 돌아가야지."

하프텐 여성과 마법엽병 사내가 떠들고 있는 동안 계속해서 조준경을 바라보던 엘프 사내가 대답했다.

"빌헤름. 처음부터 네 녀석이 적에게 사격만 안 가했어도 일이 이 지경이 될 일도 없었어. 바보 멍청아. 아메르하고 그만 떠들고 너도 전방이나 확실히 주시하란 말이야."

"아. 글쎄 한 녀석이 낌새를 알아챘는지 갑자기 멈췄다니까. 우리가 먼저 안 쐈으면 적이 우리를 발견했을 거라고. 정말이지 크뷔엘 너는 정감이 안 가는 녀석이라니까. 어쩌다가 내가 너랑 팀이 된 거야?"

크뷔엘이라는 엘프 사내의 꾸중에 마법엽병 빌헤름은 툴툴거리며 다시 전방으로 시선을 돌렸다.

"발견했다. 아까 크뷔엘이 쏜 그 자리에서 왼쪽으로 3미터. 철모가 보여."

하프텐 여성인 아메르의 보고에 크뷔엘은 얼른 그곳을 겨누고 방아쇠를 당겼다. 총성과 함께 탄이 앞으로 날아갔지만, 탄은 무언가에 맞은 듯 파란 빛을 내면서 튕겨져 나갔다.

"또 방어 마법이다."

크뷔엘이 그렇게 말하고는 얼른 몸을 옆으로 굴렸다. 아까까지 크뷔엘이 있던 자리에 탄이 스쳐 지나갔다.

"저쪽에도 저격수가 있는 모양이야. 그 순간의 총구 화염을 보고 날 쐈어."

다시 자리를 잡으며 크뷔엘이 말했다.

"마법사에 저격수라니. 우리랑 비슷한 파티네."

"그러게. 그렇지만 저쪽 마법사는 우리 마법사처럼 바보 멍청이가 아니라는 차이가 있지. 빌헤름, 내가 신호하면 마법해제 주문으로 탄을 쏴. 네가 쏜 뒤 바로 내가 쏜다. 이해했어?"

"알았다고. 알았어. 크뷔엘 이 녀석은 숲의 현자라는 엘프 주제에 입이 나보다 거칠다니까. 하긴 그게 또 매력이지, 아메르?"

"무……. 무슨 소리를 하는 거야?!"

빌헤름의 농담에 아메르가 얼굴이 새빨개지며 대꾸했다. 허둥대는 아메르의 반응을 보면서 빌헤름은 씨익 웃어 보였다.

"우리 부대에서 아메르가 크뷔엘을 좋아하는 걸 모르는 녀석은 아마 없을 거 같은데? 뭐 물론 둘이 같이 서면 크뷔엘 녀석이 이상성애자처럼 보이기는 하지만."

"쓸데없는 소리 하지 마 빌헤름. 아메르는 좋은 동료야. 동료를 놀리면서 사신의 즐거움을 재우지 말라고."

크뷔엘이 한소리 하자 빌헤름은 어깨를 으쓱하고는 다시 자세를 잡았다.

"저기 크뷔엘. 빌헤름 이 녀석이 한 말은 듣지 마. 물론 크뷔엘을 싫어하는 건 아니지만, 그러니까 동료로서, 동료로서 인정한다고 할까 그런 거거든."

"아메르. 전방을 주시해."

아메르가 당황해서 변명을 늘어놓았지만 크뷔엘은 단번에 아메르의 말을 자르며 임무에 집중할 것을 요구했다. 아메르는 살짝 실망한 표정으로 다시 쌍안경을 들어 올렸다.

"아직 안 보여?"

"다시 숨은 모양이야. 안 보이네. 하지만 아마 멀리 가지는 않았을 거야."

크뷔엘의 물음에 아메르가 대답했다.

"저기. 그러니까 그냥 돌아가자니까."

아메르가 그렇게 말하는 순간 갑자기 총성이 들렸다. 단발이 아니라 연속해서 탄이 발사되자 다들 반사적으로 고개를 숙였다. 그리고 아까까지 클로에 소위 일행이 엎드려 있던 곳에서 누군가가 벌떡 일어나 길 반대편으로 달려가기 시작했다. 크뷔엘이 바로 방아쇠를 당겼지만, 상대방의 발밑에 맞고 튕겨 나가 버렸다. 상대는 다시 숲으로 숨어들었다.

"무슨 생각이지?"

빌헤름이 물었지만 크뷔엘도 아메르도 대답을 해 줄 수 없었다. 100여 미터 떨어진 장소에 있는 적군의 생각까지 읽을 수 있는 사람은 아무도 없었다.

"에잇! 이것저것 다 따지다가는 아무것도 안되겠네!"

빌헤름이 외치면서 방아쇠를 당겼다. 대전차소총에서 튀어나온 탄이 붉은 빛을 내며 앞으로 날아갔다. 그리고 클로에 소위의 방어막에 맞아 폭발하듯이 터져 버렸다. 주변에 떨어진 파편들이 불타오르기 시작했다.

"무슨 짓이야?!"

"적들이 안 나온다면 숲째로 불태워 버리면 되는 거지 뭐."

숲이 불타기 시작하는 모습을 본 크뷔엘은 빌헤름을 발로 차 버렸다. 빌헤름은 갑작스런 크뷔엘의 공격에 옆으로 굴렀다. 넘어진 빌헤름이 쌍안경을 들여다보던 아메르와 엉켜 뒹구는 바람에 둘이 동시

에 비명을 지르는 순간 빌헤름의 대전차소총에 탄이 맞고 튕겨져 나갔다.

"야 이 멍청아! 길 건너편으로 한 놈 뛴 거 못 봤어?! 네 녀석 마법은 쏠 때 궤적이 다 보인다는 거 알면서 그러냐?!"

빌헤름이 아직도 허둥대는 동안 크뷔엘은 소리를 지르며 조준경으로 불쪽을 확인해 봤다. 그렇지만 여전히 적병은 보이지 않았다. 방금 소동으로 자리를 옮겼을 수도 있다고 크뷔엘은 생각했다.

"난감하군. 이 상황에서는 후퇴하다가 총 맞기 딱 십상이야. 고맙다, 빌헤름. 아마도 나나 너나 아메르 우리 셋 중 한 명은 훈장 받을 수 있겠는데."

"하아?! 네가 나한테 고맙다고 하는 날도 오긴 오는구나. 하긴 저 정찰대 잡으면 훈장 하나는 받겠지?"

"멍청아! 전상장 말이야 전상장! 자칫하다가는 너나 나나 아메르나 셋 중 최소한 하나는 야전병원으로 가게 생겼다고! 넌 진짜 네 녀석 머리에 총을 안 갈기는 내 인내심에 고마워해라!"

그렇게 크뷔엘이 말하는 순간 크뷔엘의 머리 위로 탄이 지나가기 시작했다. 단발이 아닌 연발이었다. 확실하게 겨누지는 못한 모양인지 머리 위쪽으로 지나가긴 했지만, 혹시 모르기 때문에 다들 고개를 숙여야 했다. 아메르도 머리 위로 기관단총을 올려 방아쇠를 당겼다. 어차피 상대방을 맞추려는 것이 아니고 행동을 저지하려는 목적이었기 때문에 겨누고 쏘지는 않았다.

"야! 너는 방탄마법 같은 거 없어?"

"있어."

"그럼 뭐 하고 있어? 너도 좀 만들어 봐!"

빌헤름의 대답에 아메르가 총을 난사하며 소리쳤다. 그제야 빌헤름은 탄입대에서 붉은 육각기둥 모양의 보석을 꺼내 주문을 외우고 앞쪽으로 집어 던졌다. 보석이 깨지자 앞쪽에 살짝 불투명한 막이 생겼고, 그 막에 충돌한 탄이 튕겨져 나가기 시작했다.

"멍청아! 그런 마법 있으면 얼른얼른 쓰란 말이야!"

크뷔엘이 그렇게 소리치고 방아쇠를 당겼다. 적을 보고 쏜 것은 아니고 견제용 사격이었다. 곧바로 귀신같이 아까 있었던 장소로 탄이 날아왔다. 상대방도 꽤나 실력이 좋은 녀석 같다고 크뷔엘은 생각했다. 방탄마법이 없었다면 크뷔엘 자신이 총에 맞았을지도 모를 일이었다. 이제부터는 시간 싸움이었다. 한 가지 다행이라면 빌헤름이 만든 불꽃이 점점 커져서 이제는 숲을 태우기 시작했다는 점이었다. 불타는 곳은 상대방이 숨어 있는 장소였고, 아무리 그들이 대단하더라도 숨어 있는 곳까지 불꽃이 다가온다면 움직일 수밖에 없을 것이다. 그 타이밍을 노려서 손을 써야겠다고 크뷔엘은 생각했다.

"빌헤름. 무슨 파편이 튄다거나 하는 마법은 없어?"

"음, 얼음파편이 팍 하고 튀는 마법은 있어."

"내가 신호하면 발사할 수 있게 준비해 놔. 총은 멀쩡해?"

크뷔엘의 말에 빌헤름은 손잡이를 꺾어서 탄피를 배출하고 새로운 탄을 삽탄한 뒤 대답했다.

"멀쩡한 것 같아."

"좋아. 준비하고 있어. 우왁! 뭐야!"

크뷔엘이 그렇게 말 하는 순간 공중에서 갑자기 빛이 쏟아지기 시작했다.

"조명탄이다!"

"몸 낮춰!"

빌헤름의 비명과 크뷔엘의 고함이 겹쳤다.

"이것들 아주 자기들이 유리하다 이거구만!"

빌헤름이 그렇게 말하며 자신의 총을 끌어안았다. 전방에 있는 방어막을 향해 급속도로 탄이 날아왔다. 조명탄으로 자신들의 위치를 더 정확하게 파악한 모양이라고 크뷔엘은 생각했다. 그나마 방어막이 있어서 다행이라고 생각하는 순간에 파란색 빛이 날아와 방어막과 충돌했다. 무언가 깨지는 소리와 함께 방어막이 사라지고 말았다.

"방어막을 뚫었어!"

빌헤름이 그렇게 말하자마자 다시 소총탄이 쏟아져 들어왔다.

"저기도 마법사가 있으니 당연하지! 빌헤름, 대충 앞에다가 그 얼음마법 발사해!"

"알았어!"

크뷔엘의 외침에 빌헤름은 대충 겨누고 탄을 발사했다. 앞으로 날아간 탄이 공중에서 폭발하며 얼음 파편을 온 사방으로 날렸다. 순간적으로 날아오던 탄이 멈추자 크뷔엘은 저격수가 있을 법한 장소에 탄을 발사했다. 그러는 순간 조명탄이 사그라졌다. 크뷔엘이 사격을 멈추자 숲은 어둠과 적막감으로 휩싸였다. 저 멀리서 불타고 있는 숲만이 빛을 뿜을 뿐이었다. 크뷔엘은 조심스럽게 전방을 살폈지만 여전히 왕국군의 모습은 보이지 않았다.

"지역 규모로 초토화시키는 마법은 없냐? 네 녀석이 불 피웠지, 조명탄 터졌지, 곧바로 왕국 놈들이 몰려올 텐데 말이야."

"없어. 그런 게 있으면 내가 여기서 말단 보병하고 놀겠냐. 대마법사 등극이지. 방어막 만들어서 달려가고 싶은데 상대방도 마법사라 답이 안 나온다."

빌헤름의 대꾸에 크뷔엑은 잠시 생각하다가 빌헤름에게 한 가지 방법을 제시했다.

"아니, 가능하긴 할 것 같은데 그러다 나 죽으면?"

"안 죽어. 걱정 마. 죽더라도 시체는 챙길 수 있으면 챙겨 줄게."

"정말이지 마음이 안정되는 대답이네."

그렇게 말한 빌헤름은 허리춤의 파우치에서 마정석을 꺼내 마법을 시전했다. 빌헤름의 몸 주변에 얇은 방어막이 생겨나자 빌헤름은 바로 자리에서 일어나 앞으로 달려가기 시작했다.

"우와아아악!"

비명에 가까운 소리를 지르며 달려가는 빌헤름에게 클로에 소위의 탄이 작렬했다. 파란빛이 튕기면서 빌헤름의 방어막이 사라지자 곧바로 길 건너편에 있던 브로미 중사의 탄이 빌헤름에게 날아들었다. 하지만 빌헤름에게 날아온 탄은 빌헤름을 뚫지 못하고 튕겨나가 버렸다.

"2중 방어막이다 이것들아!"

그렇게 소리친 빌헤름은 브로미 중사가 있을법한 장소로 탄을 발사했다.

6.

우연찮게 마주쳐 버린 적군 정찰병들은 마법엽병이 포함된 정찰대였다. 브로미 중사는 적에게도 저격수가 있을 것이라 판단하고 엄호 사격을 요청한 뒤 건너편으로 달려갔다. 뭉쳐 있으면 적의 공격이 집중될 테니 분산하는 게 더 좋겠다고 말한 뒤였다. 마법 방어막 덕분에 화염에 직접적으로 당하지는 않았지만 그 바람에 마법 방어막은 깨져 버렸고, 클로에 소위와 네르미 이병은 천천히 기어서 좀 더 뒤로 이동했다. 앞에 생긴 화염이 훌륭한 은폐물이 되어서인지 적의 공격은 날아오지 않았다. 클로에 소위는 적이 있을만한 장소에 지향사격할 것을 지시했고, 네르미 이병은 자신의 소총을 들어 올려서 지속적으로 사격을 가했다. 반자동 소총의 특성상 빠른 속도로 연사가 되니 정확한 위치를 몰라도 충분한 위협이 될 것이라고 클로에 소위는 판단했다. 그렇지만 적이 곧바로 마법 방어막을 치자 클로에 소위는 다시 머리를 굴렸다.

클로에 소위는 도박을 하기로 결정했다. 조명탄을 발사해서 적의 위치를 파악하기로 마음먹고 챙겨 왔던 수타식 조명탄을 전방 공중으로 발사했다. 밝은 빛이 내려오면서 약간 불투명한 적의 방어막을 확실하게 판독 할 수 있게 된 클로에 소위는 상쇄 마법을 발사해서 적의 방어막을 없앴다. 이렇게 적이 수를 못 쓰도록 제압사격을 하면서 그 위에 얼음 마법을 쓰려던 클로에 소위는 전방에서 느껴지는 마력에 곧바로 방어 마법으로 주문을 변경하고 방아쇠를 당겨 방어마법을 주변에 둘렀다. 그리고 잠시 뒤에 날아온 적의 마법이 수많은 얼음 파편을 바닥으로 쏟아 부었다.

"괜찮아, 네르미?"

"네! 괜찮습니다."

얼음 탄을 막고서 방어막이 사라지자 우박이 떨어지듯 얼음 조각들이 클로에 소위와 네르미 이병 위로 쏟아져 내렸고, 조명탄이 꺼지며 적진을 어둠으로 만들어 버렸다. 불타는 숲이 어느 정도 빛을 제공하고 있었지만 100여미터 떨어진 적을 비추지는 못했다. 어둠으로 숨어든 적은 움직임을 멈추었다. 클로에 소위는 장전손잡이를 움직여 새 탄을 삽탄하고 언제라도 발사할 수 있도록 방아쇠에 손가락을 가져갔다.

그 순간, 누군가가 벌떡 일어나 앞으로 달려오기 시작했다. 클로에 소위는 적 병사가 달려오는 모습을 보고 방어막을 친 마법병이라고 판단했다. 클로에 소위는 얼른 방어막을 상쇄시키는 주문을 외우고 마법을 발사했고, 마법은 멋지게 적에게 작렬해 적의 방어막을 없애 버렸다. 그리고 그 순간을 노린 브로미 중사의 탄이 날아가는 마법병을 꿰뚫을 것이라고 생각했다. 그렇지만 탄을 맞은 마법병이 아무런 이상 없이 달려오는 모습을 본 클로에 소위는 깜짝 놀라고 말았다.

"2중 방어막?!"

클로에 소위는 반사적으로 장전손잡이를 다시 잡아당겼다. 지금까지 총 5발을 발사했고, 이것이 마지막 탄이었다. 출동 전 미리 약실에 한 발 넣어 놓아서 다행이라고 생각하며 탄창을 바꿀 시간이 없음을 한탄했다. 그리고 마법엽병이 발사하려는 장소가 브로미 중사가 숨어 있는 장소임을 총구 방향으로 파악한 클로에 소위는 자리에서 벌떡 일어나서 브로미 중사에게 탄을 발사했다. 날아간 탄이 브로미 중사 위에서 터지며 방어막을 형성했고, 뒤늦게 제국군의 얼음 마법이 브로미 중사 위에서 폭발했다. 얼음 탄들이 비오듯 브로미 중사 위로 쏟아졌지만 방어막이 효과적으로 마법들을 막아 주었다. 그 순간 클로에 소위는 복부에 강한 충격을 받으며 뒤로 튕기듯이 쓰러지고 말았다.

7.

"빌헤름, 뛰어!"

아메르가 기관단총을 발사하며 소리치자 빌헤름은 뒤돌아서 미친 듯 달리기 시작했다. 아까 숨었던 곳으로 빌헤름이 도착하자마자 크뷔엑은 전방으로 연막탄을 집어던지고, 뒤이어 수류탄을 던졌다.

"얼른 이탈하자!"

크뷔엑이 소리치며 일어나자 뒤따라 아메르와 빌헤름도 자리에서 일어났다. 연막이 어느 정도 퍼지는 순간 수류탄이 폭발했고, 왕국군의 탄은 더 이상 날아오지 않았다.

그렇게 한참을 달리다 더 이상 달릴 수 없을 정도로 숨이 차오른 크뷔엑은 그 자리에 멈춰서 숨을 골랐다.

"히아……. 어떻게 살긴 살았네."

빌헤름이 바닥에 드러누우면서 중얼거리자 아메르도 그 옆에 주저앉았다. 얼마나 달렸는지 숨이 턱까지 차오른 모양이었다.

"하아······. 하아······. 크뷔엘 넌 다리가 기니까 좀 천천히 달려. 따라가기 힘들어."

"그러니까······. 하아······. 아메르 얘는 땅꼬마라 너 한번 달릴 때 세 번은 달려야 하거든."

아메르의 투정에 빌헤름도 동의하자 크뷔엘은 숨을 고르면서 고개를 끄덕였다.

"어쨌든 살았으니 다행이지. 빌헤름 네 마법이 너처럼 불량품이 아니어서 다행이었다."

"내 마법은 세계 제일이라고!"

빌헤름이 따지자 크뷔엘은 한숨을 쉬고는 빌헤름의 머리를 때렸다.

"그러니까 다음부터는 생각 좀 하고 살아. 먼저 마법부터 쏘지 말고."

"덕분에 너 전적 하나 올렸잖아. 그 마법사 제대로 맞췄지?"

크뷔엘은 장전손잡이를 당겨서 탄피를 배출하고는 대답했다.

"어. 몸에 제대로 맞췄어. 느낌이 왔거든. 아마 무사하지 못할 거다."

"조금 기분이 그러네. 어쨌든 같은 마법사여서 그런지 씁쓸하다. 그 마법사 죽었겠지?"

"아마도. 생각보다 근거리였으니까. 그보다 그 마법사. 조금 대단했어."

"뭐가 대단한데?"

크뷔엘의 말에 아메르가 물었다.

"분명 자기가 표적이 될 걸 알면서도 몸을 일으키고 동료에게 방어마법을 썼어. 사실 내 예상으로는 빌헤름의 마법으로 저격수를 노리면 마법사는 방어마법을 칠 거라고 생각했거든. 아니면 빌헤름을 공격하거나. 아마 그때 빌헤름을 공격했으면 빌헤름도 무사하지는 못했겠지만서도."

"야! 너 걱정 말라더니 그런 생각이었냐?"

"뭐 어차피 살았잖아? 그게 중요한 게 아니라 그 상황에서 마법사는 동료를 구하려고 자신이 표적이 되는 것도 무시하고 몸을 일으켰다는 거지. 나도 순간 당황해서 겨우 겨누고 쐈지만."

크뷔엑은 그 말만 남기고는 바닥에 주저앉아 버렸다. 그도 오랜 시간 긴장했던 데다가 달리기까지 해서인지 많이 지친 모습이었다. 아메르가 자신의 수통을 꺼내서 물을 한 모금 마시고 크뷔엑에게 넘겼다.

"그래도 다들 무사하니 다행이다. 임무는 실패했지만. 뭐 다음 임무에서 잘 하면 되겠지."

목을 축인 크뷔엑이 아메르에게 다시 수통을 넘기자 아메르는 잠시 수통을 바라보다가 입으로 가져갔다.

"그런 걸 간접키스라고 부르던가?"

그 모습을 바라보던 빌헤름의 말에 아메르는 빌헤름을 발로 차 버렸다.

"조금 쉬었으면 얼른 일어나자. 잘못하다가는 수색대에게 걸리겠어."

크뷔엑이 중얼거리며 자리에서 일어나 자신들이 도망나온 장소를 바라보았다. 타오르는 불꽃이 하늘 위로 새어나오고 있었다.

8.

클로에 소위가 다시 눈을 떴을 때 눈에 들어온 것은 파란 하늘이었다. 도대체 무슨 일인지 깨닫지 못한 클로에 소위는 일어나기 위해 몸에 힘을 주었다가 극심한 통증에 신음을 낼 수밖에 없었다. 생전 처음 느껴보는 격통이었다. 이를 악물고 통증을 참는 클로에 소위의 시야에 누군가의 얼굴이 다가왔다. 조엔 중위였다.

"깨어나셨군요."

"소엔 숭위님?! 도대체 어떻게……."

클로에 소위가 묻자 조엔 중위는 방긋 웃으면서 말했다.

"총에 맞았어요. 처음 실려왔을 때는 이미 죽은 줄 알았다니까요."

조엔 중위가 그렇게 말하고 나서야 클로에 소위는 자신이 총을 맞았던 사실을 기억해 냈다. 총을 맞고 그대로 기절했던 모양이었다.

"유리아 중사랑 네르미는 괜찮나요?"

"네. 아주 멀쩡해요. 그 두 명이 자켓으로 들것을 만들어서 클로에 소위를 데려왔는걸요."

조엔 중위의 말에 클로에 소위는 한시름 놓았다. 그나마 자신만 다쳤다고 생각하니 맘이 조금 편해졌다.

"저 죽지는 않는 거겠죠?"

클로에 소위가 조엔 중위에게 물었고 조엔 중위는 빙그레 웃으며 대답했다.

"5시간 동안의 대수술이었어요. 배에 맞았는데 클로에 소위의 탄창에 맞았거든요. 덕분에 탄창 파편에 탄 파편에 마정석 파편까지 엉망이었죠. 일단 파편은 최대한 다 제거했고, 봉합도 했으니까 목숨에는 지장이 없을 거에요."

"흉터가 남겠죠?"

조엔 중위의 설명에 클로에 소위가 되묻자 조엔 중위는 살짝 미안한 듯한 표정을 지었다.

"그건 어쩔 수 없겠네요. 최대한 잘 꿰맨다고 하긴 했는데 상처가 너무 심해서 말이죠. 흉터 자체는 남을 거에요."

"그나마 살아 있다는 데에 감사해야겠지요. 죽은 병사들도 있는데. 살려 주셔서 감사합니다."

"별말씀을요. 지금 배가 들어오기를 기다리고 있으니까 조금만 참으세요. 본국에 있는 병원으로 가서 치료를 받으면 금방 좋아질 거에요."

조엔 중위가 클로에 소위를 위로하며 손을 꼭 잡았다.

CH.12 I WAS ONLY 19

1.

교두보가 확보되자 진격이 순조로와져 쇼촐레르 섬은 반 이상 점령되었다. 그렇지만 왕국군의 진격이 제국군의 몰락을 뜻하는 것은 아니었다. 제국군은 매우 효과적으로, 온전하게 병력을 보존하면서 후퇴했다. 후퇴라고 하면 대다수 사람들은 지리멸렬하고 비참한 몰골을 생각하겠지만, 제대로 이루어지는 후퇴란 또 다른 공격과도 같았다. 적의 공격 방향, 속도, 시각 등이 자신들의 시간표에 맞춰서 따라오도록 만드는 후퇴는 아군을 추격하는 적군이 오히려 피해를 입는 고도의 작전이었다. 그리고 현재 쇼촐레르 섬에서 후퇴하는 제국군은 그런 식으로 자신들의 병력은 보전하면서 왕국군에 피해를 강요했다.

제국군으로부터 섬을 탈환하고 있었지만, 오히려 피해가 누적되어 가는 왕국군은 초기의 기세를 잃고 말았다.

"제국군 지휘관도 꽤 대단하네요."

여전히 해변가 교두보 주둔지 천막에 앉아서 바닷바람을 쐬던 낸시 중위는 연대본부를 다녀온 유리아 중사가 전달한 소식에 간단한 감상을 표했다. 로빈중대는 작전이 시작된 지 한 달이 다 되어 가는데도 여전히 교두보 근처에서 방어 임무를 수행 중이었다.

"지도상으로는 착실하게 섬을 점령중입니다만, 이건 뭐 제국군에게 끌려다니는 꼴이네요. 아마 제국군은 쇼촐레르 섬은 내주되, 야탈레르에서는 제대로 방어할 모양입니다."

낸시 중위가 지도에 색연필로 표시하면서 중얼거리자 유리아 중사는 고개를 끄덕이며 담배에 불을 붙였다.

"그리고 우리는 여전히 후방에서 이러고 있군요."

"뭐 별수 있겠습니까. 그래도 나쁘지는 않네요. 날씨도 좋고, 시원한 바다도 있고요. 전선에서도 멀고, 하는 일이라고는 시간에 맞춰 주변이나 순찰하고, 야전병원 경계 업무나 좀 서 주고, 나머지 시간은 휴식이니까요."

낸시 중위는 옆에 놓인 콜라병을 들어올렸다. 원래 탄산음료는 그리 좋아하지 않는 낸시 중위였지만, 들고 온 차를 모두 마셔 버렸기에 그 대체제로 콜라를 마시는 중이었다.

"탄산은 영 마음에 안 드네요. 유리아 중사의 커피까지 딱 떨어질 줄은 몰랐습니다."

"전투식량에 든 차는 영 아니신가요?"

"아. 그 녀석은 차라고 인정할 수가 없죠."

낸시 중위가 손사래를 치면서 말하자 유리아 중사는 웃어 버리고 말았다.

"야호! 다들 뭐하세요?"

천막 앞을 지나가던 조엔 중위가 손을 흔들며 인사하자 아무 생각 없이 고개를 돌린 낸시 중위는 깜짝 놀라서 눈을 동그랗게 떴다.

"저기……. 조엔 중위. 수영복 입고 어디로 가시는 건가요?"

조엔 중위가 가슴이 깊게 패인 수영복을 입고 커다란 타월을 손에 든 채 양산을 쓰고 있었다.

"수영복을 입었으니 당연히 바다로 가죠. 쇼촐레르 섬은 예전부터 휴양지로 유명했답니다. 물론 리조트나 호텔들은 아직 제국군이 점령중인 북쪽에 더 많지만요오."

"네? 아니, 여기가 사철 따뜻한 곳이긴 합니다만 지금 기온은 25노 성노밖에 안 되는데요?"

"에이. 그 정도면 충분하지요 뭐."

그렇게 웃으며 답하는 조엔 중위의 말에 낸시 중위는 한숨을 내쉬었지만 유리아 중사는 웃음을 터트렸다.

"잘 어울리시네요. 조엔 중위님. 다른 육군 병사들이 보다가 바다에 빠지겠는걸요?"

"어머. 감사합니다. 유리아 중사. 수영복이 몇 벌 더 있으니 필요하시면 말씀하세요."

"괜찮습니다. 조심해서 다녀오세요."

유리아 중사가 대꾸하자 조엔 중위는 방긋 웃어 보이고는 천막 안으로 들어왔다.

"왜 그러시죠. 조엔 중위?"

낸시 중위가 묻자 조엔 중위는 짐을 내려놓고 턱에 손을 가져간 채 낸시 중위를 훑어보았다. 왠지 기분이 묘해진 낸시 중위는 슬쩍 몸을 뒤로 뺐지만, 어느새 다가온 조엔 중위는 낸시 중위의 몸을 더듬기 시작했다.

"히익! 뭐하시는 겁니까!"

"이거이거! 허리는 저하고 비슷한데 역시 가슴이 크네요."

"조……. 조엔 중위! 수영복 입을 일 없습니다!"

낸시 중위가 그렇게 소리치자 그제야 낸시 중위에게서 떨어진 조엔 중위가 마구 웃음을 터트렸다.

"아쉽네요. 제 수영복 중에 위 아래로 나뉘어진 엄청 섹시한 게 있는데 말이에요. 입으면 참 어울릴 텐데요."

조엔 중위의 말에 유리아 중사가 웃음을 터트렸다.

"하하하! 확실히 그런 건 중대장님에게 어울리겠네요."

"유리아 중사도 그렇게 생각하시죠? 한번 입어 주면 좋은데 말이죠."

"그만하세요!"

낸시 중위가 얼굴을 빨갛게 물들이고 소리치자 조엔 중위는 다시 자신의 타월과 양산을 들어올려서 천막 밖으로 나갔고, 낸시 중위는 한숨을 내쉬면서 의자에 앉았다.

"유리아 중사도 조엔 중위랑 많이 친해지신 모양이네요."

"하하! 죄송합니다. 뭐 저 분이 저러면 그냥 너그럽게 넘어가게 된다고 할까요? 그런 기분이 듭니다. 실력도 무척 좋으시고요."

유리아 중사가 다 타 버린 담배를 재떨이에 털면서 말했다.

"그렇죠, 뭐. 병사들 치료할 때는 사람이 바뀌니까요."

잡담을 나누는 사이에 유선 통신기가 울리기 시작했다. 평상시 울리지 않던 녀석이 울리자 낸시 중위는 얼른 달려가서 수화기를 들어 올렸다. 상대의 이야기를 다 들은 낸시 중위는 수화기를 내려놓고 깊은 한숨을 쉬었다. 유리아 중사가 낸시 중위의 곁으로 다가와서 입을 열었다.

"무슨 전화였습니까?"

유리아 중사의 물음에 낸시 중위는 고개를 돌려서 유리아 중사에게 말했다.

"출동 준비를 하라는군요. 자세한 사항은 대대 본부로 와서 브리핑을 받으라고 합니다."

2.

로빈중대는 전원이 전투준비를 끝내고 차량에 탑승했다. 소대장들이 낸시 중위의 1/4톤 앞에서 브리핑을 받을 동안 피어 상병과 민트 일병은 따로 중대본부 트럭에 탑승해 그 모습을 지켜보고 있었다.

"뭐래?"

"섬 구석에 있는 마을을 수색 정찰하라네요. 따로 병력을 뺄 여력이 안 돼서 우리가 가게 되었다고요."

피어 상병의 물음에 귀를 기울이고 있던 민트 일병이 대답했다. 조금 거리가 떨어져 있었지만 귀가 밝은 민트 일병에게는 별 무리가 없었다. 피어 상병은 고개를 끄덕이고는 자신의 소총을 들어올렸다.

"이번에도 우리는 차량이나 지키고 있겠지?"

"그렇겠죠 뭐. 취사반이니까요. 운전병들이랑 놀고 있으면 되겠죠."

민트 일병이 대꾸하는 순간 트럭에 시동이 걸렸다.

전선에서 떨어진 마을 근처에 도착한 로빈중대는 차량에서 하차하자마자 수색 준비를 시작했다. 박격포병들이 박격포를 거치하고, 소대장들이 각자 분대별로 수색 구역을 정하고 임무를 하달하느라 소란을 피웠다. 피어 상병과 민트 일병은 분주한 모습을 바라보면서 나무에 몸을 기대고 섰다. 편안한 마음으로 각 소대들이 마을 쪽으로 이동하는 모습을 바라보고 있자니 중대 선임하사인 미리아 중사가 피어 상병에게 다가왔다.

"여기 근처 숲은 아군이 온 적이 없는 동네니까 피어랑 민트하고 해서 정찰 좀 다녀와."

"정찰이요? 박격포 애들도 있잖습니까."

미리아 중사의 말에 민트 일병이 볼멘소리를 냈지만 그러면서도 자리에서 일어나 소총을 들어올렸다. 입으로는 그렇게 말했지만 가만히 있는 것이 슬슬 지겨워지던 민트 일병이었다.

"무전기는 없이 갑니까?"

"지금 다 들고 나가서 남는 게 없어. 혹시 적이 있으면 얼른 피하고. 뭐 있을 리도 없겠지만."

피어 상병의 물음에 미리아 중사가 답하고 다시 트럭을 향해 걸어갔다. 피어 상병은 어깨를 으쓱하고는 자신의 소총을 들어 올려서 앞서 걷기 시작했다.

"그냥 산책한다 생각하고 한 바퀴 돌고 오지 뭐."

"하긴 가만히 있는 것보단 낫지요."

피어 상병과 민트 일병은 숲 안쪽으로 들어섰다. 숲이라고는 하지만 길을 잃을 것처럼 나무가 빽빽히 우거진 곳은 아니라 조금은 한적한 숲이었다.

"정말 산책하는 기분이네요."

"그러게. 어릴 때 생각나네. 우리 집 뒤에도 이런 숲이 있었거든."

"시골에서 사셨다고 그러셨죠? 저는 대도시에 살아서 이런 숲은 없었거든요."

민트 일병의 물음에 피어 상병이 고개를 끄덕였다.

"가끔 아버지 따라서 숲에 놀러 갈 때가 아니면 저는 숲이랑은 좀 거리가 먼 생활이었어요. 거기다 대도시에서 식당을 하니까 주말이라고 쉬는 건 꿈도 꿀 수 없었거든요. 1년에 한 두어 번 정도 쉬었나? 그럴 때면 도시 밖 숲으로 놀러가고 그랬었죠. 피어 상병님 집은 어땠어요?"

"시골의 한적한 곳이었지. 오래된 고성 유적이 있는 동네였는데 그 근처는 부잣집들 저택이 있는 동네였어. 우리 집도 그 저택들 중 하나였고."

"응? 피어 상병님 댁은 부자였나요?"

피어 상병의 이야기에 민트 일병이 대꾸했다.

"어? 말한 적 없었나?"

"한 번도 말하신 적 없는데요. 전 그냥 저처럼 평범한 집 딸인 줄 알았어요."

"어라? 그랬었나? 친가는 나름 귀족이었어."

"네에?!"

피어 상병의 고백에 민트 일병은 깜짝 놀라고 말았다. 평상시 자기 이야기는 잘 안 하는 피어 상병이었고, 게다가 평소 행동이 그저 평범한 아줌마 같았기에 민트 일병은 피어 상병이 귀족 출신이라는 고백에 정말이지 깜짝 놀라고 말았다.

"처녀 때 성은 아이젠이야."

"아이젠이라고요? 어? 그 12귀족 중 하나?!"

"아, 너도 아는구나. 일단은 그랬어. 그보다 전혀 몰랐구나. 왜 난 발한 술 알았지?"

"아니아니아니. 그런 이야기는 처음 듣는다고요 저. 이야……. 그러신 분이 왜 군대에 있다가 결혼해서……. 아. 죄송합니다."

민트 일병이 결혼 이야기를 하려다가 입을 막았다. 남편과 아이를 전쟁으로 잃은 피어 상병에게 결혼 관련 이야기는 금기였다. 민트 일병이 자신의 실수를 깨닫고 입을 다물자 피어 상병이 웃으면서 입을 열었다.

"아니. 뭐 괜찮아. 궁금하지? 남편이라던가, 그런 거. 말해 줄게."

피어 상병의 말에 민트 일병은 조금은 떨떠름한 표정으로 피어 상병을 바라보았다.

3.

피어 상병의 집은 초대 왕이 독립전쟁을 벌일 때 같이 가담했던 12명의 동료 중 한 명의 후손이었다. '왕국의 검'이라는 칭호를 가진 집안답게 그 후손들은 검의 명수였고, 언제나 전쟁터의 선봉에 서는 것이 가문의 영광이었다. 전쟁이 현대화되면서 말을 탄 기사가 전쟁의 주력이던 시절도 지났지만 여전히 아이젠 가문은 가업으로 군문에 종사했다. 그런 집안에서 태어난 피어는 딸이었지만 어릴 적부터 오빠와 아버지의 검술 연습에 끼어서 검을 배우곤 했고, 17살이 되었을 즈음에는 남자도 이기기 힘들 정도의 검객이 되어 있었다.

"아가씨! 아가씨!"

하녀장이 찾는 소리에 빙그레 미소를 지은 피어는 훌쩍 집 담벼락을 넘어 버렸다. 딱 달라붙는 바지에 부츠를 신은 피어는 허리춤에 차고 있던 사이드소드를 고쳐메고 얼른 달려갔다. 풍성하게 기른 머리카락을 묶지도 않고 휘날리며 달려 나가는 동안 점점 집은 멀어져 갔다. 어느 정도 집에서 멀어지자 피어는 콧노래를 부르며 익숙한 산길로 접어들었다.

피어가 나이가 들자 아버지는 이제 검술보다는 여성스러운 몸가짐과 숙녀로서의 소양을 길러야 한다고 생각하고 신부수업을 시작했다. 그렇지만 어릴 때부터 숲을 뛰어다니고 검을 휘두르기 좋아하던 피어에게 신부수업은 지겨울 뿐이었다. 다만 요리장에게 배우는 요리만이 그나마 재미있는 수업이었으니, 다른 수업이면 피어는 이런 식으로 몰래 집에서 도망나오기 일쑤였다.

익숙한 산길을 따라 올라가면 피어가 어릴 때부터 자주 놀던 낡은 성터가 나왔다. 낡아서 무너진 돌담들이 그곳에 원래는 성이 있었음을 겨우 알려주는 낡은 곳이었는데, 피어가 자신만의 아지트로 삼은 장소였다. 이런 식으로 빠져나온 피어는 그곳에서 검을 연습하거나 한가하게 숲을 돌아다니고는 했다. 그렇게 자신만의 성으로 올라간 피어는 평소와는 다른 느낌을 받았다. 벽 너머에서 누군가 이야기를 하는 소리가 들렸다. 피어는 얼른 허리춤에서 자신의 사이드소드를 뽑아들었다. 이 지역 사람들도 잘 오지 않는 이곳에 올라온 사람이라면 좋은 사람일리 없다고 생각했다. 그렇게 천천히 벽을 돌아선 피어는 벽을 바라보며 무언가 중얼거리고 있는 사내에게 소리쳤다.

"뭐 하는 거지?!"

"우와아아악!"

피어가 소리치자 사내는 깜짝 놀라서는 허둥대다가 발을 헛디뎌 바닥에 쓰러지고 말았다. 조금 진한 금발머리를 말끔하게 넘긴 청년이었는데, 얼마나 놀라서 허둥댔는지 쓰고 있던 안경마저 벗겨져서 바닥에 뒹굴었다. 그 모습을 보던 피어는 그만 크게 웃어 버리고 말았다.

"어? 어라?"

갑자기 자신에게 소리를 치던 피어가 폭소하기 시작하자 사내는 어리둥절해 하면서 바닥에 떨어진 안경을 더듬거렸다. 피어가 사이드소드를 다시 검집에 집어넣고 바닥에 떨어진 안경을 청년의 얼굴에 씌워 주었다. 그제야 시야가 돌아온 청년은 가까이 다가온 피어의 얼굴을 보고는 허겁지겁 자리에서 일어났다.

"죄송하네요. 영락없이 나쁜 사람인 줄 알았어요. 탈옥수라거나 도둑 같은 사람들 말이죠. 여기는 저 말고는 따로 찾아오는 사람이 거의 없는 곳이거든요."

청년은 웃으면서 바닥에 떨어진 수첩과 연필을 주워들었다.

"확실히 이런 곳에 찾아올 사람은 별로 없겠죠?"

"얼굴을 보니까 악당들하고는 거리가 멀어 보이는 분이긴 하네요."

"하하. 악당이라뇨. 그저 대학생일 뿐인데요."

청년이 바지에 묻은 흙을 털어내며 웃었다.

"저야말로 깜짝 놀라고 말았네요. 먼 옛날 이곳에 살던 공주의 유령이 나타난 줄 알았거든요."

청년이 그렇게 말하고는 오른손을 내밀었다.

"반갑습니다. 아가씨. 저는 피에르 뮐러라고 합니다."

"어머. 숙녀에게 먼저 악수를 청하시는 건가요?"

피어의 말에 피에르는 머쓱하니 오른손을 뒤로 뺐다. 그 모습을 본 피어는 빙그레 웃고는 자신의 오른손을 내밀었다.

"반가워요 피에르. 저는 아이젠 가문의 피어라고 합니다."

피어가 내민 손을 살짝 붙잡은 피에르가 고개를 숙이고 정중하게 인사하자 피어는 미소를 지었다.

"그래, 그러면 대학생 분은 이 낡은 유적지까지 무슨 일로 오셨는지요?"

피어의 물음에 피에르는 수첩을 펼쳐서 한쪽 페이지를 손으로 가리켰다. 작은 새가 연필 스케치로 그려져 있었다.

"참새인가요? 잘 그리시네요."

"울새에요. 이 새를 따라왔답니다. 잠시 이쪽으로 오시겠어요?"

그렇게 말한 피에르가 한쪽으로 뛰듯이 걸어갔다. 그렇게 반쯤 무너진 담 옆에 선 피에르는 그 벽을 기어 올라가서 손을 내밀었다.

"잠시 올라오시겠어요?"

피에르의 손을 바라보던 피어는 내민 손을 붙잡고 담 위로 올라갔다.

"자. 이 안쪽을 잘 보세요."

피에르가 가리킨 부분을 바라본 피어는 깜짝 놀라서 탄성을 질렀다.

"어머나! 귀여워라."

"울새 둥지에요. 아직 어린 새끼들이죠."

인기척에 놀란 울새 새끼들이 삐약이며 울기 시작했고 피어는 얼굴에 잔뜩 미소를 띠고 울새들을 바라보았다. 새에 눈길을 빼앗긴 피어의 모습을 보며 미소를 짓던 피에르는 수첩에 연필을 이용해 울새 둥지를 스케치했다.

"자. 그럼 내려가시죠. 더 있다가는 어미가 먹이를 못 주겠네요."

그렇게 말한 피에르가 먼저 담벼락 아래로 뛰어내린 뒤 피어의 손을 붙잡아 주었다. 조심조심 내려오던 피어는 중심을 잃고 피에르 품에 안기듯 미끄러지고 말았다.

"어머!"

"어어!"

서로 그렇게 소리 지른 피에르와 피어는 얼른 서로의 몸을 떼고는 짐짓 다른 곳을 바라보았다. 피어는 얼굴이 빨갛게 되어서 양 손으로 볼을 비볐다.

"조류학자인가요?"

분위기를 바꾸려고 피어가 묻자 피에르는 웃으면서 고개를 끄덕였다.

"학자는 아니고 아직 학생입니다. 교수님을 따라서 잠시 이곳에 왔습니다. 교수님께서는 지금은 붉은배오색딱따구리를 연구중이시죠. 프로세와 샤른 왕국을 오가면서 생활하는 철새종이라서요. 그래서 연구 때문에 어제 도착했답니다. 프로세에서 배를 타고 왔는데 꽤 힘이 드네요."

"프로세 분이시군요."

피어의 물음에 한참 이야기를 하던 피에르는 눈을 동그랗게 뜨고는 실수를 했다는 표정을 지었다.

"아! 제가 말씀 안 드렸군요. 죄송합니다. 새 이야기만 나오면 정신이 없어요 제가."

"괜찮아요. 그보다 교수님이랑 같이 오셨다고 하셨는데, 교수님은 어디 계시죠?"

피어의 말에 피에르는 주변을 둘러보다가 머리를 긁적였다.

"아마도 제가 울새를 쫓아오다 정신이 나갔던 모양이네요. 얼른 교수님에게 가 봐야겠습니다."

피에르가 그렇게 말하며 한쪽 구석에 놓인 가죽 가방과 체크무늬 헌팅캡을 들어올렸다.

"그러면 다음에 또 뵙지요."

피에르가 그렇게 손을 흔들고는 얼른 달려가 버렸다. 달려가는 피에르의 뒷모습을 보던 피어는 방긋 웃어 버리고 말았다.

4.

"그 피에르라는 남자였군요. 남편분이."

"응."

민트 일병이 그렇게 묻자 피어 상병은 고개를 끄덕였다.

"그보다 귀족 아가씨와 타국 대학생의 사랑이라. 꽤 미묘하네요."

"그때는 사랑이라고 하기는 뭐했어. 물론 꽤 좋은 감정을 느꼈지만. 순진해 보였고, 조금은 미덥지 못하지만 무언가에 열중하는 남자는 왜 멋지니까."

피어 상병이 그렇게 말하며 걷다가 갑자기 걸음을 멈췄다.

"왜 그러세요?"

민트 일병이 나지막하게 묻자 피어 상병은 조용히 하라는 뜻으로 손을 들어 올리고는 그대로 무릎을 꿇고 총을 겨눴다. 민트 일병도 조심스럽게 소총을 들어 올리자 나무가 부러지고 낙엽을 밟는 소리가 들렸다.

"적일까요?"

민트 일병이 물었지만 피어 상병은 말없이 앞을 응시했다. 그렇게 앞을 바라보려니 풀숲에서 갑자기 불쑥 누군가가 튀어나왔다. 제국 군의 짙은 녹회색 군복을 입은 남자였다. 남자는 피어 상병과 눈이 마주치자 깜짝 놀란 듯 멈추고 말았다.

제국군 병사가 갑자기 튀어나오자 민트 일병은 반사적으로 총을 겨누었고 그제야 제국군 병사는 몸을 돌려서 허겁지겁 도망가기 시작했다.

"쫓아!"

"네?! 쏴 버리죠?"

"다른 녀석들이 더 있을 수도 있잖아!"

피어 상병이 민트 일병의 물음에 답하며 앞으로 뛰어갔다. 민트 일병도 한숨을 쉬면서 피어 상병의 뒤를 따랐다.

"저 녀석 엄청 빠르네!"

민트 일병이 나뭇가지들을 해치며 소리쳤다. 몸집이 작아 보이는 제국군 병사는 목숨을 걸고 달려가고 있었고, 낙엽, 떨어진 나뭇가지, 수풀 등 온갖 장애물들이 널린 장소에서 거추장스러운 총을 든 채 누군가를 쫓아간다는 것은 보통 어려운 일이 아니었다. 제국군 병사는 공포에 질린 얼굴로 계속해서 뒤를 흘끗흘끗 바라보며 달리고 있었고, 그 뒤를 쫓는 피어 상병은 점점 숨이 차는 것을 느꼈다. 이대로 저 제국군 병사를 보내줘야 하나 고민하는 찰나에 뒤를 바라보던 제국군 병사가 나무등치에 걸려 그대로 넘어지고 말았다.

"이 녀석!"

그 타이밍을 놓치지 않고 민트 일병이 달려가 넘어진 제국군 병사의 배를 발로 걷어찼다.

"잠깐 기다려, 민트! 기절했어."

다시 한 번 제국군 병사를 걷어차려는 민트 일병을 피어 상병이 제재했고, 그제야 민트 일병은 발을 내려놓았다.

"히야, 이 녀석 빠르네."

피어 상병이 숨을 고르면서 엎어져 있는 제국군 병사를 내려 보았다.

"어떤 놈인지 얼굴이나 좀 봅시다."

민트 일병이 제국군 병사를 발로 차서 뒤집었다. 쓰고 있던 모자가 벗겨지면서 제국군 병사의 얼굴이 드러났다.

"어?"

제국군 병사의 얼굴을 본 민트 일병이 놀라서 소리쳤다. 피어 상병도 깜짝 놀라고 말았다.

"어린애네요."

"어린애네."

몸집이 작다고 생각했던 제국군은 아직 애티가 가시지 않은 어린 아이의 얼굴이었다. 나이가 많다고 해 봐야 이제 13살 정도로 보이는 얼굴에 피어 상병도 민트 일병도 조금 놀라고 말았다.

"제국군은 이런 어린아이까지 동원하는 걸까요?"

"글쎄, 나도 잘 모르겠는걸. 일단은 이 꼬맹이가 정신을 차려 봐야 알겠네."

피어 상병의 말에 민트 일병은 한숨을 쉬고는 각반을 풀어서 끈을 빼냈다.

"뭐가 되었던 일단 묶어 놓고 이 녀석이 깨어나기를 기다려야겠네요. 그리고 깨어나면 부대로 끌고 가죠."

민트 일병이 그렇게 각반 끈으로 누워있는 제국군 병사의 손을 묶자 피어 상병이 물었다.

"그건 좋은데………. 민트, 여기가 어디인지 알아?"

"네? 여기가 어디냐뇨. 그거야 당연히……."

그렇게 대답하던 민트 일병이 주변을 둘러보다가 말을 멈추었다.

"숲……. 이죠……?"

"아무래도 길을 잃은 모양이네, 우리."

간신히 말을 이은 민트 일병에게 피어 상병이 대답했다.

기절했던 제국군 병사는 무언가 이상한 기분에 눈을 떴다. 부드러운 손이 자신의 머리를 쓰다듬고 있었고, 조용하지만 그리운 노랫소리에 잠시 편안한 기분을 느끼던 제국군 병사는 아까까지 자신이 쫓기고 있었음을 깨달았다. 그제야 정신이 번쩍 든 병사는 벌떡 일어나려다가 팔에 통증을 느끼고 신음을 흘렸다.

"으……. 아오……. 아아……."

"아. 일어났나 보네?"

"어? 어?!"

여자의 부드러운 음성이 들리고 자신이 베고 있는 것이 그녀의 무릎임을 깨달은 병사는 도대체 일이 어떻게 돌아가는지 알 수가 없다. 겨우 몸을 돌려서 자신에게 무릎베개를 해 준 사람을 올려다본 병사는 깜짝 놀라고 말았다.

"왕국군!"

그렇게 소리친 병사는 억지로 몸을 굴려서 허리를 세웠지만 바닥에서 일어나지는 못했다. 묶여 있는 손을 어떻게든 풀려고 애썼지만 단단하게 묶인 손은 풀릴 기미가 보이지 않았다.

"진정해. 진정."

아까까지 자신을 무릎베게해 주던 왕국군이 자신에게 웃으면서 다가오자 병사는 극심한 공포심에 몸을 비틀며 뒷걸음질을 쳤다.

"제……… 제발 살려 주세요."

"진정해 이 자식아."

흠칫거리며 뒤로 도망가는 병사를 누군가 발로 밀어서 다시 넘어트리고 말았다. 다른 왕국군 병사가 있음을 알아차린 병사는 쓰러진 채 일어나지도 못하고 벌벌 떨었다.

"민트. 아직 어린애야. 너무 그러지 마."

무릎베개를 해 주었던 왕국군 병사가 그렇게 말하고는 다시 자신에게 다가와 머리를 쓰다듬어 주기 시작했다.

"진정해 진정. 죽이거나 그러려는 건 아니니까. 난 피어야. 피어 뮐러. 넌 이름이 뭐니?"

왕국군 병사가 자신의 머리를 쓰다듬으며 그렇게 묻자 병사는 벌벌 떨면서 입을 열었다.

"나인."

"아니라니 뭐가?"

"아뇨. 나인(Nein)이 아니라 나인(Nine)이에요. 숫자 9."

피어 상병은 나인이라는 이름에 어떻게 반응해야 할지를 몰랐다. 그렇지만 일단 어느 정도 제국군 병사가 진정한 것 같은 기분이 들어 민트 일병을 바라보았다.

"민트. 손을 풀어 줘."

"네?! 손을요?"

"그래. 아플 텐데 풀어 줘."

피어 상병의 말에 민트 일병은 궁시렁대면서 나인의 손목을 풀어 주었다. 손목이 풀리는 순간 자리에서 일어나 앞으로 달려가던 나인은 뒤로 넘어지고 말았다.

"어허!"

피어 상병이 나인의 목덜미를 쥐고는 위에서 나인을 내려다보았다. 나인은 도주를 포기할 수밖에 없었다.

"좋아. 착하지. 몇 살이니?"

"14살이요."

나인은 왠지 피어 상병을 거스를 수 없을 것만 같은 기분을 느꼈다. 조금 나이 들어 보이는 여군 병사는 방긋방긋 웃고 있었지만 왠지 무서운 기운이 느껴져서 당해낼 수 없을 듯했다.

"아직 어린아이네. 근데 왜 군대로 왔어?"

"그러면 아줌마는 나이 먹고 왜 군대로 왔는데?"

나인의 물음에 피어 상병은 살짝 꿀밤을 때리고는 말했다.

"건방진 녀석이네. 지금은 내가 묻고 있잖니?"

피어 상병의 말에 꿀밤 맞은 자리를 문지르던 나인은 한숨을 쉬고는 입을 열었다.

"고아니까요."

"고아?"

"네. 고아요. 전 부모님이 누군지도 몰라요. 제 이름이 나인이 된 건 고아원에 들어온 아이 중 이름 없는 9번째 아이여서 그렇게 된 거죠. 그리고 고아원에서는 13살이 되면 나와야 됐어요. 그래서 길거리를 떠돌다가 입대하면 밥 준다는 이야기에 나이를 속이고 군에 들어왔죠."

나인의 말에 피어 상병은 가슴이 철렁 내려앉았다. 흔한 이야기였다. 고아들이 살기 힘든 것은 어느 시대고, 어느 나라고 마찬가지였고, 고아의 힘겨움이 아직 어른이 되지 못한 아이에게 군복을 입혀서 전선으로 내몬 것이었다. 피어 상병은 나인의 머리를 다시 쓰다듬어 주었다.

"저 죽이실 거 아니죠? 저 이제 막 군대 들어왔어요. 아직 제대로 총도 안 쐈어요."

나인이 그렇게 말하자 피어 상병은 나인을 꼬옥 끌어안아 주었다. 처음에는 놀란 나인이 버둥거렸지만 이내 조용해졌다.

"피어 상병님은 사람이 여려서 문제에요. 야, 꼬맹아! 다른 부대원들은 어디 숨었어?"

피어 상병의 품에서 나인의 목덜미를 잡은 민트 일병이 거칠게 나인을 일으켜 세웠다.

"몰라요."

"모르긴 뭘 몰라? 그럼 너 혼자야?"

"지……. 진짜 몰라요. 어젯밤부터 저 혼자였어요. 왕국군이 갑자기 공격해 와서는 저도 모르게 막 도망가다가……. 정말이에요."

나인이 울먹이면서 말하자 피어 상병이 조용히 민트 일병의 손을 나인의 목덜미에서 떼어냈다. 그리고 다시 나인의 머리를 쓰다듬으며 말했다.

"아마 동료가 있었으면 벌써 우리한테 접근했겠지. 이 아이도 숲에서 길을 잃은 거야."

"거 참, 난리도 아니네요."

"일단 우리가 온 쪽으로 걸어가 보자. 좋아, 나인. 이제부터 우리는 우리 부대로 돌아갈 거야. 나인은 포로수용소로 갈 거고, 전쟁이 끝나면 다시 제국으로 가게 될 거야. 알았어?"

피어 상병이 나인에게 묻자 나인은 눈을 껌벅이며 피어 상병을 올려다보았다.

"저 죽는 거 아닌가요?"

"그럼. 이렇게 어린아이를 죽일 만큼 악독한 사람은 우리 부대에 없으니까. 다 나나 저기 민트처럼 여자들이야. 알았어?"

피어 상병의 말에 나인이 고개를 끄덕였다.

"좋아. 일단 우리가 온 곳으로 같이 가 보자. 그러다 보면 뭔가 답이 나오겠지."

피어 상병이 나인에게 손을 내밀자 나인은 살짝 망설이다 그 손을 붙잡았다.

5.

그 뒤로도 피어는 낡은 성곽에서 피에르와 자주 마주쳤다.

"자주 오시네요?"

"그러는 피어 씨도요."

피어가 담벼락 위에 올라선 피에르에게 묻자 피에르는 사람 좋아

214　The Royal Army Robin Company

보이는 얼굴로 방긋 웃어 보였다.

"울새가 많이 컸어요. 이제 조금씩 깃털도 돋고 있고요."

"딱따구리를 연구하시는 거 아니었나요?"

"그건 교수님이시고요. 사실 울새는 조금 흔한 새여서 깊이 연구하는 사람이 많지 않아요. 그거 아세요? 프로세의 울새가 샤른왕국 울새보다 조금 더 커요. 가슴의 오렌지색도 프로세 쪽이 샤른왕국보다 더 진하죠."

그렇게 말하던 피에르는 오른손을 내밀은 피어를 보고는 말을 멈췄다.

"안 잡아 주실 건가요?"

"아. 죄송합니다."

피에르는 낭황해서 수첩과 연필을 왼손에 옮긴 뒤 오른손으로 피어를 끌어올려 주었다. 피어가 담 위로 올라와서 둥지를 바라보았다. 얼마 전에는 털도 별로 없고 눈도 못 뜨던 울새 새끼들이 솜털로 덮여서 삐약거리고 있었다.

"어머나! 많이 컸네요."

피어가 살짝 환성을 지르고 새를 바라보는 동안 피에르는 수첩에 둥지를 스케치하고 담벼락 아래로 내려갔다. 그 뒤를 따라 피어도 뛰어내렸다.

"조심하세요."

"이정도야 뭐, 집 담도 넘는데요."

바닥에 착지한 피어가 허리춤의 사이드소드를 고쳐매며 말했다. 그 모습을 보던 피에르가 입을 열었다.

"그거 검이죠?"

피에르의 말에 피어는 살짝 얼굴을 붉히고 답했다.

"네. 사이드소드에요. 요즘 세상에 검을 차고 다니는 여자라니. 조금 이상하죠?"

"아뇨! 잘 다루시나 보네요."

"옛날부터 배웠거든요."

그렇게 말한 피어가 사이드소드를 뽑아들었다. 조금은 화려하게 장식된 가드와 은색으로 반짝이는 날카롭고 뾰족한 검신이 멋있었다.

"지난번에 저에게 겨누셨을 때는 정말이지 깜짝 놀랐답니다."

"하하. 죄송했어요. 그때는."

피어가 웃으면서 사과하고 다시 사이드소드를 검집에 집어넣었다.

"아! 그러고 보니 식사는 하셨나요?"

피어가 묻자 피에르는 고개를 저었다.

"이제 점심때가 되었으니 호텔로 가서 먹어야죠."

"그럴 줄 알고 점심을 싸 왔으니 같이 드시죠."

피어가 그렇게 말하고 한쪽으로 달려가 담벼락 아래 내려 놓았던 바구니를 들어 올렸다.

"아침에 몰래 부엌에서 만들었어요. 맛은 있을까 모르겠네요."

피어가 잔디밭에 앉아서 옆을 두드리자 피에르도 웃으면서 자리를 잡았다. 피어가 바구니에서 종이에 싼 샌드위치를 꺼내 피에르에게 건넨다. 바게트로 만든 샌드위치였다.

"감사합니다."

피에르가 샌드위치를 받아들자 피어도 자신의 샌드위치를 꺼내들었다. 종이 포장을 벗겨서 한입 베어문 피에르가 방긋 웃었다.

"정말 맛있네요!"

"이걸 요리라고 하기는 뭣하지만, 그래도 전 요리는 잘해요. 다른 귀족들이 배우는 신부수업은 영 엉망이지만요. 귀족의 딸인데 우습죠? 어머니가 어릴 때 돌아가셔서 그렇다고 아버지는 늘 말씀하시지만요."

피어가 살짝 얼굴을 붉히며 그렇게 말하자 피에르는 웃으면서 대답했다.

"아뇨, 피어 씨는 분명 멋진 아내분이 되실 거에요. 남편이 될 사람이 부럽네요. 나중에라도 결혼식을 올리실 때는 꼭 불러 주셨으면 좋겠네요."

"네?"

피에르의 말에 놀란 피어는 되묻고 말았다. 하지만 피에르는 눈을 동그랗게 뜨고는 아무것도 모르겠다는 표정을 지어 버렸다. 피어는 자신의 샌드위치를 바구니에 집어넣고 자리에서 일어났다.

"아! 저기. 피어 씨?"

"죄송합니다. 오늘은 이만 가 볼게요."

허겁지겁 일어나는 피에르를 뒤로 하고 피어는 달려가 버렸다.

6.

"남편분이 조금……. 아니 많이 맹했네요."

민트 일병의 말에 피어 상병은 방긋 웃어 버렸다.

"뭐 그게 매력이었지만서도. 정말이지 둔한 남자였다니까. 근데 사실 그때는 나도 그를 좋아하는지 아닌지 잘 모르던 시기니까. 하지만 그런 말을 들으니까 갑자기 확 화가 나더라고."

숲을 걸으면서 민트 일병과 피어 상병은 아까의 이야기를 계속했다.

"아줌마 첫사랑 이야기가 뭐가 그리 궁금해서 그래요?"

어른들의 이야기가 조금 못마땅했던지 나인이 퉁명스레 묻자 민트 일병은 나인의 머리에 꿀밤을 먹였다.

"쪼끄만 녀석이, 사랑이 뭔지 알기나 하냐?"

"그런 게 밥이라도 먹여 주나요?"

"히야. 너 정말 심각하게 어린아이구나."

민트 일병이 그렇게 한숨을 쉬자 나인은 화내듯 대꾸했다.

"어린애 취급하지 마요! 14살이라고요!"

"난 19살이거든? 나이가 뭐가 중요해?"

그렇게 티격태격하는 나인과 민트 일병을 보고는 피어 상병이 웃음을 터트렸다.

"뭐가 그렇게 재미있으세요?"

"아니, 그냥. 그보다 길이 안 나오네."

민트 일병이 묻자 피어 상병은 살짝 말을 돌렸다. 꽤 오랜 시간 걸었는데도 불구하고 여전히 나무가 우거진 숲속이었다. 처음 숲에 들어왔을 때는 그저 작은 숲인 줄 알았지만, 깊이 들어오니 나무들이 꽤나 빽빽하게 자란 곳이었다.

"점점 어두워지는걸. 부대원들이 걱정하겠어."

"어……. 저기 피어 상병님?"

피어 상병이 그렇게 말하는 도중 민트 일병이 한쪽을 가리키며 피어 상병을 불렀다. 민트 일병이 가리킨 방향의 나무들 틈으로 낡은 오두막이 보였다.

"오두막? 사냥꾼들이 쓰는 오두막인가?"

피어 상병이 앞장서 걸어가자 민트 일병과 나인이 그 뒤를 따랐다. 오두막은 나무들 틈새로 살짝 보여서 자세히 보지 않으면 알아차리기도 힘들게 되어 있었다. 그렇게 나무를 헤치며 걸어가니 오두막이 실체를 드러냈다.

"이야……. 귀신이 튀어 나와도 안 어색할 것 같이 생겼네요."

민트 일병이 질렸다는 표정으로 말했다. 민트 일병의 말처럼 오랫동안 사용하지 않았는지 완전히 낡아빠진 오두막이었다. 그나마 건물로서의 모양새를 유지하고 있는 것이 다행이라고 할 정도였다. 피어 상병이 천천히 문을 열자 낡은 문짝이 그대로 넘어지고 말았다.

"이야……. 이건 정말이지…….."

민트 일병이 문짝을 들어 옆에 세우고 오두막 안으로 들어서며 말했다. 온통 거미줄에 먼지투성이여서 어두컴컴했다. 점점 사그라지는 바깥의 빛에 의존해 이곳저곳을 더듬던 민트 일병은 구석에서 촛대에 끼워진 낡은 양초를 발견해 성냥으로 불을 피웠다.

"엉망이네."

촛불에 밝아진 오두막을 둘러보면서 피어 상병이 처음으로 감상을 내뱉었다. 오두막은 따로 방이 없는 한 칸짜리였는데, 나무로 대충 만든 탁자와 의자 몇 개, 한쪽 구석에는 다 낡아 해진 구멍에서 짚이 빠져나온 매트리스가 하나 놓여 있었다. 벽난로 위에는 온통 거미줄로 덮인 검은색 솥이 매달려 있었다.

"오늘 하루 정도는 대충 지낼 수 있겠네요."

"우리 고아원 같네요. 먼지투성이에. 짚 매트리스에. 아! 저라면 그 매트리스에 안 앉을 거예요."

나인이 그렇게 말하는 순간 민트 일병이 매트리스에 털썩 주저앉았다가 깜짝 놀라서 벌떡 일어났다.

"우왁!"

민트 일병이 일어나자마자 매트리스 구멍에서 여러 마리의 쥐들이 쏟아져 나왔다. 민트 일병이 기겁해서 오두막 밖으로 뛰쳐나갔고, 나인은 배를 붙잡고 웃어 버렸다.

"하하하하! 그러니까 제가 말했잖아요. 크큭."

"아이고, 정말! 그런 건 얼른 말해야지!"

피어 상병은 민트 일병과 나인의 대거리를 지켜보다 빙그레 웃고는 총과 장구를 풀어서 한쪽 구석에 놓고 소매를 걷어 올렸다.

"어차피 하룻밤만 신세를 질 테지만, 어느 정도 사람 사는 곳 꼴은 만들어야겠지? 민트! 너는 저 매트리스 밖으로 빼고 바닥 쓸고 벽난로 위에 솥 좀 닦아 놔. 나인, 너는 이 근처 숲에서 마른 나뭇가지 좀 가져오고."

피어 병장의 말에 민트 일병과 나인은 궁시렁대면서도 지시에 따랐다.

해가 완전히 지고 나자 오두막 굴뚝 위로 연기가 피어올랐다. 문은 여전히 떨어진 채였지만, 출입구에 대충 끼워 넣어서 그럭저럭 역할은 하고 있었고, 세 명은 그 안에서 벽난로의 불빛을 조명삼아 각자 그릇을 들어 올렸다.

"혹시나 해서 전투식량을 가방에 넣어 오길 잘했네."

"그걸 등에 짊어진 채로 그렇게 달렸던 거였어요? 아줌마 대단하네요."

나인이 피어 상병이 건네는 수통컵을 받으면서 말했다.

"난 그보다 총이고 뭐고 다 팽개치고 맨몸뚱이로 다니는 녀석이 숟가락 하나는 챙기고 있었던 게 더 신기하다."

민트 일병이 수통컵을 받아들며 비꼬자 나인은 입을 삐죽였다.

"정신을 차렸더니 이미 총은 없는걸요. 거기다 이것저것 거추장스러워서 다 버렸죠. 어차피 우리는 왕국군같은 깡통음식은 없으니까요. 다 만들어진 음식을 가져와서 배급했어요."

나인이 비스킷을 입에 물었다. 민트 일병과는 달리 피어 상병은 하버색을 매고 있었고, 그 안에는 저녁에 먹을 전투식량이 들어 있었다. 하지만 양이 많지 않았기에 피어 상병은 조금이라도 양을 늘리려고 물을 붓고 스프를 끓였다.

"우와. 맛있네요. 깡통음식도."

배가 고팠던지 나인이 허겁지겁 음식을 입에 넣었다.

"천천히 먹어. 더 있으니까."

피어 상병이 자신의 비스킷을 나인에게 더 건네주었다.

"피어 상병님, 이 녀석한테 너무 무르신 거 아니에요?"

"아직 어린애잖아."

민트 일병의 말에 피어 상병이 숟가락으로 스프를 뜨면서 대답했다. 민트 일병은 얼굴을 살짝 찡그리고는 나인에게 물었다.

"너 군인 된 지 얼마나 됐냐?"

"반년이요."

"어린애긴 하네요. 이제 막 훈련소에서 퇴소하고 전선에 배치됐겠구만."

"원래는 아탈레르에 있었는데 지난주에 여기로 왔어요."

나인의 대답에 민트 일병은 어깨를 으쓱해 보였다.

7.

얼마동안 얌전히 집에서 신부수업을 받던 피어는 어느 날 아침 마음을 다잡고 침대에서 일어났다. 옷장에서 드레스를 이것저것 꺼내서 늘어놓는 피어를 보자 안나는 깜짝 놀라고 말았다.

"어머나. 아가씨께서 무슨 바람이 불어서 이렇게 옷을 늘어놓으셨을까?"

"안나. 어느 게 어울릴 것 같아?"

"글쎄요. 무도회에 가시는 게 아니라면 저기 저 연노랑 드레스가 좋은데요?"

피어가 안나의 말에 연노랑 드레스를 들고 거울로 걸어갔다. 어깨와 가슴이 파인 얇은 리넨 드레스였다.

"어울릴까?"

"물론 머리도 손질해야 하지만요."

"좀 봐 줄래?"

피어의 말에 안나는 웃음을 터트리고는 즐겁게 머리를 다듬기 시작했다.

너무 오랜만에 드레스에 구두를 신은 피어는 평소처럼 담을 넘지 못하고 조심스럽게 뒷문으로 집을 나왔다. 부츠보다 불편한 구두를 신으니 산으로 올라가는 길이 더욱 길게 느껴지는 피어였다. 평상시에는 들지 않던 양산까지 챙겨서 멋을 낸 피어는 낡은 성터에 다다르사 심호흡을 하고는 당당하게 성터로 걸어 들어갔다. 언제나 피에르가 둥지를 바라보던 곳으로 걸어가 조심스럽게 담 옆을 바라본 피어는 여전히 담벼락에 앉아 있는 피에르를 보고서야 안도의 한숨을 내쉬었다. 피에르는 담벼락에 앉아서 쌍안경으로 무언가를 바라보고 있었다.

"안녕하세요?"

피어가 인사를 하자 쌍안경을 손에서 내린 피에르는 피어를 돌아보고 깜짝 놀라서 굴러떨어지듯 담벼락에서 내려왔다.

"피어…… 아가씨?"

"네."

피어가 양산을 살짝 들어 올려서 얼굴을 보여주고는 방긋 웃어 보였다.

"어. 아……. 그……. 어울리시네요. 그런 모습은 처음 봤지만요."

피에르가 당황해서 말을 더듬자 피어는 큰소리로 웃어 버렸다.

"저도 나름 레이디랍니다."

"그러네요. 정말이지 공주님이 나오신 줄 알았습니다."

피에르가 머리를 긁적이다가 얼른 가죽 숄더백을 열고 무언가를 꺼내 들었다. 들꽃으로 만든 꽃다발이었다.

"이걸 먼저 드렸어야 하는데 말이죠. 하하……."

실없이 웃으며 작은 꽃다발을 건네는 피에르를 보고 피어는 방긋 웃고는 소중하게 받아 들었다.

"어머나! 예뻐라."

노란색 붉은색 하얀색이 섞인 야생화 꽃다발은 꺾은 지 꽤 시간이 지났을 테지만 여전히 향기를 간직했다.

"고마워요."

피어가 방긋 웃어 보이자 피에르도 실없이 웃어 버렸다. 꽃다발을 손에 든 피어는 한쪽 구석에 잔뜩 쌓인 시들어 버린 꽃다발 더미를 발견하자 말없이 웃고는 피에르의 옆에 섰다.

"뭘 그렇게 보고 계셨나요?"

"아! 다름이 아니고 울새들이 드디어 둥지를 떠났답니다."

"그 새끼들이요?!"

"네, 울새들은 알에서 깨어난 지 20일 정도면 둥지를 떠나거든요. 금방 자라는 새지요."

그렇게 말한 피에르가 피어에게 쌍안경을 건네주었다.

"저기 서 있는 나뭇가지를 잘 보시면 울새들이 보일 거예요."

피에르가 피어의 어깨에 손을 얹고 다른 손으로 나무를 가리켰다. 피에르의 숨결이 목에 닿자 피어는 살짝 놀라고 말았다. 그렇지만 그 숨결이 불쾌하게 느껴지지는 않았다.

"저기 보이시죠? 조금 작은 울새들이 새끼예요. 제가 담벼락 위에 올라가니까 포르르 날아가더라고요."

피어의 기분을 모르는지 피에르는 즐겁게 울새에 대해서 떠들기 시작했다. 피어는 살짝 쌍안경을 내려서 피에르의 손에 쥐어 주고 그 대로 피에르의 입에 자신의 입을 가져갔다.

8.

"그때부터는 사랑을 확신하셨나 보네요."

민트 일병이 그렇게 묻자 피어 상병은 빙그레 웃어 버리고 말았다. 피어 상병의 무릎을 베고 누워 자는 나인의 머리카락을 쓰다듬던 피어 상병은 다시 입을 열었다.

"그랬을 거야. 아직 19살이었고, 그 사람을 만나고 겨우 2주였지만."

그렇게 말하며 살짝 미소짓는 피어 상병을 보던 민트 일병은 웃으면서 자리에서 일어났다.

"으쌰. 그러면 남은 이야기는 조금 있다 듣기로 하지요."

"어디 가려고?"

"화장실이요."

민트 일병이 떨어진 문짝을 열고 밖으로 나갔다.

"우웅……."

문이 열리고 바람이 들어와서인지 나인이 몸을 뒤척였고, 피어 상병은 다시 천천히 나인의 머리카락을 쓰다듬었다. 나인의 금발머리가 왠지 피에르와 닮았다고 피어 상병은 생각했다. 그리고 자신의 아들이었던 피터까지. 우리 가족은 다 같이 P로 시작한다고 즐거워했던 남편 생각에 피어 상병은 살짝 울컥하고 말았다.

"우왁!"

그 순간 바깥에서 총소리가 들렸고, 그 소리에 깜짝 놀란 나인이 벌떡 일어나고 말았다.

"무슨 일이죠?"

나인의 물음을 무시하며 피어 상병은 얼른 벽난로의 불에 재를 덮었다. 순식간에 방 안이 어두워졌다.

"일단 조용히 있어."

피어 상병은 벗어 놓았던 장비를 서둘러 걸치고 총을 들며 나인에게 말했다. 나인은 고개를 끄덕이고는 벽으로 기어가 바짝 몸을 숙였다. 총을 쏘는 사람이 여럿인지 총소리는 계속해서 들렸다. 피어 상병은 어찌된 영문인지 도통 알 수가 없었지만, 일단은 가만히 지켜보기로 마음먹었다.

"일단 밖으로 나가서 숲으로 들어가자. 얼른 일어나."

피어 상병은 나인의 손을 붙잡고 밖으로 뛰어나갔다. 무너진 문짝이 쓰러지면서 소리를 냈지만, 신경 쓰지 않고 숲에 들어가 몸을 숙였다. 여전히 총소리는 지속적으로 숲에 울려 퍼지고 있었다.

"그 누나는 괜찮을까요?"

"민트?"

나인의 물음에 피어가 되묻자 나인은 고개를 끄덕였다.

"괜찮을 거야. 걔도 꽤 독한 녀석이거든. 아마 지금 민트를 잡느라고 저렇게 총을 쏘고 있을 걸?"

이야기를 주고받는 와중에도 총소리는 계속해서 울려 퍼졌다. 피어 상병은 일단은 이 자리에서 피해야겠다고 판단하고는 자리에서 일어나다가 나인을 바라보았다. 조금 친해진 것 같았지만 나인은 제국군이었고, 아마 저기서 총을 쏘는 녀석들도 제국군일 터였다. 나인이 자신과 같이 가야 할 이유는 없었다. 피어 상병은 다시 몸을 숙이고 나인에게 속삭였다.

"사. 넌 오두막에 가만히 있어."

"네?! 절 버리시려는 건가요?"

피어 상병의 말에 나인이 얼른 피어 상병의 팔을 붙잡았다. 피어 상병은 고개를 저었다.

"아니야. 넌 제국군이잖아. 나랑 같이 가는 것보다는 원래 부대로 돌아가는 게 낫겠지."

"싫어요."

나인이 단호하게 고개를 저었다.

"어째서?"

"절 분명 탈영병 취급할 거에요. 탈영병은 끌고 가서 목을 매단다고 클라이머 아저씨가 말했어요. 제발 절 버리고 가지 마세요."

나인이 울먹이면서 피어 상병에게 달라붙었다. 겁먹은 어린아이를 이대로 두고 볼 수는 없었기에 피어 상병은 나인의 손을 붙잡고 자리에서 일어났다.

"알았어. 그러면 일단 이동하자. 잘못하면 여기로 올지도 몰라."

피어 상병의 말에 나인은 고개를 끄덕이고 피어 상병을 뒤따랐다.

어느 정도 방향성 없이 달려가던 피어 상병은 이러다가 길을 더 잃을지도 모른다는 생각에 그 자리에서 멈춰 섰다.

"괜찮으세요?"

갑자기 멈춰 선 피어 상병에게 나인이 물었지만, 피어 상병은 대답 없이 나인을 끌고 숲으로 들어갔다.

"일단 여기서 좀 기다리자. 너무 어두워서 이대로 움직이다가는 큰일 나겠어."

피어 상병이 나무 아래에 앉자 나인도 따라 앉았다. 어느새 총소리는 들리지 않게 되었다. 민트 일병이 잘 도망갔거나, 아니면 붙잡혔거나 둘 중에 하나일 거라고 피어 상병은 생각했다. 피어 상병은 한숨을 내쉬었다.

"민트가 잘 도망갔는지 모르겠네."

피어 상병이 혼잣말처럼 말하고 나인을 바라보았다. 나인은 추운지 몸을 웅크리고 있었다.

"추워서 그래?"

"아 네. 땀이 식으니 조금 춥네요."

피어 상병은 자신의 필드자켓을 벗고 다시 장비를 착용했다.

"이리 와."

"네?"

피어 상병이 나인을 끌어당겨서 자신의 품속에 넣고 그 위에 필드 자켓을 덮었다.

"따뜻해?"

"네……? 아 네. 따뜻해요."

나인을 자신의 품에 푹 집어넣은 피어 상병은 양팔로 나인을 감싸 안았다. 뛰어서 그런지 나인의 두근거리는 고동소리가 피어 상병의 몸으로 들어왔다.

"그 뒤에 어떻게 되셨어요?"

"응?"

갑작스런 나인의 질문에 피어 상병은 되물었다.

"아까 이야기요."

"자는 줄 알았더니 다 들었나 보네."

"잠결에 조금 들은 거예요."

피어 상병은 빙그레 웃고는 이야기를 시작했다.

9.

날아갈 것 같은 기분으로 집에 돌아온 피어는 아버지의 부름을 받았다. 어머니가 돌아가신 뒤 점점 엄해져서 조금은 거리를 두던 피어였지만, 어쩔 수 없이 아버지의 서재로 발을 옮겼다. 평소처럼 파이프 담배를 피우던 아버지는 피어가 들어왔지만 눈길조차 주지 않고 어둑어둑해지는 창밖을 바라보고 있었다.

"왔구나."

"네."

그렇게 말한 아버지는 재떨이에 파이프를 내려놓고 피어에게 다가
왔다. 날카로운 시선이 피어를 꿰뚫고 있었다.

"긴말은 하지 않겠다. 프로세 사람과 만나고 있다고?"

"아버지, 그게……."

"지금 바로 수도로 올라갈 채비를 하거라."

그렇게 말한 아버지가 손을 내젓자 대기하고 있던 집사가 피어의
어깨를 손으로 붙잡았다.

그렇게 피어는 피에르에게 아무말도 전하지 못한 채 수도로 끌려
가듯 올라갔다. 수도에 있는 집에 짐을 푼 아버지는 곧 결혼을 준비
하라고 명하고는 집 밖으로 나가지 못하도록 감시했고, 피어는 그저
하염없이 눈물만 흘릴 뿐이었다.

결국 결혼식 당일이 되어서도 피어의 얼굴에서는 웃음을 찾아보
기 힘들었다. 상대는 얼굴도 본 적 없던 귀족의 큰아들. 누군지 이름
도 잘 알지 못하는 남자였다.

"새 신부 걱정은 나라 걱정보다 심하다지만, 결혼도 그렇게 나쁜
게 아니랍니다."

피어의 속마음을 아는지 모르는지 백색의 웨딩드레스를 입혀 주
는 나이든 메이드장은 방긋방긋 웃고 있었다. 신부 대기실에 앉아 있
던 피어는 한숨을 내쉬면서 창밖을 바라보았다. 아마도 더 이상 자

유롭지는 못하리라는 생각에 흘러나오려는 눈물을 억지로 참으면서. 그 순간 창가로 새가 날아와 앉았다. 울새였다. 짹짹거리며 창틀을 서성이던 울새는 피어와 눈을 마주쳤다가 포르르 날아가 버렸다.

그 모습을 본 피어는 결심하고 자리에서 일어났다. 다른 사람들은 모두 분주하게 서성이고 있었고, 피어에게 눈길을 주는 사람은 없었다. 피어는 조심스럽게 걸어서 뒷문으로 빠져나갔다.

10.

"그 남자분이 달려와서 손을 맞잡고 도망가는 스토리는 아니었나 보네요."

"세상만사가 이야기 같지는 않겠지? 그냥 몰래 내 방으로 숨어들어가서 옷을 갈아입고 짐도 챙겨서 도망나왔어. 무작정 걷다 보니 모병소가 보여서 바로 입대해 버렸지."

품안의 나인에게 피어 상병은 담담하게 말했다.

"그 뒤로 3년간 군에 있었어."

"그러면 결혼은요?"

"아. 그건 또 다른 이야기인데……."

피어 상병은 계속 이야기하려다 입을 멈췄다. 조심스럽게 낙엽을 밟는 소리가 들렸다. 한두 명이 아닌 여러 명의 발소리였다. 피어 상병은 얼른 나인을 옆에 앉히고 자신의 소총을 들어 올렸다.

"제국군일까요?"

나인이 피어 상병에게 물었지만 피어 상병은 말없이 무서운 표정으로 먼 곳을 응시했다. 나인은 어떻게 해야 할지 알 수가 없었다. 점점 더 발소리가 커져 갔다. 어느새 검은 그림자도 눈에 들어오기 시작했다. 나인은 어서 저 검은 그림자들이 멀리 가 버리기를 빌었지만, 그림자들은 여전히 나인과 피어 상병이 있는 곳으로 걸어오고 있었다. 아무리 어두워서 잘 보이지 않는다고 해도 가까이 오면 들킬지도 모를 일이었다.

나인의 심장이 점점 더 강하게 두근거렸다. 밥을 먹여 준다는 이야기에 군인이 되었지만, 이런 상황에서 오금이 저릴 정도로 겁쟁이인 나인이었다. 총소리도 무서워서 표적도 제대로 못 맞추는 반푼이, 중대에서도 꼬맹이니 반푼이니 취급당하며 괴롭힘을 당하는 나날이었다. 전날 왕국군의 공격에 아무 생각 없이 총을 내팽개치고 도망친 것도 그래서였을 것이다.

"걱정마. 가만히 있으면 발견 못 하니까."

피어 상병이 나인의 머리를 살짝 쓰다듬어 주었다. 나인은 왠지 그리운 느낌이라고 생각했다. 점점 더 많은 그림자들이 피어 상병과 나인 주변으로 걸어오기 시작했다. 그림자의 숫자는 4명. 아직 나인과 피어 상병의 위치를 정확하게 파악하지 못한 모양이었다.

"컹! 컹!"

"저기다!"

개가 짖는 소리와 함께 누군가의 외침이 들렸다. 낙엽과 나뭇가지를 밟는 소리가 더 요란하게 울려 퍼졌다. 달빛에 안광을 내뿜으며 달려오는 군견의 모습에 나인은 공포에 질려 굳어 버렸다. 나인은 눈을 감지도 못한 채 자신을 향해 달려오는 개의 모습을 바라보고 있었다. 피어 상병은 총을 집어던지고 순식간에 앞으로 달려 나갔다. 그리고 그 순간 개의 짖음은 단말마의 비명으로 바뀌었다. 구름이 걷히며 약한 달빛이 숲을 비추기 시작했다.

"어……. 아?"

나인은 말소리가 되지 못한 한숨을 토했다. 달빛을 받으며 서 있는 피어 상병의 손에는 긴 대검이 한 자루 들려 있었다. 이해할 수 없는 피어 상병의 행동에 가까이 다가온 제국군들도 당황하고 말았다.

"뭐 해? 얼른 쏴!"

제국군 한 명이 소리치며 소총을 발사했다. 재빠르게 몸을 움직인 피어 상병이 탄을 피해 버리자 제국군은 깜짝 놀라며 노리쇠를 후퇴시켰다. 한번 발사하면 재장전 해야 하는 볼트액션식 소총으로 무장했기 때문이었는데, 찰나의 순간 피어 상병이 재장전하는 병사에게 몸을 날려 쥐고 있는 대검을 휘둘렀다.

"으아아아아아악!"

순식간에 총과 함께 손가락이 잘린 제국군 병사가 비명을 지르기 시작했다. 그리고 그 비명은 피어 상병의 대검이 가슴에 꽂히면서 단말마의 비명으로 변해 버렸다. 그 끔찍한 비명이 기폭제가 되어서 다른 병사들도 다들 사격을 시작했다. 어두운 밤, 근거리에서 단발식 소총으로 빠르게 움직이는 표적을 맞추기란 무척이나 힘든 일이었다. 거기에 적은 강철과 나무로 만든 소총도 베어 버리는 괴물과도 같은 존재였다. 제국군 사이에 극심한 공포가 퍼져 나갔다. 지금껏 대검 한 자루만으로 자신들을 압도하는 상대를 제국군 병사들은 본 적이 없었다. 여지껏 경험해 보지 못한 상대인 피어 상병은 마치 신화 시대 전사들이 상대했다는 악마와도 같은 모습으로 제국군들 사이를 파고들었다.

피어 상병은 몸을 비틀어 탄을 피한 뒤 가장 가까이 있는 제국군의 목에 대검을 꽂아 넣었다. 비명조차 지르지 못하고 쓰러지는 제국군을 뒤로 하고 피어 상병은 곧바로 옆에 있는 제국군의 팔을 베어 내렸다. 제국군의 선혈이 피어 상병의 얼굴에 튀었지만, 피어 상병은 신경 쓰지 않고 그대로 대검을 위로 그어 올리며 병사의 목을 노렸다.

"괴……. 괴물!"

홀로 남은 제국군 병사가 총을 겨누었지만, 그의 손가락이 방아쇠를 당기기 전에 피어 상병의 대검이 그의 소총을 내려찍었다. 노리쇠 부분이 반으로 깔끔하게 잘린 소총은 무용지물이 되어 버렸다.

"우……. 으……. 으어!"

공포로 눈이 뒤집혀 버린 제국군은 제대로 된 비명조차 지르지 못하고 바닥에 주저앉더니 기듯이 도망치기 시작했다. 하지만 채 몇 걸음도 떼기 전에 제국군의 등에 대검이 날아와 깊숙이 찌르고 들어갔다. 바닥에 쓰러진 제국군의 몸이 움찔거리다 곧 움직임을 멈추었다. 마지막 제국군까지 처리한 피어 상병은 조심스럽게 그 등에서 대검을 뽑아들었다. 대검의 날을 따라 떨어지는 핏방울의 그림자가 달빛에 선명하게 바닥에 투영되었다. 마치 방울방울 떨어지는 소리마저도 들릴 것 같은 모습으로. 피어 상병은 손목을 움직여 대검을 휘둘렀다. 대검에 맺혀 있던 핏방울이 그대로 숲을 날아가 멀리 떨어졌다. 피를 떨쳐낸 대검을 피어 상병은 조심스럽게 대검집에 찔러 넣었다. 전투가 끝났다. 채 3분도 지나지 않은 시간이었다. 상황이 종료되고 난 뒤에야 나인은 자신이 바닥에 쓰러져 앉아 있음을 깨달았다. 무슨 일이 벌어졌는지도 모를 만큼 놀란 나인은 어색하게 바닥을 짚고 자리에서 일어섰다. 후들거리는 다리에 힘을 준 나인은 조심스럽게 시선을 옮겨 피어 상병의 등을 바라보았다. 달빛을 받은 피어 상병의 등이 검은 그림자로 가득했다.

"괘…… 괜찮으세요?"

나인이 조심스럽게 피어 상병에게 묻자 피어 상병은 고개를 돌려서 나인을 바라보았다.

피를 뒤집어쓴 채 온몸으로 달빛을 받는 피어 상병은 옛날이야기에 나오는 괴물과도 같은 모습이었다. 초점을 잃은 눈으로 나인을 바라보던 피어 상병은 천천히 나인에게로 다가왔다.

"으……. 어……."

가슴 깊은 곳에서 밀고 올라오는 공포에 진 나인은 뒤로 물러서고 말았다. 겁에 질린 나인을 본 피어 상병은 우는 듯 웃는 듯 살짝 미소를 지어 보인 뒤 쓰러지듯 무릎을 꿇고 토하기 시작했다. 온몸에 들어 있는 것을 다 뱉어 내려는 듯 한참을 토하던 피어 상병은 천천히 고개를 들어서 나인을 바라보았다. 무척이나 슬픈 눈이었다.

"미안……. 이런 모습을 보여주고 싶지는 않았는데."

피어 상병은 그렇게 말하고는 그대로 쓰러져 버렸다.

11.

피어가 다시 피에르를 만난 것은 군인이 된 지 3년이 다 되어 가던 해였다. 아버지와는 그 뒤로 연락도 없었고, 피어 상병도 따로 아버지에게 연락을 하지 않았다. 그렇게 직업군인의 길을 걸은 피어는 어느덧 상병이 되어 있었고, 훌륭한 취사병이 되었다.

정기 군사 교류 프로그램의 일환으로 프로세로 이동한 피어 상병은 괜스레 잊고 있던 피에르를 떠올렸다. 그가 프로세 사람이라는 사실과 이름밖에 알지 못했지만, 왠지 그를 생각하면 그리운 마음이 드는 피어 상병이었다.

프로세군과의 합동 훈련을 끝내고 외출을 하게 된 피어는 노천카페에 앉아서 홍차를 즐기고 있었다. 다른 동료들은 모두 시내 구경이라도 하겠다고 떠나 버렸기에 한낮의 정취를 즐기던 피어는 테이블 위에 올려 놓은 빵에 내려앉는 새를 발견했다. 울새였다. 시골이어서 그런지 참새보다 더 많이 보이던 울새가 커다란 빵 조각을 쪼다가 작은 빵 부스러기를 물고 포르륵 날아가 버렸다. 왠지 그 모습이 귀여워 보인 피어는 빵 조각을 들고 자리에서 일어나 울새를 따라갔다.

울새는 높게 날지도 않고 담벼락에 앉았다가, 나뭇가지에 앉았다가 하면서 천천히 날아가며 피어를 이끌었다. 그렇게 한참을 날아가던 울새는 어느 공원 안으로 들어가 멀리 날아가 버렸다. 왠지 김이 빠진 피어는 빵조각을 바닥에 뿌리고 공원 밖으로 나가기 위해 뒤로 돌았다.

"이번에는 6개라……. 지난번보다 2개가 줄었는데 왜일까?"

그리운 목소리가 바람에 들려와 피어의 발을 붙잡았다. 피어는 깜짝 놀라 공원 여기저기를 돌아다니다가 한쪽 벽 위에서 그 목소리의 주인공을 찾을 수 있었다. 목소리의 주인은 담벼락 위에 걸터앉아서 나무 위 울새 둥지를 들여다보며 수첩에 이것저것 적고 있었다. 피어는 빙그레 웃고는 담벼락 아래로 가서 소리쳤다.

"야호!"

"어어?!"

갑작스런 피어의 외침에 담벼락 위의 사내는 깜짝 놀라서 중심을 잃고 흔들거리다 겨우 자세를 잡았다. 흘러내린 안경을 고쳐 쓴 사내는 아래를 바라보고는 더 깜짝 놀라서 아래로 곤두박질치고 말았다. 이번에는 피어를 올려다보게 된 사내는 말을 더듬었다.

"피…… . 피…… . 피어 씨?"

"피에르. 오랜만이네요."

"아. 네. 오랜만입니다."

피어가 오른손을 내밀자 바닥에 쓰러졌던 피에르가 오른손을 붙잡고 자리에서 일어났다. 여전히 놀라서 눈을 동그랗게 뜨고 있는 피에르의 머리에서 나뭇잎을 떼어 준 피어는 빙그레 웃었다.

"이야. 군인이 돼 있었군요. 마을사람들이 다 결혼하러 갔다고 해서 그런 줄 알았어요."

"결혼식장에서 도망쳤죠. 멋진 왕자님께서 결혼식에 난입할 리는 없으니까요."

"저기, 군복도 멋있네요, 아니지, 잘 어울려요. 예뻐요. 네, 군복도 예쁘시네요. 머리는 더 짧아지셨네요?"

피에르가 버벅이면서 어색한 듯 머리를 긁적였고, 피어는 얼른 피에르에게 키스해 버렸다.

12.

어느덧 새벽이 되었다. 어슴프레 어둠이 물러가고 해가 떠오르자 조금씩 숲이 밝아지기 시작했다. 근처 샘에서 수통에 물을 받아 오던 나인은 피어 상병이 비틀대면서 몸을 일으키는 모습을 발견하고 얼른 달려갔다.

"괜찮으세요? 몇 시간이나 그렇게 쓰러져 계셨어요."

나인은 어지러운 듯 몸을 제대로 가누지 못하는 피어 상병이 몸을 일으키는 것을 도왔다. 바닥에 앉아 나인을 바라보던 피어 상병은 손을 뻗어서 얼굴을 쓰다듬으려다가 자신의 손을 보고는 깜짝 놀라고 말았다. 말라비틀어져 갈색이 된 피로 얼룩져 있었다.

"일단 이걸로 좀 씻으세요."

나인이 손수건에 물을 묻혀서 피어 상병에게 내밀었다. 피어 상병은 손수건을 받아들고 손을 문질렀다. 그렇지만 말라 버린 피는 손쉽게 닦이지 않았다.

"어젯밤은 미안. 좋지 못한 모습을 보여줬네."

"아뇨. 어떻게 하셨는지는 모르겠지만 대단하셨어요."

"어릴 때 아버지한테 배운 거야. 마법이랑 비슷한데, 검에 마력을 담는 거지. 실제로 사람한테 사용한 일은 처음이지만. 뭐 요즘 세상에는 별 필요 없는 능력이겠지."

피어 상병이 그렇게 말하고 손수건으로 얼굴을 문질렀다. 열심히 닦았지만 얼굴에 튄 피는 손쉽게 지워지지 않았다. 피어 상병은 한숨을 쉬고는 손수건을 나인에게 건네주었다.

"뭔가 옛날이야기에 나오는 용사 같았어요. 적들의 검을 베어 버리는 그런 용사요."

"뭐, 쇠도 베어 버리는 기술이긴 하지. 하고 나면 몸에 심하게 무리가 오지만."

피어 상병이 그렇게 대답하고는 수통을 받아서 목을 축였다. 오랜 갈증에 목이 타던 피어 상병은 남은 수통 물을 그대로 목으로 흘려 넣고 수통을 나인에게 건네주었다. 나인이 수통을 받다 말고 갑자기 뒤쪽을 바라보았다.

"잠시만요. 낙엽 밟는 소리 들리지 않으세요?"

나인의 말에 피어 상병은 귀를 기울였다. 확실히 멀리서 낙엽을 밟는 소리가 들렸다. 여러 명의 발소리였다. 그렇지만 나무 틈으로 보이는 사람의 옷색은 제국군의 어두운 녹회색이 아니었다. 왕국군 특유의 갈색이 도는 겨자색이었다.

"걱정 마. 아군이야."

"다행이네요!"

피어 상병의 말에 나인은 뛸 듯이 기뻤다. 더 이상 죽을지도 모를 숲에서 헤매지 않아도 된다고 생각하니 엄청 기분이 좋아진 나인은 얼른 자리에서 일어나 손을 흔들었다.

"잠깐만, 나인!"

피어 상병이 소리쳤지만, 총소리에 묻히고 말았다. 단 한 발의 총성. 그대로 나인은 바닥에 쓰러졌다. 나인은 피어 상병의 비명을 들으며 눈앞이 어두워지는 것을 느꼈고, 곧 정신을 잃고 말았다.

13.

피어 상병은 전역한 뒤 정식으로 피에르와 결혼했다. 물론 제대로 결혼식을 올리기에는 모아 둔 월급은 적었고, 피에르는 가난한 학생이었다. 결혼이라고 해 봐야 전역한 피어 상병이 자신의 짐을 들고 피에르가 세들어 사는 낡은 아파트에 들어가는 것이 전부였다. 그렇지만 피어 상병은 행복했다. 그렇게 아파트에 들어와 첫날밤을 보낸 피어와 피에르는 다음날 아침 해가 밝자 관청으로 갔다. 혼인신고를 하기 위해서였다.

"어……. 정말로 저하고 결혼해도 괜찮겠어요? 이제 서명을 하면 더 이상 돌릴 수 없어요."

혼인 신고서에 서명을 하는 순간까지도 피에르가 물었지만, 피어는 먼저 펜으로 서명해 버렸다.

"그런 일을 생각할 거였으면 3년 전에 결혼식장에서 도망치지도 않았답니다."

피어의 말에 피에르는 머리를 긁적이고 서명을 마쳤다.

"이것으로 프로세 공화국의 공무원으로서 두 분이 공식적인 부부가 되었음을 공표하겠습니다."

두 명의 서명을 확인한 공무원이 서류를 받아들며 말했다. 피에르가 어색하게 웃으며 공무원 앞에서 물러나자 뒤이어 기다리던 다른 커플이 공무원 책상 앞으로 걸어갔다.

관청 밖으로 나오자 밝은 햇빛이 거리를 가득 메우고 있었다. 피어가 슬쩍 다가가서 피에르의 팔에 자신의 팔을 감자 피에르는 살짝 놀라서 피어를 바라보았다. 피어가 빙그레 웃으며 피에르를 올려보자 피에르도 어색하게 답하며 웃어 주었다.

"그러면 이제 결혼을 했으니까 신혼여행을 가야죠?"

"그러네요. 어디 가고 싶은 곳이 있으세요?"

피에르가 걸어가며 묻자 피어는 손가락으로 한곳을 가리켰다.

"저쪽으로 조금 걸어가면 나오는 공원 어때요? 샌드위치를 사서 가면 좋을 거예요."

"분부대로 합지요. 공주님."

피에르의 말에 피어는 환하게 웃음을 터트렸다.

길가 제과점에서 샌드위치를 산 둘은 공원으로 걸어 들어갔다. 공원에는 이른 여름의 햇빛을 즐기는 사람들, 친구들과 뛰어노는 아이들, 낮의 산책을 즐기는 노인들로 북적였다. 평화롭고 한가로운 분위기 속에서, 나무 그늘 아래에서 이런저런 이야기를 나누고, 웃고, 즐거워하면서 피어와 피에르는 신혼여행을 즐겼다. 피어는 자그마한 행복이 너무나 사랑스러웠다.

"잠깐 앉아서 쉴까요?"

피에르가 나무그늘 아래 벤치를 발견하고 피어를 이끌었다. 벤치에 걸터앉은 피어와 피에르는 벤치 앞의 작은 연못을 바라보았다. 앞장서 헤엄치는 오리 두 마리 뒤로 새끼 오리들이 줄을 지어 따라갔다.

"오리네요."

"네, 청둥오리에요. 이맘때면 우리나라에서 새끼를 칩니다. 겨울이 되면 더 남쪽으로 날아가요. 야탈레르의 쇼촐레르 섬 같은 데로 말이죠. 기록에 따르면 우리나라에서 출발한 청둥오리가 어거스트리아까지도 갔다고 해요."

피에르가 설명을 시작하자 피어는 슬쩍 미소를 지으며 피에르의 팔을 어루만졌다. 그제야 자신이 엉뚱한 소리를 늘어놓았음을 깨달은 피에르는 얼굴을 살짝 붉혔다.

"죄송해요. 또 이렇게 설명을 늘어놓았네요."

"아뇨. 이야기 듣는 건 좋아해요. 그래도 너무 새 이야기만 하시면 조금 그렇답니다."

피어의 말에 피에르는 어색하게 웃으면서 머리를 긁적였다. 그리고 안절부절못하다가 벤치에서 일어났다.

"벌써 일어나려고요?"

"아뇨, 아뇨. 그런 게 아니라. 하아. 잠시만요. 잠깐만 기다려 주세요."

피에르는 그렇게 말하고 주머니를 뒤지기 시작했다. 갑자기 피에르가 왜 저러나 싶어진 피어는 벤치에서 일어나 피에르를 바라보았다. 한참을 여기저기 뒤지던 피에르는 찾는 것을 발견했는지 무언가를 꺼내며 무릎을 꿇었다.

"이제 와서 민망하긴 하지만, 저와 결혼해 주시겠습니까?"

피에르의 손바닥 위에 놓여 있는 반지를 보자 피어는 깜짝 놀라서 양손으로 입을 가리고 눈을 동그랗게 떴다. 예상하지 못했던 프로포즈에 피어는 머릿속이 하얘져 버렸다.

"어……. 이게 아닌가요? 어라?"

피어가 아무 말이 없자 피에르는 엉거주춤하게 자리에서 일어나며 피어의 안색을 살폈지만, 피어는 아랑곳 않고 피에르를 꽈악 껴안았다. 갑작스런 피어의 포옹에 안경이 흘러내린 피에르는 반지를 꼬옥 쥔 채 콧잔등으로 안경을 끌어올렸다.

14.

나인은 복부에 격통을 느끼며 정신을 차렸다. 어디가 어딘지 알 수 없어서 이곳저곳을 둘러보던 나인은 자신이 어느 건물의 방 안 침대에 누워 있음을 깨달았고, 옆에 엎드려 자고 있는 사람이 피어 상병임을 알아차렸다. 나인은 도대체 자신이 어떻게 되었는지 알 수가 없었다.

"어머. 일어났구나."

방 밖에서 하얀 가운을 입은 여자가 들어오면서 반갑게 말했다. 왕국군 군복 위에 하얀 의사 가운을 입고 안경을 끼고 있었다. 조엔 중위였다. 조엔 중위가 엎드려 있는 피어 상병을 흔들어 깨웠다.

"아! 나인! 깨어났구나!"

잠에서 깨어난 피어 상병이 나인을 보자마자 반갑게 말하며 머리를 쓰다듬어 주었다. 나인은 비로소 마음이 놓였다.

"정말이지. 너는 무슨 군복을 입고 있는지도 기억 못 하니?"

제국군복을 입고 있는 나인이 갑자기 튀어나오자 록시 이병이 반사적으로 나인을 쏘고 말았다. 나인이 쓰러진 이유였다.

"꽤 어려운 수술이었단다. 소장을 3cm정도 잘라서 이었어. 신장같은 중요 장기를 다치지 않아서 다행으로 알렴. 당분간은 금식."

"어쨌든 무사해서 다행이다. 그럼 쉬어. 나도 너무 오래 취사장을 비워 뒀네."

피어 상병이 그렇게 말하고 자리에서 일어나 뒤돌아서려 하자 나인이 피어 상병의 손을 붙잡았다.

"응?"

"아…… 저기……. 부탁이 있는데요."

나인이 눈을 피하면서 더듬거리자 피어 상병은 다시 의자에 앉았다.

"그래. 말해 보렴."

"저기……. 한 번만 엄마라고 불러도 될까요?"

나인의 말에 조금 놀란 피어 상병은 눈을 동그랗게 뜨고 나인을 바라보다가 고개를 끄덕였다. 나인은 우물쭈물거리다가 조심스럽게 입을 열었다.

"어……. 엄마……."

나인의 말에 피어 상병은 나인을 꼬옥 안아 주었다.

"아야……. 아파요……."

나인이 칭얼거렸지만 피어 상병은 손을 풀지 않았다.

CH.13 THE BREAKING POINT

1.

마을 점령 작전은 손쉽게 마무리되었다. 마을 자체에는 한 개 분대 급 규모의 야탈레르군이 방어하고 있었지만, 로빈중대와 잠시 교전한 뒤 매우 손쉽게 항복해 버리고 말았다. 부상자도 없었고, 전사자도 없었다. 그렇지만 피어 상병과 민트 일병의 실종으로 인해 작전은 길어지고 말았다.

숲에서 총성이 울려 퍼졌을 때 낸시 중위는 그 소리가 실종된 취사반과 연관이 있음을 직감하고 바로 소대원들을 숲 안으로 들여보냈다. 도중에 제국군과 교전하던 민트 일병을 1소대에서 찾아내 구조했고, 밤새 숲을 더 수색한 끝에 피어 상병도 무사히 찾아낼 수 있었다. 단지, 조금 문제가 있긴 했지만 말이다.

"그리고 이런 문제가 터졌군요."

며칠 뒤에 의무대에 온 낸시 중위는 조엔 중위를 바라보면서 한숨을 내쉬었다.

"그러니까 피어 상병이 저 아이를 아들로 삼겠다 이 말이죠?"

"네에. 그렇습니다. 서류야 제가 준비하면 되니까요."

낸시 중위가 혹시나 하는 마음에 되물었지만, 돌아온 대답은 똑같았다. 낸시 중위는 머리가 지끈거리기 시작했다. 정말이지 이 사람 좋은 군의관은 무슨 생각을 하는지 도통 알 수가 없었다.

"저 병사는 제국군이지 않습니까?"

"14살인걸요? 제국군도 징집 연령은 17살이에요. 보면 키도 작고 어린애라는 게 티가 나잖아요?"

"나이가 중요한 게 아니죠. 제국군이라고요, 제국군."

낸시 중위가 그렇게 항변했지만 조엔 중위는 어깨를 으쓱해 보이고는 서류철을 넘겨주었다.

"이게 뭐죠?"

"나인의 출생신고 서류부터 고아원의 양육 기록, 피어 상병에게 정식으로 입양되었다는 서류, 우리 중대 취사반 군속으로 배치되었다는 명령서랍니다."

"잠깐만요, 조엔 중위! 그 나인이란 꼬마가 우리 중대로 온 지 이제 겨우 사흘밖에 안 지났는데 벌써 그렇게 처리하신 겁니까?"

"일을 하려면 빨리빨리 해야지요."

조엔 중위가 그렇게 말해 버리자 낸시 중위는 온몸에서 힘이 쭈욱 빠져 버렸다. 브로미 중사 때도 그랬지만 조엔 중위의 서류는 언제나처럼 완벽했다.

"정말이지, 그런 일은 저한테 상의 좀 하고 진행하세요!"

낸시 중위가 한숨을 쉬자 조엔 중위는 방긋 웃고는 대답했다.

"그래서 지금 상의하고 있잖아요?"

낸시 중위는 대꾸할 힘도 빠져 버리고 말았다.

결국 나인은 피어 상병의 아들이자 취사반 군속으로 정식으로 임명되었다.

보름 정도 지나자 의무대에서 치료를 마무리한 나인은 옷을 갈아입고 취사반으로 자리를 옮겼다. 처음 입어 보는 왕국군 녹색 작업복 차림에 팔에 군속을 뜻하는 노랑색 완장을 두른 나인이 어색하게 웃으면서 피어 상병에게 인사하자 점심 식사를 준비하던 피어 상병은 나인의 머리를 쓰다듬었다.

"잘 왔어. 몸은 괜찮고?"

"네. 당분간 조심해야 하지만, 이제는 그럭저럭 괜찮아요."

"여어, 군속! 드디어 내 일이 조금은 줄겠구나."

민트 일병이 나인의 목에 팔을 두르고 머리를 마구 헝클어트리며 즐거워했다.

"민트 누나. 아직은 아프니까 좀 살살 해주세요."

나인이 웃으면서 그렇게 말하자 민트는 천천히 팔을 풀어 버렸다.

"일단 당분간은 적당히 요리 같은 일만 도와."

"네."

피어 상병이 앞치마를 던져 주자 나인이 웃으면서 대답했다. 나인은 그렇게 취사장에서 일하게 되었다.

"이야. 이 애구나."

"귀엽게 생겼네."

점심시간이 되자 병사들이 취사장으로 몰려왔고, 병사들의 관심은 나인에게 집중되었다. 갑자기 많은 누나들의 관심을 받게 되자 얼굴이 새빨개진 나인은 땀을 뻘뻘 흘리면서 음식들을 날랐다.

"남의 아들한테 관심 좀 끊어, 이것들아."

배식을 하던 피어 상병이 병사들에게 웃으면서 한마디 하자 병사들이 까르르 웃으면서 자리를 차지하고 앉았다. 마지막으로 배식을 끝내고 나서 자리에 앉은 나인은 한숨을 내쉬면서 뻣뻣히 굳은 목을 돌려 긴장을 풀었다.

"이야. 쉽지는 않네요."

"금방 익숙해질 거야."

나인 옆에 앉은 피어 상병이 달래자 나인은 테이블에 엎드렸다.

"지금까지 둘이서 어떻게 하셨어요? 아무리 설거지 정도는 다른 병사들이 도와준다고 하지만요."

"뭐, 해 보면 다 되더라. 그래도 네가 도와주니 좀 쉽네."

나인의 말에 민트 일병도 웃으면서 대꾸했다.

그렇게 망중한을 즐기는 취사반 앞에 누군가가 조심스럽게 다가왔다. 피어 상병이 돌아보니 우물쭈물 선 이병이 눈에 들어왔다.

"어…… 저기……."

"록시? 무슨 일이야? 아까 밥 다 먹었잖아."

피어 상병이 묻자 우물쭈물하던 록시 이병이 엎드려 있는 나인을 바라보았다. 좀처럼 입을 열지 못하고 우물거리는 록시 이병을 보던 민트 일병이 나인을 흔들었다.

"으어?"

"나인, 면회야."

나인이 깜짝 놀라서 몸을 일으켜 주변을 둘러보다가 록시 이병을 발견했다.

"어? 저요?"

록시 이병을 보고 나인이 묻자 록시 이병이 허리를 숙였다.

"미안해요!"

록시 이병이 그렇게 소리치자 오히려 나인이 깜짝 놀라서는 자리에서 일어났다.

"어라? 왜 그러세요?"

나인이 오히려 되묻자 록시 이병이 허리를 숙인 채 입을 열었다.

"저기. 제가 쏴 버렸거든요. 미안해요. 나도 모르게 반사적으로 방아쇠를 당겨 버려서."

록시 이병의 사과에 나인은 도대체 어떻게 대답해야 할지 몰라서 얼굴을 붉히고는 록시 이병의 어깨를 붙잡아 일으켜 세웠다.

"아니, 뭐…… 바보같이 앞으로 나선 제 잘못도 있고요. 덕분에 조엔 중위님에게 치료받으면서 이렇게 포로도 아니고 정식으로 군속도 되고 했으니까 그렇게 미안해하지 않으셔도 돼요."

나인이 달래자 록시 이병은 다행이라는 표정으로 한숨을 쉬었다.

"하아……. 다행이네. 용서할 수 없다고 하면 앞으로 어떻게 얼굴을 봐야 하는지 고민했어요."

"아뇨, 죽지도 않았는데요 뭐. 하하! 록시라고 하셨죠? 말 편하게 놓으시고 앞으로 잘 지내요."

서로 위로를 건네는 록시 이병과 나인을 보면서 피어 상병은 빙그레 웃음을 지었다.

2.

"중대장님께는 고맙게 생각하고 있어요."

"응?"

대대에 들렀다 오느라 늦은 저녁을 먹는 낸시 중위에게 피어 상병이 난데없이 감사를 표하자 낸시 중위는 놀라 되물었다.

"나인이요. 며칠 동안 애가 아주 밝아졌어요."

피어 상병이 한쪽에서 식기를 정리하는 나인을 가리키며 말했고, 낸시 중위는 고개를 끄덕였다.

"나보다 조엔 중위에게 감사하는 게 맞을 것 같은데. 내가 뭐 한건 없으니까 말이야."

"그래도 중대장님께서 묵인해 주셔서 이렇게 된 셈이니까요. 감사 정도는 받아 주시죠."

낸시 중위는 머리를 긁적이고는 고개를 끄덕였다.

"뭐 일단 감사는 받지."

그렇게만 말하고 낸시 중위는 묵묵히 식사를 이어 갔다.

"아. 그러고 보니 말이야."

피어 상병이 자리에서 일어나려고 하자 낸시 중위는 입을 열었다.

낸시 중위의 말에 피어 상병이 다시 자리에 앉자 낸시 중위는 말을 이어 나갔다.

"중대원은 나인을 어떻게 생각하지? 어쨌든 제국군이었는데, 좀 싫어한다거나 하는 경우는 없나?"

낸시 중위로서는 당연한 걱정이었다. 사실 낸시 중위는 나인이라는 아이를 처음 보자마자 어째서 이 아이가 군복을 입고 이런 전선에 나오게 됐는지 의문을 가질 수밖에 없었다. 그렇기 때문에 중대원이 나인이라는 아이를 제국군 출신이라는 이유만으로 괴롭히거나 배척한다면 중대에서 멀리 보내 버리는 게 중대원에게도 어린 나인에게도 도움이 될 것이라고 낸시 중위는 판단했다. 낸시 중위의 걱정을 알아차렸는지 피어 상병은 빙그레 웃고는 입을 열었다.

"글쎄요. 중대원은 다들 귀여워해서 난리인 걸요. 제국군이었다고 시비를 거는 중대원은 없어요. 보시면 알겠지만, 총도 제대로 쏠 줄 모르는 녀석이잖아요. 화내도 별 소용 없음을 다들 아는 거죠."

"그렇다니 다행이군."

낸시 중위가 안도하자 피어 상병은 다시 자리에서 일어났다.

낸시 중위의 걱정과는 달리 나인은 오히려 중대원의 지대한 관심을 받는 일이 고생이었다. 여자들만 있는 중대에 꽤나 귀엽게 생긴 남자아이가 들어왔으니 병사들의 관심이 집중될 수밖에 없었다. 물론 노골적으로 유혹한다거나 하는 일은 없었지만 개중에는 꽤나 짓궂은 장난을 거는 병사들도 있었다.

"이 녀석 분명 크면 여자들 울리고 다닐 녀석이야. 웃는 게 보통이 아니라니까."

아침식사 후의 휴식 시간, 한가한 시간에 굳이 취사반으로 찾아온 미린 상병이 그늘에 앉아 있는 나인을 바라보면서 농담을 건네자 나인은 얼굴을 빨갛게 물들이고는 시선을 돌렸다.

"록시가 생각하기에는 어때?"

"네에? 글쎄요. 저도 남자는 잘 몰라서……."

"우리 막내도 차암, 아직 어리다니까. 그러고 보니 중대에서는 록시가 나인이랑 나이가 가장 비슷하네. 나인이 지금 14살이지? 록시는 18살이고."

"그……. 그런 말씀은 하지 마세요."

처음에는 나인을 놀리던 미린 상병이 자신에게로 화살을 돌리자 록시 이병도 얼굴을 빨갛게 물들이고는 손을 저었다.

"너 친구가 보낸 쿠키 나인에게 나눠주고 그랬잖아."

"그……. 그거야 제가 총 쏜 게 미안하기도 하고, 또 워낙에 많이 보내줬으니까요. 미린 상병님께도 드렸잖아요."

록시 이병의 변명에도 불구하고 미린 상병은 다 알고 있다는 투의 미소를 지으며 록시 이병의 옆구리를 찔렀다.

"뭐 어때. 지금이야 어려 보이지 남자들은 열댓이나 열여섯만 되면 금방 멋진 청년이 된다, 너?"

"얼씨구! 어린 주제에 나보다 더 아줌마처럼 군다니까."

어느새 등 뒤로 다가온 피어 상병의 목소리에 미린 상병은 깜짝 놀라서 피어 상병을 돌아보았다.

"그렇게 꼬맹이들 놀릴 시간 있으면 일이나 도와. 지금 밀가루가 들어왔다."

"우왁! 잠시만요, 피어 상병니임!"

키가 작은 미린 상병의 목덜미를 잡고 간단하게 들어 올린 피어 상병이 미린 상병을 질질 끌고 사라지자 록시 이병은 한숨을 내쉬었다.

"미안, 나인. 미린 상병님은 나쁜 분은 아니지만 좀 짓궂으시거든."

"하하……. 아뇨, 뭐 저보다 록시 이병님이 더 난감하셨겠네요. 괜히 제게 마음을 쓰셔서 말이죠."

가볍게 대꾸하며 나인은 록시 앞자리에 앉았다. 미린 상병 때문에 나무 밑으로 피해 있었으니 이제서야 제 자리를 찾은 셈이다.

"친하게 지내 주시는 건 고맙지만, 너무 그러지는 마세요. 괜히 록시 이병님까지 이상한 장난에 휘말리잖아요."

나인이 위로하자 록시 이병은 빙그레 웃고는 주머니에서 무언가를 꺼냈다. 포장지로 감싸서 리본으로 묶은 주먹만 한 물건이었다.

"자. 먹어. 이번에는 사탕이야."

"아뇨. 지난번에 쿠키도 주셨는데요."

"괜찮아. 괜찮아. 많이 있어. 나 혼자 먹기도 많아서 그래."

나인이 손을 저으며 거절했지만 록시 이병이 억지로 밀어붙이는 바람에 조심스럽게 받아들었다. 리본을 풀고 포장지를 여니 색색의 알사탕들이 들어 있었다.

"감사합니다. 이것도 지난번 쿠키처럼 친구분이 보내셨나요?"

"어…… 뭐, 비슷한 거야. 친구라고 하기는 좀 그렇네. 동생들이라고 하는 편이 나으려나?"

왠지 쓸쓸한 표정으로 록시 이병이 말하자 나인은 사탕 하나를 입에 넣고는 뭔가 묻고 싶은 것이 있는 듯한 표정이었지만, 아무 말 없이 록시 이병을 바라보았다. 나인을 바라보던 록시 이병은 마음을 다 잡은 듯 입을 열었다.

"나도 고아원 출신이야. 너처럼."

"아? 네……."

"별로 놀라지 않네?"

"눈치는 빠르거든요. 행동에서 느껴졌어요."

록시는 살짝 웃으면서 머리를 긁적였다. 나인은 록시의 행동에서 이미 어느 정도 눈치를 채고는 있었다. 그렇지만 왠지 티를 낼 필요는 없다고 생각해서 그냥 평범하게 행동했을 뿐이었다. 록시 이병은 살짝 손을 뻗어서 나인의 손을 붙잡았다.

"뭐 그렇다고. 앞으로도 같이 친하게 지내자."

"네. 록시 이병님은 좋은 분이니까요."

록시 이병의 말에 나인이 빙그레 웃자 록시도 따라 웃었다.

3.

쇼촐레르 섬 대부분을 점령한 왕국군은 최종적으로 모든 병력을 투입해 마지막으로 남은 섬의 동북부를 제압하기로 결정했다. 그동안 후방에 주둔했던 로빈중대는 드디어 해안가를 떠나서 한참을 동북쪽으로 이동, 전선에서 얼마 떨어지지 않은 곳에 새 주둔지를 마련했다. 얼마 뒤, 낸시 중위에게 명령이 떨어졌다.

"우리는 적지의 가장 남쪽 마을을 담당하게 되었다. 마을의 이름은 '포지로토'. 그리 큰 마을은 아니고 작은 포구다. 항공정찰로는 소수의 제국군 수비대만 있는 것으로 조사되었다."

중대원을 모아 작전 브리핑을 하는 낸시 중위는 아는 사항들을 병사들에게 설명했다. 이 섬에서의 마지막 전투가 될지도 모르기 때문에 낸시 중위는 더더욱 긴장했다.

"민간인이 남아 있을 가능성도 있으니 공격을 할 때는 최대한 조심스럽게 행동하도록. 자세한 사항은 소대장들의 지시에 따르도록 한다. 이상!"

낸시 중위의 브리핑이 끝나자 병사들은 장비를 챙기기 시작했고, 낸시 중위는 소대장늘에게 색색의 펜으로 잔뜩 표시가 된 투명지를 나누어 주었다. 작전을 미리 표시해 지도 위에 부착하는 투명지였다.

"일단은 한 개 소대급 병력이 주둔하는 것으로 파악되었고 중화기도 없어 보이지만, 마을 주변은 숲이야. 뭐가 숨어 있을지 모르니 다들 조심하도록."

"알겠습니다."

"먼저 수색대를 보내는 게 좋지 않을까요?"

레니 소위는 시원하게 대답했지만 로나 소위는 조심스럽게 되물었다. 확실히 정보가 부족한 상황이라 수색대를 보내는 것은 옳은 판단이었다.

"좋은 판단이야. 하지만 이번에는 공격 개시 시각이 한낮이다 보니 수색대로 인해 우리의 공격 의도가 노출될 위험도 있어. 따라서 1소대와 3소대는 마을 정면으로 진격하고 2소대가 마을 측면으로 우회해 돌입하는 작전이 가장 올바르지 않나 싶네."

낸시 중위가 지도를 펼쳐서 설명을 시작하자 로나 소위가 고개를 끄덕이며 지도를 바라보았다.

"1소대와 3소대의 공격에 대응하다 측면에서 조공이 들어오면 힘에 부친 적군은 후퇴할 수밖에 없겠지. 그렇게 후퇴한 적군은 다른 중대에서 처리해 줄 테고, 우리는 그대로 마을을 점령하면 될 거야."

"아군에게 미안하긴 하지만 그게 속 편하겠네요."

낸시 중위의 의견에 로나 소위가 고개를 끄덕이며 긍정했다.

왕국군은 지금껏 쇼촐레르 섬에서의 공세를 야간에 실행했다. 야간에는 부대의 기동이나 규모와 전술을 숨기기 쉽고, 그만큼 적을 압박하기가 용이하기 때문이었다. 그렇지만 밤은 적에게도 훌륭한 아군이었다. 제국군은 적절하게 방어하면서 야음을 틈타 후퇴해 병력을 온존한 뒤, 재차 다음 방어선을 구축했다.

그래서 이번 작전은 주간에 수행하기로 했다. 주간이면 아군 전투기들의 공중 지원도 받을 수 있고, 더 정확한 포격 지원도 가능하다는 장점이 있다.

그런 이점들도 있었지만, 주간 전투를 결정한 무엇보다도 가장 큰 요인은 결국 왕국군의 자존심 문제였다. 이미 쇼촐레르 섬의 대부분을 점령한 만큼 대낮에 당당히 진격하더라도 충분히 적군의 저항을 분쇄할 만한 역량이 있으며, 주간 공세야말로 이번 작전의 마지막 무대에 어울린다는 장군들의 판단이 이유였다.

장군들의 꿍꿍이가 어떻든 병사들은 이런저런 이야기를 하면서 탄을 보급받고, 수류탄을 챙기고, 전투화 끈을 동여매며 작전 개시를 기다리고 있었다. 병사들의 머리 위로 전투기들이 편대비행을 시작했다. 아마도 왕국군 주력의 공세가 예정된 제국군 최후 거점 '메르시나'에 대한 공격일 거라고 병사들은 생각했다. 정찰을 통해 현재 쇼촐레르 섬에 있는 제국군의 주력이 메르시나에 있음은 명확하게 판독되어 있었다. 쇼촐레르에서 가장 큰 도시인 메르시나 주위는 수많은 진지들로 요새화되어 있었고, 강고하게 구축된 방어선을 무너트리는 데에는 공중으로부터의 공격이 가장 효과적이었다.

  제국군이 쇼촐레르 섬에 건설해 놓은 비행장은 이미 왕국군이 점령했기에 전투기들은 야탈레르 본토에서 날아오는 제국군 전투기들보다 더 좋은 조건에서 전투를 치르게 될 것이었다. 물론, 로빈중대에게는 당면 목표인 포지로토의 점령이 훨씬 중요한 문제였다.

  "자. 샌드위치들 받아 가세요!"

  작전 준비를 하는 병사들 사이를 지나다니며 나인은 종이에 싼 샌드위치를 나누어 주었다. 점심식사 전에 작전이 시작되기 때문에 식사를 거르게 될까 봐 피어 상병이 만든 것이었다. 제대로 된 식사는 아니었지만 샌드위치라면 훌륭한 요깃거리였기에 바쁘게 움직이던 병사들도 반가운 마음으로 샌드위치를 받아 들었다.

  "나인이 직접 만든 거야?"

  "제가 만든 것도 있고, 엄마가 만든 것도 있고 그래요. 민트 누나가 만든 것도 있고요."

  나무지게인 팩보드에 30구경 기관총을 결속하던 미린 상병이 샌드위치를 받으며 묻자 나인이 대답했다. 그 옆에서 삼각대를 군장에 얹던 레네시 상병도 나인의 머리를 한번 쓰다듬고는 바구니에서 샌드위치를 꺼내며 입을 열었다.

"록시, 샌드위치 받아. 나인이 만든 거라는데?"

"아! 언제 왔어?"

탄통을 등에 짊어질 수 있게 팩보드에 올리던 록시 이병은 나인이 온 줄도 모르고 있다가 놀라서 대답했다.

"방금 왔어요. 우와, 기관총은 참 무겁겠네요. 탄도 많고."

나인이 샌드위치를 건네주자 록시 이병은 샌드위치를 받아들고는 머리를 긁적였다.

"아니 뭐, 좀 무겁긴 하지만 어차피 그 마을 앞까지는 트럭으로 갈 거야. 우리는 막 뛰어다녀야 하는 건 아니거든."

"그래도 무거운 건 사실이니까요."

"그렇긴 하지."

록시 이병과 나인이 이야기를 나누는 모습을 보던 미린 상병은 록시 이병의 목에 팔을 감았다.

"오케이. 이야기는 작전 다녀와서 더 하면 되니까 얼른 탄이나 챙기세요."

"아! 네!"

"그럼 있다가 봐요."

미린 상병이 록시 이병을 끌고 가자 나인은 크게 소리치고 다시 다른 병사들에게 샌드위치를 나눠주기 시작했다.

작전지역에 도착한 로빈중대는 작전대로 위치를 잡고 신호를 기다리고 있었다. 항공사진으로 볼 때 제대로 된 진지는 보이지 않았지만 건물에 기관총이 거치되어 있을 가능성도 있었다. 낸시 중위는 먼저 마을 중앙의 종탑을 박격포로 조준하도록 명령했다. 제국군 관측수가 있을 가능성이 가장 높은 건물이었다. 낸시 중위는 조심스럽게 종탑을 쌍안경으로 바라보고 발사 명령을 내렸다. 기준포에서 장약이 폭발하는 소리와 함께 탄이 발사되었다. 직접조준 사격이었지만 바람 때문인지 탄은 종탑 우측으로 빗겨 떨어졌다. 멀리서 탄이 폭발하는 소리가 들렸다.

　"재조준해서 발사!"

　포반장 리젤 하사가 다시 명령을 내리자 재조준을 마친 두 번째 탄이 곧바로 발사되었다. 두 번째 탄은 멋들어지게 종탑에 명중했다. 쇠로 된 커다란 종이 종탑에서 떨어지며 커다란 금속음을 내었다.

　"돌입한다!"

　낸시 중위가 명령하자 중대원이 자리에서 일어나 마을로 뛰어가기 시작했다.

　선두로 진격한 유리아 중사의 1소대가 마을 입구에 다다르자 제국군 기관총이 사격을 시작했다.

　"은엄폐!"

　유리아 중사가 소리치자 소대원들이 흩어져 건물 처마 밑으로 들어갔다. 제국군 기관총 진지는 5층짜리 건물 다락방 창문에 있었는데, 큰길을 정확히 겨냥할 수 있는 좋은 장소였다. 병사들이 재빨리 기관총 진지에 사격을 가했지만 큰 효과는 없었다. 유리아 중사는 은

폐한 건물의 창문을 부수고 안으로 들어갔다. 집주인은 이미 어디론가 피난을 간 듯 건물은 텅 비어 있었다. 계단을 따라 건물 꼭대기로 올라가 3층 창문에서 올려다보니 적 기관총 진지가 눈에 들어왔다.

"비키, 날려 버려!"

유리아 중사의 명령에 비키 일병은 다락방 창문을 조심스럽게 열고 로켓포 포신을 밖으로 내밀었다.

"준비하겠습니다. 후폭풍 조심하세요."

비키 일병이 자세를 잡자 부사수 베티 일병이 탄을 집어넣고 비키 일병의 철모를 두드렸다.

"발사!"

후폭풍을 피하려고 유리아 중사와 병사들이 문 밖으로 나가기를 기다렸다가 비키 일병은 방아쇠를 당겼다. 로켓이 점화되는 소리와 함께 로켓포탄이 빠른 속도로 날아가 적군 기관총 진지를 확실하게 파괴해 버렸다. 제국군의 기관총 사격이 멈추자 은엄폐후 대기 중이던 로나 소위의 3소대가 빠른 속도로 마을로 들어와 건물들을 하나하나 점령해 나갔다. 순식간에 마을 남부는 로빈중대의 차지가 되었다.

마을 남쪽 기관총 진지를 파괴하고 돌입했다는 무전을 들은 낸시 중위도 마을로 돌입했다. 제국군 병사들이 건물에 숨어서 반격을 가했지만 로빈중대 병사들은 응사하며 차근차근 건물들을 소탕했다. 박격포들이 골목을 포격해 제국군의 공격 루트를 차단하면 보병들이 사격을 가해서 착실하게 제국군들을 처리해 나갔다.

건물을 차지하고 총을 쏴대는 제국군들은 중대원이 수류탄이나 총류탄을 창문으로 쏴 넣고 돌입하면 금방 정리되었다. 지난 사막과 쇼촐레르섬에서 소규모 마을을 점령하는 임무를 여러 번 수행하면서 이런 식의 소탕전에 익숙해진 병사들은 꽤나 능숙한 솜씨로 마을을 점령해 나갔다. 낸시 중위는 작전이 순조롭게 진행되고 있다고 안도했다.

"2소대가 측면에서 돌입해 적의 허리를 끊고 있습니다. 순조롭다고 하네요."

무전병 엘리센 상병이 보고했다.

"하던 대로 계속해서 진행하도록 전달해. 1소대와 3소대는 건물들을 확실하게 수색하도록 지시하고."

엘리센 상병은 무전기 수화기를 들어 올려 낸시 중위의 명령을 전달하기 시작했다. 생각 외로 제국군의 저항은 거세지 않았다. 아마도 주력은 전부 메르시나로 가 버린 모양이었다.

"적들이 마을 북쪽으로 퇴각하고 있습니다."

엘리센 상병이 다시 소리치자 낸시 중위는 미소를 지으며 철모를 벗었다.

"아무래도 점령이 끝난 것 같네."

"2소대에서 제국군을 추격해도 되냐고 묻습니다만."

"아니. 추격하지 말고 마을 중앙으로 이동하라고 해. 괜히 쫓아가 봐야 아군의 피해만 늘어나니까."

낸시 중위가 대답하자 엘리센 상병은 무전기로 전달했다. 점령한 성당으로 들어가 장의자에 앉은 낸시 중위가 수통을 꺼내서 목을 축이고 있자 유리아 중사가 다가왔다.

"점령이 끝난 모양이군요."

"네. 1소대의 피해 상황을 보고해 주세요."

유리아 중사는 철모를 벗고 입을 열었다.

"미체른이 어깨에 총상을 입었고, 모니아가 복부에 파편을 맞았습니다. 일단 의무병이 치료중인데 심각한 수준은 아니라고 하는군요. 3소대에서는 페니가 목에 총상을 입었다고 합니다. 다행히 스친 거라 금방 낫는다고 하네요."

유리아 중사의 보고에 낸시 중위는 안도의 한숨을 내쉬었다. 기관총을 처리해야 했던 1소대나 뒤이어 돌입한 3소대에 비해 측면을 찔러 적을 몰아내는 역할이었던 2소대는 부상자도 없을 가능성이 높았다. 이 섬에서의 마지막 전투가 그렇게 끝난다면 참으로 다행일 터였다.

"2소대에서 연락이 왔습니다."

엘리센 상병이 소리쳤다. 낸시 중위는 무언가 좋지 못한 상태임을 직감했다. 낸시 중위는 급히 엘리센 상병에게 무전기를 넘겨받았다. 무전기를 통해 들려온 소식은 낸시 중위의 예상을 뛰어넘는 악재였다.

"적 전차부대가 몰려온다!"

4.

레니 소위는 어두운 얼굴로 쌍안경을 내렸다. 숲에서 몰려오는 녀석들은 누가 보더라도 전차였다.

"로켓포 대기! 다들 건물 안으로 들어가!"

레니 소위가 창밖으로 소리치자 건물 밖에 있던 병사들이 다들 건물 안으로 뛰어들었다.

"이런 전차가 있다는 말은 없었잖아요, 중대장님."

혼잣말로 중얼거린 레니 소위는 조심스럽게 머리를 들어서 창밖을 바라보았다. 거리는 약 200여 미터. 대충 세어도 10대는 되어 보였다.

레니 소위는 머릿속으로 소대의 화력을 떠올려 보았다. 대전차 로켓포는 2문. 그밖에 가진 유효한 수단은 수류탄 약간이 전부였다. 전차를 잡을 만한 물건은 없었다. 그나마 다행인 점은 길이 좁아 적들이 마을 안으로 진입하려면 한 대씩 들어와야 한다는 점이었다. 길양 옆 건물에 로켓포를 배치해 적 전차의 상부를 노린다면 어느 정도 승산은 있었다. 레니 소위는 급하게 뛰어다니며 로켓포병들을 배치하고 적 전차를 기다렸다.

처음으로 진입한 전차는 야탈레르군의 구형 전차였다. 근거리에서 로켓포로 노리면 손쉽게 격파할 수 있는 녀석이었다. 잠시 뒤에 건물에서 날아간 로켓포가 전차 상부에 작렬했다. 커다란 폭음과 함께 전차 포탑이 폭발해 버렸다. 뒤따라오던 제국군 전차들이 급하게 뒤로 후진하며 빠지려 했지만 통로가 좁아 제대로 움직이지 못하고 뒤이어 날아온 로켓포에 격파되었다. 총 4대의 전차를 잃은 제국군은 뒤로 빠졌다. 파괴된 전차들은 모두 야탈레르제 구형 전차들이었다. 미네 하사가 기뻐하며 말했다.

"적 전차들이 물러갔네요. 다행입니다."

"아뇨. 뭔가 이상해요."

레니 소위가 대답했다. 너무 쉽게 포기해 버렸다. 이렇게 쉽사리 꽁무니를 뺄 생각이었으면 전차를 보낼 리 없다고 레니 소위는 생각했다. 그 순간 갑자기 건물 벽이 폭발하며 벽돌을 흩뿌렸다.

"뭐……. 뭐야!"

폭발에 넘어진 레니 소위가 몸을 일으키며 소리쳤고, 벽돌에 부상을 입은 병사들이 비명을 지르기 시작했다. 갑작스런 상황에 레니 소위는 당황해서 주변을 둘러보았다. 레니 소위의 시야에 미네 하사가 들어왔다.

"미네 하사!"

레니 소위는 바닥에 쓰러져 있는 미네 하사를 보고 외치며 끌어올렸다. 축 늘어진 미네 하사는 움직임이 없었고, 코에서는 피가 흘러내리고 있었다.

"의무병! 의무병!"

"적군 전차입니다! 제국군 신형 전차예요!"

레니 소위가 위생병을 부르는 동안 말랴 상병이 소리쳤다. 레니 소위는 달려온 의무병에게 미네 하사를 맡기고 파괴된 벽으로 달려가 밖을 바라보았다. 전차들이 몰려오고 있었다. 숫자는 4대. 아까 넘어왔던 야탈레르제 전차가 아니라 제대로 된 제국군 전차였다. 그것도 신형. 강한 주포를 가진 제국군 신형 전차였다.

"제기랄……."

신형 전차는 로켓포도 제대로 뚫기 힘든 중장갑이다. 레니 소위는 결국 결단을 내리고 소리쳤다.

"일단 중대장님이 계신 마을 중앙부로 후퇴한다! 모두 후퇴!"

레니 소위의 말에 병사들이 각자 자리에서 일어나 건물 밖으로 뛰쳐나갔다. 병사들이 건물 밖으로 나가는 모습을 확인하고 레니 소위도 재빨리 계단을 내려가기 시작했지만, 그 순간 제국군 전차포가 건물에 작렬했다. 레니 소위는 그 충격으로 계단에서 굴러 떨어졌다.

5.

낸시 중위는 계속해서 대대에 지원 포격을 요청했지만 소용이 없었다. 로빈중대를 제외한 부대들은 메르시나와 그 부근을 소탕하는 임무를 맡고 있었고, 현재 그곳에서의 저항도 매우 극심하다는 연락이 돌아왔다. 대대에서는 여차하면 마을을 포기하라고 이야기했지만, 말처럼 쉽지 않다는 것은 낸시 중위가 누구보다 잘 알고 있었다. 이곳 포지로토는 작은 마을이지만 배가 접안할 수 있는 항구가 있다. 즉, 교두보가 될 수 있는 요지였다.

로빈중대에 이 마을을 점령하라는 명령이 떨어진 이유에는 이런 부분도 컸기 때문에 낸시 중위로서는 후퇴하기보다 마을 중앙 성당에 집결해 아군 지원 병력이 올 때까지 방어하는 게 올바르다고 판단했다. 물론 아군의 지원이 언제 오는지는 알 수 없지만 말이다.

고민에 빠진 낸시 중위에게 머리에 붕대를 감고 팔은 삼각건으로 고정한 레니 소위가 다가왔다. 낸시 중위는 살짝 얼굴을 찡그렸다.

"다친 모양이네."

"큰 부상은 아닙니다. 다만 제국군 전차를 저지하지 못한 점은 사과드립니다."

"아니. 신형이면 별 수 없지. 로켓포로 상대하기 어려운 놈이라는 건 지난번부터 알았으니까 말이야. 일단은 여기에서 방어하면서 아군이 오기를 기다려야지. 아무리 신형이라 해도 근거리면 어느 정도 효력이 있을 거야."

그렇게 말했지만 낸시 중위도 마찬가지로 불안했다. 무엇보다 전차의 숫자가 너무 많았다. 지금 파악한 것만으로도 15대 이상의 전차가 마을 주변에 자리잡고 있었고, 그중 몇 대는 이미 마을로 진입해 점점 중심부로 접근했다.

제국군도 여차하면 지원 병력을 내려놓을 항구가 필요하니 포지로토 마을 접수에 사활을 거는 모양이라고 낸시 중위는 판단했다.

"최대한 방어하고 안 되면 바로 후퇴하도록. 정 불가능하면 마을을 포기한다."

낸시 중위는 결국 그렇게 말할 수밖에 없었다. 중대원의 피해를 감수하느니 차라리 나중을 기약하는 게 더 옳은 선택이라고 낸시 중위는 생각했다.

현재 중대에 로켓포는 총 8문.

성당 위에서 관측중인 병사로부터 전차들이 몰려오는 방향을 전달받은 유리아 중사는 로켓포 3문과 함께 그곳으로 달려갔다. 건물 안으로 유리아 중사와 병사들이 들어간 얼마 뒤 로켓포를 발사하는 소리가 들렸다.

"잘 되려나……."

낸시 중위는 걱정스러운 눈으로 유리아 중사들이 들어간 건물을 바라보았다.

 얼마의 시간이 지났을까. 건물 문이 열리고 병사들이 모두 뛰쳐나와 성당으로 달려오기 시작했다. 마지막으로 뛰어나온 사람은 유리아 중사였는데 어깨에 누군가를 들쳐업고 있었다. 유리아 중사가 밖으로 빠져나오자마자 건물 윗부분이 폭발하듯 터지며 벽돌들을 날려 버렸다. 그리고 건물 절반이 그대로 무너져 내렸다.

 갑작스런 상황에 놀란 낸시 중위가 건물을 바라보고 있으려니 건물 옆으로 전차 한 대가 뛰쳐나왔다.

 "로켓포 발사해!"

 낸시 중위가 소리치자 성당에서 대기 중이던 로켓포병들이 일제히 탄을 발사했다. 전차의 정면에 포탄들이 작렬했지만 장갑을 뚫고 피해를 입힌 탄은 전무했다. 신형 전차의 장갑은 매우 두터웠다. 게다가 몇 발은 제대로 폭발하지도 않고 튕겨 나가 버렸다.

 병사들이 재빨리 다음 탄을 장전하기 시작했지만 전차는 계속해서 성당으로 달려왔다. 그 순간 로켓포 한 발이 제국군 전차의 궤도 측면에 작렬했다. 보기륜이 파손된 전차는 제자리에서 뱅뱅 돌다가 곧 움직임을 멈췄다.

 해치가 열리고 전차병들이 손을 들면서 기어나왔지만 병사들이 발사한 총탄에 모두 쓰러지고 말았다.

 "사격중지! 쏘지 마!"

 낸시 중위가 소리쳤지만 이미 제국군 전차병들은 모두 사살된 뒤였다. 이런 식의 무의미한 살상은 좋지 못하다고 낸시 중위는 생각했지만 전투중에는 어쩔 수 없는 부분이기도 했다. 아까까지 자신을 죽이려던 상대에게 온전한 동정심을 가지기란 쉽지 않았다.

낸시 중위는 한숨을 쉬면서 누가 제국군 전차를 파괴했는지 확인했다. 포탄이 날아왔던 방향을 바라보니 유리아 중사가 로켓포를 들고 급하게 달려오고 있었다. 낸시 중위는 유리아 중사를 바라보고 놀란 표정을 지울 수 없었다.

"유리아 중사?!"

유리아 중사가 성당 안으로 들어오자마자 낸시 중위가 소리치듯 불렀고, 유리아 중사는 옆에 있는 병사에게 로켓포탄이 든 조끼와 로켓포를 건네주고 낸시 중위에게로 다가왔다.

"정말이지 위험한 행동은 하지 말라고 늘 말하는데 지켜지지 않는군요."

"아아. 죄송합니다. 워낙에 급박한 상황이어서 말이죠."

유리아 중사가 허리춤의 수통을 꺼내서 물을 들이키며 말했다. 무척이나 목이 말랐는지 한참 물을 마신 유리아 중사는 수통을 집어넣고 입을 열었다.

"그보다 제국군 신형 전차는 참 단단하네요. 로켓포탄이 정면에는 씨알도 안 먹히는군요. 한 대를 상대하는데 이렇게 고생스러울지 몰랐습니다."

"신형이에요. 적들도 발전한다는 이야기지요."

유리아 중사의 말에 낸시 중위가 대답했다. 강철로 둘러쌓인 전차는 보병에게는 상대하기 매우 까다로운 적이었다.

"전차들이 다시 몰려옵니다! 이번에는 여러 대라고 합니다."

엘리센 상병이 무전을 전달했다.

"여긴 제가 남겠습니다. 얼른 후퇴하시죠."

유리아 중사가 낸시 중위에게 말하며 자신의 소총을 들어올렸다.

"잠시만요. 무슨 말씀이세요?"

"저희 소대 로켓포 3문이면 어느 정도 버틸 수는 있겠지요. 일단 중대장님은 후퇴하셔서 아군에게 연락해 주십시오."

유리아 중사는 로켓포병들을 불러서 자리를 지정하기 시작했다. 낸시 중위는 멍하니 그 모습을 보다가 입을 열었다.

"잠깐만요! 제 이야기 아직 안 끝났습니다. 1소대장!"

낸시 중위가 평상시와 다르게 강한 어조로 유리아 중사를 부르자 유리아 중사는 다시 몸을 돌려서 낸시 중위를 바라보았다. 낸시 중위는 무척 화가 난 얼굴로 유리아 중사를 향해 입을 열었다.

"후퇴한다면 다 같이 후퇴합니다. 두고 갈 수는 없습니다."

"방어하는 인원 없이 후퇴하다가는 어떻게 되는지 잘 아실 텐데요? 거기다 제대로 된 포격 지원도 받을 수 없는 상황입니다. 어쩔 수 없는 선택이라고 생각하시죠."

낸시 중위가 화를 냈지만 유리아 중사는 그렇게 대꾸하며 무표정한 표정으로 품속에서 담배를 빼어 물었다. 낸시 중위는 반박할 수 없었다. 가장 합리적인 방법이기도 했다.

단체로 마을에서 물러난다면 기세를 몰아 제국군 전차들이 숲길을 따라 진격할 것이고, 그러다 보면 전선이 무너질 수 있었다. 그렇지만 전차를 파괴하지 못하더라도 몇 명이 남아 제국군 전차를 공격해 발을 묶는다면 그만큼의 시간을 벌 수 있을 것이고, 그동안 어떻게 해서든 아군의 지원을 받아내면 유리아 중사를 무사히 구출할 수도 있을 것이었다.

그렇지만 유리아 중사의 안전은 보장할 수 없다. 그것은 유리아 중사도 잘 알 터였다.

"이번만은 제 말을 따라 주시죠."

"하지만, 유리아 중사……."

"지휘관이 살아남아야 부대가 유지되죠. 살아남으셔서 반드시 이 전쟁을 끝내셔야 합니다."

유리아 중사가 말하는 도중에도 로켓포가 발사되는 소리가 울려 퍼졌다. 이미 제국군 전차들이 마을 중심으로 진입했다.

"1소대! 다들 후퇴 준비! 로샨! 로켓포반은 그대로 나랑 같이 남는다!"

유리아 중사는 그 말을 남기고는 소총을 들고 창문으로 뛰어갔다. 낸시 중위는 멍하니 유리아 중사의 뒷모습을 바라보았다.

"중대장님! 얼른 가죠."

낸시 중위에게 로나 소위가 다가와서 어깨를 흔들자 낸시 중위는 고개를 돌려서 성당 밖으로 나가는 병사들의 뒤를 따랐다.

"다시 돌아오겠습니다. 유리아 중사!"

낸시 중위가 마지막으로 유리아 중사에게 소리치자 유리아 중사는 담배를 던지며 낸시 중위에게 빙그레 웃어 주었다.

6.

부대 주둔지에 홀로 남은 나인은 한숨을 쉬면서 감자를 깎았다. 취사반인 피어 상병과 민트 일병까지 작전을 나갔기 때문에 현재 주둔지에 있는 사람은 나인 혼자였다. 물론 연대에서 일곱 명이 와서 주둔지 경계를 대신 서고 있었지만 말이다.

나인은 걱정되는 마음을 다잡으면서 감자를 쥐었다. 피어 상병은 어차피 취사병은 후방에서 지원하는 정도니까 걱정할 것 없다고 말하며 머리를 쓰다듬어 주었지만, 나인은 걱정을 떨칠 수 없었다. 살면서 처음으로 생긴 가족이 죽을지도 모른다는 공포심이 밀려왔다. 피어 상병이나 중대장인 낸시 중위가 죽어 버리면 자신은 어떻게 될지에 대한 공포감도 무척이나 크게 다가왔다. 나인은 아직 너무 어렸다.

"어이. 어이!"

감자를 깎는 나인에게 누군가가 다가와서 말을 걸었다. 연대에서 지원 온 병사였다. 나인은 자리에서 일어나 손을 앞치마에 닦고는 입을 열었다.

"무슨 일이시죠?"

"아, 누가 로빈중대 사람을 찾더라. 지금 중대원은 너밖에 없잖아."

나인은 갑자기 중대 사람을 찾는 사람이 누구일까 궁금해 병사의 뒤를 따랐다.

"부대는 전부 작전을 나갔는데 대체 누가 찾는 걸까요?"

"나야 모르지. 그보다 너 사투리 쓰나 보다? 억양이 좀 강하네."

"아, 네. 시골 출신이거든요. 저기 북부에."

나인의 제국 억양을 단순한 사투리라고 생각한 병사가 묻자 나인은 어영부영 넘어갔다. 나인이 제국군 출신이라는 것은 로빈중대원 말고는 아는 사람이 없었다.

"그렇구나. 하긴 북부 사투리는 조금 억양이 강하다고들 하더라."

다행히 병사는 별 의심 없이 넘어갔다. 나인은 조용하게 안도의 한숨을 내쉬었다.

부대 입구에 다다른 나인은 전차를 보고는 깜짝 놀라고 말았다. 이제 막 공장에서 나온 것처럼 매우 깨끗한 전차였다. 왕국군 특유의 높은 차체가 인상적이었다. 전차에 타고 있던 장교가 나인을 보고는 입을 열었다.

"어라? 지금 중대에 너 혼자니? 그보다 너 군인이 아니구나?"

"아 네! 이번에 취사반에 새로 들어온 취사 지원 군속이에요."

전차에 타고 있는 사람은 여군 장교였는데 전차병 헬멧을 쓰고 있었다. 긴장한 나인이 장교를 올려다보자 장교는 빙그레 웃고는 다시 물었다.

"좋아. 어디로 갔는지는 못 들었니? 우리는 지금 막 도착했거든."

"포지로토 마을을 점령하러 간다고 들었어요."

나인이 대답하자 장교는 허리에 차고 있던 지도가방에서 지도를 꺼내 이리저리 살펴보기 시작했다.

"흐음……. 여기서 동쪽으로 더 가야 하는구나. 꽤나 머네."

"차로 1시간 반은 걸린다고 들었어요."

"간 지는 오래되었니?"

"아뇨. 이제 한 시간 정도 지났네요."

나인의 대답에 장교는 빙그레 웃고는 지도가방에 다시 지도를 집어넣었다.

"좋아 군속. 그러면 또 보자. 아마 작전이 끝나면 매일 보겠지만. 출발!"

장교가 웃으며 인사하고 전차 안으로 소리를 질렀다. 시동이 걸리자 전차는 앞으로 달려가기 시작했다.

"저 장교 꽤 독특하네. 철모에 부대 마크를 그려 놨어."

"자켓도 봤어? 등쪽에 검은색 마녀 실루엣이 있더라."

근무를 서던 병사들이 떠드는 동안 나인은 달려가는 전차를 바라보며 한참을 그 자리에 서 있었다.

7.

마을 외곽에 트럭을 세워 둔 곳까지 후퇴한 로빈중대 병사들은 바닥에 주저앉아서 숨을 골랐다. 낸시 중위는 곧바로 대기 중이던 미리아 중사에게 달려갔다.

"미리아 중사! 가지고 온 수류탄을 지금 당장 분배해 주세요."

"수류탄이요? 갑자기 무슨……. 그보다 무슨 일이 벌어진 겁니까?"

낸시 중사의 말에 미리아 중사가 궁금해서 되물었지만 낸시 중위는 대답도 듣지 않고 트럭 위로 뛰어 올라갔다.

"수류탄들 얼른 지급해! 로켓포병들은 포탄 챙기고!"

"중대장님! 돌아가실 생각입니까?!"

화들짝 놀란 레니 소위가 달려와서 물었다.

"유리아 중사랑 대원들을 도우러 가야지!"

"신형을 상대할 대전차 화기도 없습니다만."

"박격포탄에 수류탄을 묶어서 던지면 어느 정도 효과는 있어!"

낸시 중위가 외치며 수류탄 박스를 트럭 밖으로 집어 던지자 레니 소위는 한손만으로 겨우겨우 트럭 위로 올라와 낸시 중위의 어깨를 붙잡았다.

"진정하세요, 중대장님! 지금은 대대에 연락해 전차라도 부르는 게 옳습니다."

"그러기엔 시간이 늦어!"

"저라고 유리아 중사가 죽기를 바라는 게 아니잖습니까! 중대장님이 그렇게 흥분하면 어쩌자는 겁니까!"

낸시 중위가 막무가내로 밀치자 레니 소위는 강하게 어깨를 붙잡으며 소리치듯 말했다.

"진정하세요 진정! 일단 지금 상황에서 저희가 다시 돌아가 봐야 적 전차를 효과적으로 잡지 못합니다. 아니면 적 전차에 자살공격이라도 하자는 겁니까?! 중대원 다 죽자고요?"

레니 소위의 말에 낸시 중위는 그제야 정신을 차리고 레니 소위의 얼굴을 바라보았다. 레니 소위는 울 것만 같은 표정으로 낸시 중위를 바라보았다.

"일단 진정하고 좀 더 나은 방안을 생각해 봐요."

"미안해……."

낸시 중위가 겨우 진정해서 그대로 트럭 위에 걸터앉았다. 그제야 낸시 중위의 눈에 자신을 바라보고 있는 중대원의 얼굴이 들어오기 시작했다. 중대원은 낸시 중위가 날뛰는 모습을 놀란 눈으로 바라보고 있었다. 낸시 중위는 망치로 머리를 맞은 것 같은 기분이 들었다. 레나 소위의 말대로 이대로 돌입한다고 해서 유리아 중사를 돕기는커녕 더 많은 병사들이 피해를 입을 것이 자명했다.

"일단 얼른 대대에 보고하죠."

레니 소위가 낸시 중위를 달래고 있는데 로나 소위가 병사들을 헤치면서 트럭으로 달려왔다.

"중대장님! 중대장님!"

헐레벌떡 뛰어온 로나 소위는 흘러내린 안경을 고쳐쓰며 말했다.

"클로에 ……. 클로에 소위가 왔습니다."

"클로에 소위가?"

놀란 낸시 중위를 향해 누군가가 병사들을 헤치며 걸어왔다. 클로에 소위였다.

"이야. 중대장님. 잘 지내셨어요? 주둔지로 갔더니 안 계셔서 여기까지 찾아왔네요."

낸시 중위는 깜짝 놀라서 클로에 소위를 바라보았다.

"뭐 그건 됐고, 아까 로나 소위에게 대충 들었는데 저 마을에 적전차들이 있고 유리아 중사가 지금 그 마을에 고립되었다 이 말씀이시죠?"

클로에 소위가 손짓을 하자 숲길에서 커다란 전차가 나타났다.

"으음, 그럼 일단 저랑 전차가 들어가 봐야겠네요."

클로에 소위가 방긋 웃으면서 말하자 낸시 중위는 깜짝 놀라서 전차와 클로에 소위를 번갈아 바라보았다.

8.

유리아 중사는 힘겹게 병사들을 이동시키며 적 전차를 공략해 나갔다. 다행히 길이 좁아서 적 전차들이 한번에 돌입할 수는 없었기 때문에 유리아 중사가 있는 성당 건물을 공격하는 제국군 전차들은 한 번에 한 대 이상은 올 수가 없었다.

유리아 중사는 우선 제국군 전차의 궤도를 노려서 움직임을 멈출 것을 병사들에게 지시했다. 장갑이 두터운 신형이다보니 정면에서는 적 전차를 파괴할 수 없었다. 그나마 측면이나 후면을 쏴야 격파할 수 있었지만, 측후면을 노리기란 그렇게 손쉬운 일이 아니었다. 궤도를 맞춰 주저앉히면 그나마 측면을 공격할 타이밍을 얻을 수 있었다.

"우측에서 한 대 더 나온다!"

유리아 중사는 건물을 이리저리 돌아다니며 창문이나 적 전차 공격에 파괴된 벽면의 구멍으로 제국군 전차의 위치를 파악해 각 병사들에게 지시를 내렸다. 그렇게 2대의 제국군 전차를 파괴 할 수 있었지만 여전히 전차들은 여기저기서 몰려오고 있었다.

"탄이 떨어졌습니다!"

한쪽에서 마지막 탄을 발사한 메르티 일병이 소리쳤다.

"탄 남는 팀!"

"저희도 이제 2발 남았습니다."

"여기는 한 발이요!"

"으아아! 뒤쪽에서도 옵니다!"

누군가가 그렇게 외치는 순간 성당 벽면이 폭발하며 무너지기 시작했다. 충격에 넘어진 유리아 중사는 겨우겨우 정신을 차리고 주변을 둘러보았다. 아까까지 옆에서 탄이 떨어졌다고 말하던 메르티 일병이 멀리 나가떨어져 있었고, 부사수인 셰이카 일병은 옆에서 힘겹게 일어서고 있었다.

"괜찮으세요?!"

급하게 달려온 로샨 병장이 유리아 중사를 부축해 얼른 옆으로 몸을 피했고, 벽에 뚫린 구멍으로 기관총탄이 몰아쳤다.

"포위된 모양이네요, 소대장님."

로샨 병장이 일그러진 웃음을 지어 보였다. 유리아 중사 주변으로 병사들이 몰려왔다. 다들 포탄이 떨어진 뒤였다. 유리아 중사는 떨리는 무릎에 힘을 주며 억지로 몸을 세우고 말했다.

"메르티는?"

"기절했지만 숨은 붙어 있습니다."

부사수인 셰이카 일병과 시안 일병이 메르티 일병을 살펴보며 소리쳤다. 더 이상 적 전차를 막을 방법이 없었다. 유리아 중사는 억지로 미소를 지으며 옆에 떨어진 로켓포를 들어 올렸다.

"내가 이걸 들고 전차 앞으로 달려갈 테니까 다들 골목을 통해서 후퇴한다."

"네?! 그거 빈 거잖아요!"

로샨 병장이 소리쳤지만 유리아 중사는 로켓포를 어깨에 올리며 말했다.

"적들은 이게 탄이 있는지 비었는지 알 수 없겠지. 그동안 최대한 달려서 후퇴해."

"그럴 수 없습니다. 차라리 제가 할게요!"

로샨 병장이 대꾸했지만 유리아 중사는 로샨 병장의 어깨를 누르며 소리쳤다.

"로샨 병장! 자네가 지금 여기서 내 다음 계급이다! 병사들을 추슬러서 후퇴해. 명령이다!"

"그렇지만……."

"빨리 가!"

유리아 중사가 그렇게 말하는 순간 다시 한쪽 벽면이 무너져 내렸다. 돌과 섞인 먼지가 병사들을 덮치는 가운데 유리아 중사는 무너져 생긴 구멍을 향해 달렸다.

"소대장님!"

깜짝 놀라 소리치는 로샨 병장을 뒤로하고 유리아 중사는 모래먼지를 뚫고 밖으로 뛰쳐나갔다. 성당 주변은 담벼락으로 둘러쌓여 있었지만 이미 죄다 무너져서 움직이는 데 지장은 없었다. 유리아 중사는 온 힘을 다해서 광장으로 달렸다. 의도대로 전차들이 달려오다 말고 유리아 중사를 향해 포탑을 돌리기 시작했다.

"으아아아아아!"

유리아 중사는 비명과도 같은 함성을 지르며 앞으로 달려갔다. 뒤따르듯 적군 전차의 공축기관총에서 발사된 탄이 날아들었다. 탄을 맞고 깨진 벽돌조각이 얼굴을 스쳤지만 유리아 중사는 계속 달렸다. 건물과 건물 사이의 골목으로 들어가면 적 전차가 손쉽게 따라오지 못하리라. 그러나 어렵사리 골목 안으로 들어간 유리아 중사는 그대로 발을 멈추고 말았다.

"젠장할⋯⋯."

유리아 중사가 들어간 골목은 무너진 건물 더미로 막혀 있었다. 잔뜩 쌓인 잔해는 기어서 올라가기도 힘들 지경이었다. 얼른 다른 곳으로 이동하려고 몸을 돌린 유리아 중사의 눈에 자신에게로 달려오는 제국군 전차가 들어왔다.

"여기까지인가⋯⋯."

유리아 중사는 메고 있던 빈 로켓포를 던져 버리고 허리춤에서 권총을 꺼내들었다. 아버지가 쓰셨다는 왕국군 455구경 중절식 리볼버 MK4. 전선에서 돌아온 아버지의 유품 중 하나였다. 아버지의 동료가 챙겨 주었다는 그 권총을 어머니는 유리아 중사가 첫 휴가를 나왔을 때 건네주었다.

'서랍에서 잠자고 있으니 네 허리춤에 있는 게 이놈도 더 좋겠지.'

그 뒤로 10여년 동안 군 생활을 함께한 권총이었다. 유리아 중사는 자신을 포로로 잡기 위해 전차에서 병사가 내린다면 곧바로 쏴 버릴 태세로 총의 격철을 후퇴시켰다. 그리고 오른팔에 힘을 주고 전차를 노려보았다.

그 순간 제국군 전차의 궤도에 무언가가 작렬했다. 순간적으로 파란 불빛이 반짝인 뒤 제국군 전차 궤도가 얼어붙기 시작했다. 순식간에 온도가 내려가 궤도 고정핀이 뒤틀렸고, 앞으로 달리던 관성으로 인해 핀 자체가 부러지며 궤도가 끊어져 버렸다. 그리고 뒤이어 날아온 탄이 제국군 전차의 포탑을 뚫어 버리는 모습을 유리아 중사는 멍하니 바라봤다. 도대체 무슨 일이 벌어지는지 알 수가 없었다.

멍하니 전차를 바라보던 유리아 중사는 전차 해치가 열리며 제국군 병사가 위로 올라오자 얼른 총을 겨누며 소리쳤다.

"손들어!"

운전석에서 기어 나오던 제국군 병사는 급하게 허리춤의 권총집에 손을 가져가다가 유리아 중사가 발사한 권총탄을 맞고 전차 아래로 굴러 떨어졌다.

"사격 하나는 자신 있으니까 엉뚱한 생각은 하지 마!"

유리아 중사가 그렇게 소리치자 무전수석에서 나오던 제국군 병사는 얼른 양손을 들고는 천천히 전차 아래로 걸어 내려왔다.

"엎드려!"

누군가가 전차에서 빠져나온 제국군 전차병을 덮치듯이 몸으로 밀쳐 넘어트리고 머리에 소총을 겨누었다.

"이야! 무사하시니 다행이네요!"

"로샨?!"

카빈 소총을 제국군에게 겨누고 방긋 웃는 로샨 병장을 본 유리아 중사는 깜짝 놀라고 말았다.

"어떻게 된 거야?!"

"중대장님이 전차하고 중대원을 끌고 오셨습니다. 덕분에 지금 전차 사냥중이에요. 중대장님이 끌고 온 신형 전차가 완전 끝내주는데요?"

로샨 병장이 한쪽을 턱으로 가리키며 말하자 유리아 중사는 천천히 밖으로 걸어 나와 광장으로 시야를 돌렸다.

처음 보는 전차가 제국군 전차를 향해 포탄을 발사하고 있다. 아까까지 자신들을 공격하던 적 전차들이 차례차례 맥없이 격파되는 모습을 보면서 유리아 중사는 살았다는 안도감과 이길 수 있다는 자신감을 얻었다.

"정말이지 대단하신 중대장님이야!"

소대원들이 유리아 중사의 주변으로 몰려왔다.

"이야! 소대장님, 안 돌아가셨네요!"

"축하 인사는 좀 있다가 하고, 다들 탄약 챙겨서 전차를 돕는다! 마을을 재탈환해야지! 2분대는 포로들 한곳으로 모으고, 1분대와 3분대는 날 따라와!"

유리아 중사의 명령에 소대원들이 일제히 움직이기 시작했다.

9.

마지막 제국군 전차가 파괴되고 제국군 보병들의 단발적인 공격이 있었지만 로빈중대는 공격을 모두 막아냈다. 결국 제국군 보병들은 손을 들어 항복했다. 그것으로 로빈중대의 작전은 종료되었다.

모든 제국군 전차가 파괴된 것을 확인한 클로에 소위는 전차를 마을 중앙 공터에 정차시켰다. 장전수가 없어서 그동안 꼼짝 없이 무거운 포탄을 직접 장전해야 했던 클로에 소위가 어깨를 돌리며 전차에서 내리자 낸시 중위가 다가왔다.

"잘했어! 그런데 전차를 어떻게 가져온 거지? 대대에서 보낸 지원이야?"

낸시 중위의 물음에 오히려 클로에 소위가 고개를 갸웃거리며 되물었다.

"네? 이 전차는 저희 중대에 배속되었다고 들어서 본토에서부터 같이 왔습니다만?"

클로에 소위의 반문에 오히려 낸시 중위가 놀라고 말았다. 중대에 전차가 배속된다는 이야기는 금시초문이었다. 관련된 서류조차도 받은 적이 없었다. 어리둥절해하는 낸시 중위와 클로에 소위에게로 조엔 중위가 다가왔다.

"본토에서 보낸 선물이 이제 도착했네요."

"조엔 중위는 알고 계셨습니까?"

"네. 서류를 받았거든요. 저희 중대에 전차를 배속한다는 서류를요."

"아니, 잠시만요. 저는 그런 서류를 보지도 못했습니다만?"

낸시 중위가 반문하자 조엔 중위는 빙그레 웃으면서 대답했다.

"놀라게 해 드리려고요."

조엔 중위의 말에 낸시 중위는 한숨을 쉬고 말았다.

"네…… . 놀랍긴 하네요. 그렇지만 제발 다음부터 그런 일은 저에게 미리 말씀해 주시기 바랍니다."

"네에에!"

낸시 중위의 푸념에도 조엔 중위는 평소처럼 말꼬리를 늘리며 대답하고는 부상자들을 확인하러 달려갔다.

"뭐 어찌 되었던 무사히 돌아와서 다행이네, 클로에 소위. 몸은 괜찮나?"

"네, 조엔 중위님의 솜씨가 좋아서 말이죠. 다만 배에 흉터가 남아 버렸지만요."

클로에 소위가 씁쓸하게 웃으면서 답하자 낸시 중위는 씁쓸하게 따라 웃을 수밖에 없었다.

"아! 그보다 전차병들을 소개해야겠네요. 로엔 페니아와 로에르 페니아 이병입니다."

클로에 소위가 얼른 표정을 고치며 전차 옆에 선 두 명의 여군 병사를 불러들였다. 전차병 헬멧을 쓴 자그마한 몸집의 여자아이들이 얼른 낸시 중위 앞에 서서 자세를 바로 했다.

"쌍둥이인가?"

낸시 중위가 똑같은 생김새의 두 명을 보며 물었다.

"네! 그렇습니다. 제가 언니인 로엔, 옆이 동생인 로에르입니다."

언니인 로엔 이병이 대답하자 낸시 중위는 고개를 끄덕이고 두 병사를 바라보았다.

"일단은 마무리를 지어야 하니까 클로에 소위의 지시에 따라서 행동하도록. 자세한 설명은 있다가 듣지."

낸시 중위는 뒤이어 도착한 미리아 중사와 레나 소위에게 뒤처리를 지시했다. 레나 소위는 포로들을 확인하는 로나 소위를 돕기 위해 자리를 떠났고, 미리아 중사는 장비와 물자를 확인하기 위해 이리저리 뛰어다니기 시작했다.

분주하게 움직이는 부대원들을 둘러본 낸시 중위는 한숨을 쉬고 마을 중앙에 있는 분수대에 걸터앉았다. 이미 무너져서 분수의 역할을 하지 못하지만, 잠시 앉아 쉴 자리로는 충분했다.

한숨을 내쉬고 숨을 고르는 낸시 중위에게 유리아 중사가 다가오자, 낸시 중위는 빙그레 웃어 보이며 수통을 꺼내들었다.

EPILOGUE

감자를 깎고 야채를 다듬으며 식사를 준비하던 나인은 차량들이 들어오는 모습을 보고는 취사장에서 달려 나갔다. 이미 해가 뉘엿뉘 엿 넘어가는 시간이었다. 줄줄이 들어오는 차량 중 한 대에서 몸을 내리는 피어 상병을 발견한 나인은 얼른 달려가 품으로 파고들었다.

"무사하셨네요!"

나인이 웃으면서 묻자 피어 상병은 나인의 머리를 쓰다듬어 주 었다.

"어차피 나는 뒤에서 차량이나 지키니까 걱정할 거 없어."

"이야. 이거 엄마만 챙기고 나는 신경도 안 쓰는구나!"

민트 일병은 장난스레 나인의 머리를 마구 헝클어트리며 웃었다.

"자. 장난 그만하고, 얼른 식사 준비하자."

"감자랑 야채는 다 다듬었고, 물도 계속 끓이고 있었어요."

나인의 대답에 피어 상병은 다시 나인의 머리를 쓰다듬어 주었다.

그 모습을 바라보던 로엔 이병은 로에르 이병을 바라보며 입을 열 었다.

"우리 중대는 여군중대였지? 저 남자애는 누굴까?"

로에르 이병은 어깨를 으쓱하고는 전차 궤도를 확인하기 시작했고, 로엔 이병은 미간을 찡그리며 고민을 했다.

"군인이라고 하기에는 어린데 말이지."

"아! 너흰 지금 막 와서 모르는구나. 피어 상병님이 아들로 삼아서 취사장에서 군속으로 일하는 애야."

로엔 이병의 혼잣말을 들은 록시 이병이 대신 로엔 이병의 궁금증을 해결해 주었다.

"아하, 그러면 군인은 아니네요. 아! 죄송합니다. 이번에 새로온 로엔입니다."

"그렇게 딱딱하게 굴지 마. 난 록시야. 반갑다. 18살이라 가장 막내였어. 너랑 네 쌍둥이는?"

"아! 저희는 15살이에요."

로엔 이병이 자신의 나이를 밝히자 록시 이병은 살짝 표정을 찡그렸다.

"응? 17살부터 입대인데 어떻게?"

"아. 그건 설명하려면 조금 긴데 말이죠……."

"야! 록시! 얼른 와서 이거 정리하는 거 도와!"

록시 이병의 물음에 로엔 이병이 대답하려는 순간 미린 상병이 록시 이병을 불렀다.

"미안. 얼른 가 봐야겠네. 그럼 시간이 나면 천천히 이야기하자."

"네!"

로엔 이병은 달려가는 록시 이병의 등을 향해 손을 흔들어 주었다.

"좋은 사람들 같지?"

로엔 이병이 묻자 로에르 이병도 고개를 끄덕였다.

"전차는 어때?"

로엔 이병이 정차되어 있는 전차를 올려다보며 물었다. 로엔 이병의 말이 끝나자마자 전차의 포탑이 움직이며 목소리가 들려 왔다.

—네, 좋은 사람들이 많은 것 같네요. 이 중대로 와서 참 다행이
죠? 로엔, 로에르?—

전차의 말에 로엔 이병이 환하게 웃으며 대답했다.

"응! 앞으로 잘 해 나갈 수 있을 것 같아."

대륙력 4030년 9월 말, 쇼촐레르섬은 왕국군의 손에 떨어졌다.

WAR DEPARTMENT
THE ADJUTANT GENERAL'S OFFICE
RIVERTON

This is to identify-

Yulia 'Margaret' Letin

(Name)

SFC	Infantry	15967436
(Grade)	(Infantry)	(Serial No.)

Whose signature, photograph, and fingerprints appear hereon.

in the ROYAL ARMY

Yulia 'Margaret' Letin

(Signature of officer)

Date of birth __February 15. 4002__

Color eyes __Reddish brown__   Color hair __Orange blonde__

Weight ___▓▓▓___ Height __5__ ft. __9__ ins.

FINGERPRINTS - RIGHT HAND

THUMB

Date issued _____May 3. 4030_____

WAR DEPARTMENT
THE ADJUTANT GENERAL'S OFFICE
RIVERTON

This is to identify-

Chloe 'Katrina' Marison
_____
(Name)

2nd Lt.   Infantry   0-2382011
_____
(Grade)   (Infantry)   (Serial No.)

Whose signature, photograph, and fingerprints appear hereon.

in the ROYAL ARMY

Chloe 'Katrina' Marison
_____
(Signature of officer)

Date of birth___November 4. 4008___
Color eyes _Green_   Color hair___Ginger red___
Weight>🏋️ Height_5_ ft. _4_ ins.

FINGERPRINTS - RIGHT HAND

THUMB

Date issued_____July 17. 4030_____

왕립육군 로빈중대 ❷

초판 1쇄 발행   2018년 5월 15일

발행인 원종우
발행처 (주)이미지프레임

주소 (13814) 경기도 과천시 뒷골1로 6, 3층
영업부 02-3667-2653   **편집부** 02-3667-2654   **팩스** 02-3667-2655
메일 edit01@imageframe.kr   **웹** vnovel.co.kr

ISBN 978-89-6052640-1 02810   (세트) 978-89-6052639-6

THE ROYAL ARMY ROBIN COMPANY II
© 2018 Napjaloo
Published in Korea

이 책은 작가와 (주)이미지프레임의 독점 계약으로 출간되었습니다.
저작권법에 의해 보호받는 저작물로서 허락없는 사용을 금합니다.